エンキリ
おひとりさま京子の事件帖

加藤千穂美

集英社文庫

エンキリ

1

赤は心を摑(つか)む色だ。

裂けた皮膚から流れる血が赤いのは、〝負傷している〟〝傷ついている〟と訴えかけるためじゃないのか。

忘れないでくれ、捨てないでくれ、と未練がましく縋(すが)りつくように、視界に入り込んだ赤は人の心に強烈な印象を残す。えげつなく図々しく心に繋(つな)がろうとする色――それが赤という色だ。

だとすれば、この朱色の意味も理解できる。

エレベーターホールに人気(ひとけ)のないことを確認して、黒の蓋を開けた。インクをたっぷりとしみこませたスタンプパッドを、黒の呼び出しボタンに力いっぱいこすり付ける。

湿った大地に足を踏み入れたときのような、ぐちゅりとした感触があった。同時にフロアの向こうから話し声が聞こえて、心臓が跳ね上がるような衝撃を受ける。

落ち着け、落ち着くんだ――。

焦ってはいけない。誰かが来たとしても、どうとでも言い訳がつく。

スタンプパッドからしみ出した朱色は、明かりが消えた黒のプラスチックボタンの上でその色を消す。

素早くケースの蓋を閉めてポケットへと入れた。蓋の閉まりが甘いようにも感じたが今はそれでもいい。後で閉め直せばいいことだ。

姿を消した赤が再びその姿を現すとき、それは強烈な印象となって相手の脳裏に焼き付くだろう。知らぬ間に負った傷から、血が流れていたときのように——。


午後一時になった。

川崎(かわさき)市にあるヨコハマ金属株式会社、通称ヨコキンの営業部がある二階オフィスに、先程までとは違ったざわめきが訪れる。

「お疲れぇ。新しいイタリアンできたよね。行ってみない?」

「オケオケ。ちょうど話したいことあったんだよねぇ」

まず席を立つのは、決まって女性社員たちだ。先陣を切るのは入社三年を超えるアラサー女子たちで、学生っぽさを残した新入社員たちはこの後に続く。

愚痴と噂(うわさ)話で盛り上がる貴重なランチタイムを一秒たりとも無駄にはしたくないの

だろう。彼女たちは築三十五年の自社ビルの床にヒールの音を響かせながら、エレベーターホールに列を作る。

「あー、待って待って。よかったぁ。お昼ひとりになるかと思っちゃったぁ」

「ひとりは辛いよねぇ。スマホ見ながら、ランチとか悲しい」

「わかるぅ。味気ないよね。みんなと食べたほうがおいしいしぃ」

彼女たちはそれぞれ、小さな円を描きながら歪んだ列を作る。

その背中合わせになってできた隙間を縫うようにして、非常階段へ続く扉へと向かうのは三ツ橋京子、二十六歳――。

新卒採用で営業部に配属され、営業アシスタントとして四年目を迎えた京子は、本来なら先頭を切って堂々と皆とのランチに出てもいいアラサー社員だ。しかし彼女は、決してその集団に紛れようとはしない。

「そういえば三ツ橋さんを誘おうと思って忘れてた。彼女まだフロアにいるかな」

「今見たらいませんでしたよ。ひとりで食べに行ったのかも」

「あー、最近よく聞く、おひとりさまってやつ？　でもそれなら声をかけてあげればよかったね」

無事に誰にも気づかれることなく非常階段へ出た京子は、突如として出た自分の話題をぶったぎるように、素早く鉄製のドアを閉めた。彼女たちに悪気はない。気を使ってくれているのだ。

ため息をついて、左手の時計を確認した。一時二分。

「五分待てば、いいですかね」

京子は身を隠すためにここに来た。

保険会社が入った隣のビルとの間を埋めるかのように設置された非常階段は、消防点検以外に使われることはほとんどない。ヨコキンビルにはエレベーターが二台あり、内階段だって使用できるのだから必要がないのだ。

さらに十一月ともなれば、絶えずビル風にさらされるこの場所は地獄と化す。せっかくのランチタイムにわざわざ非常階段に出てくるのは、京子ぐらいだろう。

「すっかり冬ですね。風が冷たくて気持ちいい」

京子の独り言は、ビル風と空調の音の合間へと消える。独り言というのは、人の心のありのままを口にできる本能に忠実な行為だ。

普段は口数の少ない京子だったが、ひとりになれば独り言をぶつぶつ言う。

「春は苦手なんですよね。浮わついていて好きじゃないです。だからと言って夏もどうかと思います。浮かれている感じが危ういし、儚げな秋もこれみよがしで苦手。やっぱり冬！　冬は素敵です」

呟かれる独り言は徐々に勢いを増す。誰に遠慮をする必要があるものか、思うがままにブツブツと口にする。

　のびのびとしゃべることというのは、どうしてこんなにも気持ちが良いのだろう。四六時中思いのままにしゃべっていられるなら、どんなに幸せなことか。顎(あご)は多少疲れるけれど、楽しいだろう。

　京子の独り言は続く。

「冬はごはんも美味(おい)しいですしね。ひとりで食べても美味しいですしね」

　それはいつの間にか、誰かに向けたような口調になっている。事実、寒い外から帰って来て、ひとりで食べる鍋の美味しいことと言ったらないのだ。先程の同僚たちにも伝えたいが、消極的な京子にそんな機会はないだろう。

「そもそもみんなで食べると美味しいという観念はおかしいんです。美味しいものはひとりで食べようと、数人で食べようと美味しいに決まっているんです」

むしろゆっくりと味わうことに集中できる分、ひとりの方が美味しいと言えるんじゃないのか。

　すべて京子がひとりメシを指摘される度に飲み込んできた言葉だ。

「学生時代に刷り込まれた集団行動の弊害です。みんな集団催眠にかけられているんです」

　すべてを口にして気が済むと、身体(からだ)の向きをくるりと変えて鉄製の手すりへと背を預けた。鉄の錆びた匂いを感じながら空を見上げると、階段の隙間から灰色に濁った川崎の空が見えた。

昨今では、《おひとりさま》などという新種のカテゴリーとして認識されつつあるが、退社後のアフターや休日ならともかく、女子同士が集うランチタイムでわざわざひとりでいようとする京子の思いは理解されにくいようだ。

シンプルな話、休み時間まで気を使いたくないだけのことなのだが――。

「だいたい《消極的おひとりさま》とは、違うんですよ」

京子は増殖しつつある《おひとりさま》を二種に分類する。本来ならばひとりではいたくないのに、やむを得ずの理由でひとりになってしまうのが《消極的おひとりさま》、心から望んでひとりでいるタイプが《積極的おひとりさま》だ。

京子はもちろん、後者に属する。

食事も映画もショッピングもいつだってひとりだ。偶然知り合いに会ってしまえば、何か用があるふりをしてその場を離れるレベルだ。そもそもそんな面倒を避けるため、食事も映画もなるべく自宅で楽しむようにしている。

しかし京子が逃げているのは、彼女たちの誘いから逃れるためではない。もっと強大な力を持ったインビテーションから身を隠すためだ。

不意に強いビル風が吹いた。肩の上で切り揃えられた京子の黒髪が風に舞う。空を振り仰いで右手で髪を押さえた次の瞬間――。

丸くて黒いものが、空から降ってきた。

「いだあっ……」

正体不明の物体は京子のおでこでワンバウンドし、コンクリートの床へと落ちてころころと転がる。見れば何かの蓋のようだ。

「落し物ですかぁ」

痛むおでこをさすりながら階上に声をかける。鉄製の階段の隙間を覗き込んでみたが、落とし主の姿は見えない。

誰もいない？　踊り場に置かれていたのが、風で落ちたとか――。

京子は痛むおでこをさすりながら、足元に転がった蓋を拾う。

カメラレンズの蓋かと思ったが、それにしては薄すぎるしサイズも小さい。それにカメラなんてほとんど触ったことのない京子にもなじみがある蓋だった。

「これ、なんでしたっけ」

ゆるやかにふくらみを持った外側を舐めるように眺めた後、ひょいっと裏返すと、内側の真ん中に赤い染みが付いている。一瞬、血液に見えてドキッとしたが、よく見れば血の色よりもオレンジがかった色をしていた。

「朱肉ケースの蓋か――」

妙な落し物だと思いながらも京子は時計を確認して、フロアへと戻ることを決める。一時五分、逃げている最大の理由のあの人も、諦めてランチへと向かっている頃だろう。

京子は社屋へつながるドアへと手をかける。築三十五年の建物と相性が悪いそのドアは、出たときと同じようにギイギイと派手な音をたてて開いた。

それと同時に、階上から誰かが京子を呼び止める。

「三ツ橋京子さん、待って」

上の階から勢いよく一段抜かしで駆け下りてきた男。しかしその声と足音はきしむドアの音に阻まれ、京子の耳には届かない。

それでも男は諦めず、閉まりかかったドアの隙間から無理やりに身体を滑り込ませた。あと一秒遅れていれば、ドアに挟まれかねないギリギリのタイミングだった。

京子は突然現れた男の姿に驚いて足を止める。男はそんな京子の首から下げられた社員証をむんずと摑んだ。

「三ツ橋京子さん、ハァハァ……捕まえ、ましたよ……ハァハァ」

男は息を乱しながらも誇らしげにそう言い、京子は叫び声を必死に抑え込んだ。

落ち着け京子。こんなところで声をあげたら騒ぎになってしまう。

男は京子より少し上、三十前後に見える。チャコールグレーに細い白のラインが入ったストライプのスーツに、ブルーのネクタイ、短く切り揃えられた髪は整髪剤でまとめられて、こんな奇妙な状況下でも普通の真面目（まじめ）な会社員に見えた。

男の顔には見覚えがある。名前どころか所属部署さえ思い出せないが、ヨコキンの社員であることは間違いない。

会社に紛れ込んだ変質者ってことはないだろう。ヨコキンのセキュリティは厳重なので、その可能性は低い。京子は心を落ち着かせて、男の次の行動を待った。

しかし男は動かない。正確に言うと、動けなかった。

「くっ、うっ、あれっ、どうしたんだっ」

男の首からかけられた社員証が背中にまわり、入ったばかりのドアに挟まっている。異変に気付いた男が首を前後に振ったが、重厚なドアに挟まれた社員証が簡単に抜けるわけもなく、紐（ひも）は男の首にますます食い込んだ。まるで繋がれた犬のようだ。

「社員証が引っ掛かっているようですよ」

「そのようですね。大方、向こう側のドアノブに引っかけてしまったのでしょう。よくあることです」

男は他人事（ひとごと）のように答えただけで、紐をひっかけたまま直そうとはせず、京子の社員証も手放そうとしない。

結果、二人は身動きが取れない。

「ドアを開けて、外してきたらいいと思うのですが」

男は大げさにため息をついて、京子の申し出に「それはできかねます」と言った。

「あなたが逃げてしまいますから」

「どうしてわたしが逃げるんですか」

「それはあなたが《容疑者》だからです」

男はさも当然というふうに答え、京子の持つ朱肉ケースの蓋を指した。

「その手にしているもの、それが何よりの《証拠》です。営業部のあなたが、どうして朱肉ケースの蓋なんて持ち歩く必要があるのですか。備品の補充は三ツ橋さんの仕事ではないはずですよ」

「これは上から落ちてきて……」

「上⁉　あなたは今、上とお答えになりましたね。二階であるこの上の階と言ったら、事件現場である八階も含まれます。三ツ橋さん、ずばり伺います！　八階のエレベーターホールのボタンに朱肉が付けられた事件に覚えはありませんか」

勝手な論理を繰り広げた男は、京子をビシッと指さしそう言った。

「内階段の手すりの朱肉事件についても知っていることはありませんか」

エレベーターホールのボタン、朱肉、内階段の手すり。京子には何一つ覚えのないことだ。

大体、この男は誰なのか――。

ひとりを愛する京子は他人と話すのが苦手だ。知らない相手となればなおのこと。しかし今は気弱になっている場合ではなかった。

「失礼ですが、どちらの部署の方ですか」

必死の思いで口にした言葉は声がかすれてしまった。目を見て話すことは苦手なので、男の視線から逃げるように目をきょろきょろさせながら言った。

「あれ、覚えていませんか。僕のこと」

「すみません。お見かけしたことがあるとは思うのですが」

男は京子の名前を知っていた。入社四年目とはいえ、目立たない京子だ。百人強の社員が働くこのヨコキン本社内で、顔は知っていたとしてもフルネームで名前を知られているのは珍しい。

次の瞬間、男が「えええええ」と大げさに驚く。

「あなたは誰だかわからない僕に、いきなり社員証を摑まれ、わけのわからないことを言われているのに、人を呼ぶわけでも叫び声を上げるわけでもなく、ぼんやりとしているというのですか。危機管理意識がひっじょーうに低いですね」

わけのわからないことを言っている自覚があるのか――。

男の言葉に京子は呆(あき)れつつも、とりあえず「すみません」と謝った。原因を作った男に謝る理由はないのだが、男が誰なのか忘れていることで多少の後ろめたさもあったので下手に出ることにした。

「とにかく部署とお名前を教えてください」

一向に名乗ろうとしない男に、京子はしびれを切らせてそう言う。

男は聞かれていたこと自体忘れてしまっていたようで、「そうでした」とつぶやいてからようやく名乗った。

「人事部の佐藤一です」

「あ――」

京子はようやく思い出した。

今から四年半前、入社試験の面接で、面接官の中に一人だけ若い男の姿があった。それが佐藤一だ。緊張で張りつめた空気をなごませるように、穏やかな表情で語りかけてくれたことを思い出す。

入社が決まり営業部に配属になってからは、仕事で関わるようなこともなく、何度か顔を合わせたような気もするが、いつの間にか姿を見なくなって、そのまま京子の記憶からは抜け落ちてしまっていた。薄情な気もするが、学生から社会人になり三年半、京子にとっても変化を受け入れるための忙しない毎日があったのだから無理もない。

「しばらくお休みをいただいていたのですが、今月の頭より復職をしました」

一は背筋を正して、「どうぞよろしく」と頭を下げる。

年は京子より五歳年上の三十一歳。京子が入社した年に突然父親を亡くし、家業の都合などもあって三年程休職をしていたそうだ。ヨコキンには中途採用で入社し、休職期間を入れると今年で九年目になるらしい。

一は社員証で繋がれた奇妙な体勢のまま、やや苦そうに自らの境遇を語った。

「皆さんには月次会議で挨拶をする予定になっています……。しかし仕事上の立場の違いがあるとはいえ、僕がこんなにもはっきりと三ツ橋さんのことを覚えているのに、あなたはすっかり忘れているとは……っ……うっ……くっ」

話の最後には息が切れ始めていて、京子は慌てて一の方へと近づいた。一の摑んでいる京子の社員証の紐が緩み、前のめりだった一の体勢が後ろへと下がる。その結果、一の首を絞めていたドアの向こうに繫がっている紐も緩んだ。

「わたしは逃げませんから、まずはこの社員証を外しましょう」

咳き込んでいる一にそう言って、京子は非常階段へのドアに手をかけた。

「あ、待ってください」

京子は一の声に振り返りつつも、その手を止めることはできなかった。このドアはひどく重厚なのだ。開けるときにはある程度の勢いをつけなければならない。

「ぐえっ……」

ビルの外へと開かれたドアとともに、一の社員証の紐は外へと引っ張られ、首を絞められた一はつぶされたカエルのような声をあげた。

京子は慌てて「すみません」と頭を下げる。


社員証を無事に外した一から聞いた話はこうだ。

会社の設備の一部に朱肉がつけられるという事件が二度起きている。一度目は二階と三階の間にある内階段の手すり、そして二度目は八階のエレベーターホールの呼び出しボタン。どちらも今週の出来事だ。

付けられていた朱肉の量はかなり多く、事故ではなく故意に行われたものだと思われる。エレベーターホールのボタンは明かりが点いていないときは黒く、明かりが点いていても朱肉の色は見えにくい。そして内階段の手すりは黒だ。どちらも朱肉がつけられていることがわかりにくい、自然と手を触れてしまう場所を選んでいるようだ。

「単なるイタズラに大げさに騒ぎすぎだ、と思っていますね」

淡々と聞いていた京子に、一はそう言ってのけた。当たらずとも遠からず、似たようなことを考えていた京子は苦笑いで目をそらす。

「朱肉事件は、イタズラと片づけることはできないんですよ」

気づかない場所にべっとりと付けられた朱肉は、知らないうちに誰かの手につき、そしてその誰かも気づかぬうちに別の何かにつけてしまう。朱肉事件の厄介さはここにある。

「たった一ヶ所につけられた朱肉が、一人目の被害者を通じて別のどこかへと拡散する。これが一人ではなく二人三人となれば、同じく被害も二倍三倍となります。そしていざ朱肉がつけられていると気付いても、被害の範囲が広がった後では最初に朱肉がつけられていた場所を探すのが難しくなってしまうんです」

なるほど、それを聞くと厄介な事件だというのもわかる気がする。教室のドアに黒板消しを挟んだり、スカートめくりのような一次被害で終わるイタズラとは性質が違うんだ。いや、どちらも社内で起きれば事件ではあるが。

「それで朱肉ケースの蓋を持ち歩く三ツ橋京子さんを見て、声をかけたんです。なのに逃げるように中に入ってしまわれたので、余計に怪しく思って――」

そう言われても、聞こえなかったのはこのやかましいドアのせいだ。何かを隠そうとしていたわけでも逃げていたわけでもない。

それに一はどこから現れたのか。蓋が落ちてきたときには階上に人の姿はなかった。それがどこからともなく現れて、さっきまで社員証の紐でドアに繫がれていた。

あれはひどかった。まるでコントの一場面だ――。

京子はお笑いのＤＶＤを見てひとり笑い転げるのが好きだが、実際にそんな場面に出くわすと案外笑えないものだ。そしてあらためて振り返ると、途端に笑いがこみあげてくる。

思わずニヤリとした京子を、一は見逃さなかった。

「笑いごとではありませんよ、三ツ橋さん。僕はあなたを犯人じゃないかと疑っているわけですから」

「そう言われても困ります。この蓋は落ちてきたものだし、これが証拠というなら、朱肉ケース本体を持っていないのはおかしいですよ」

大人しい京子とはいえ、疑いをかけられたままやり過ごすわけにもいかない。反論された一は、疑わしいとばかりに目を細めた。

「ポケットに入れているんじゃありませんか。それほど大きなものではありませんし」

京子は腰を両手で挟んでぽんぽんっと叩き、穿いているスカートにポケットがなく何も隠していないことをアピールする。

「まぁ、そうですよね。蓋を開けたままの朱肉ケースをポケットに入れたら、大惨事になるわけですし」

当たり前だ。それにポケットが怪しいのはむしろ——。

京子は一が現れたときから、スラックスの右側のポケットが不自然に膨らんでいることに気が付いていた。皺の寄り方からして、ハンカチやティッシュの類ではない。

一は京子の目線に気付き、慌てて身の潔白を証明する。

「これは違いますよ。ほら」

そう言って一が取り出したのは、二十センチ程のハサミだった。きちんと手入れがされているらしく、銀色に光り輝いている。

「朱肉よりもよっぽど凶器に見えますが」

「凶器だなんてとんでもない。これは僕の商売道具。意外と便利なんですよ。お菓子の袋を開けるときとか」

「そうですね」

ハサミが人事部の商売道具であるかは甚だ疑問ではあったが、京子はそれを受け流した。そろそろ話を終わらせて欲しい。こんな人目に付くような場所で立ち話をしていたら、隠れていた意味がない。

「朱肉は特殊インクですから、簡単には落ちないんです。だから毎回必ず清掃会社を入れています」

「被害の範囲もわからないから、清掃範囲も広くなりますね」

「そういうことです。だから単なるイタズラと放っておくことができないんですよ。僕にはこの事件に因縁もありますからね」

「はい。まぁ、それはまたの機会にお話しするとして――」

一は姿勢を正し、正面からジッと京子を見つめて言った。

「朱肉事件の話は限られた人間しか知りません。三ツ橋さんも知ってしまった以上は、事件解決のために手を貸してくださるようお願いします」

突然の申し出に京子の頭は真っ白になった。容疑者として疑われていたんじゃないのか。だからこうして、一の話に付き合ってきたのだ。

それに勝手に話をしておいて、知ったからには協力しろとはずいぶんと無茶な申し出ではないか。

「この蓋がどこからどう飛んできたかは別として、僕は三ツ橋さんのお力を借りたいんです。どうかよろしくお願いします」

一は背筋をまっすぐにのばして、京子に向かって深々と頭を下げる。お辞儀の見本のようなきれいな姿勢だ。こんなふうに頭を下げられては、京子も断りにくい。

しかし噂話を聞ける友達もいない京子が、コミュニケーション能力が求められる人事部の手伝い、ましてや事件解決の手助けなんてできるんだろうか。いや考える余地もない。

京子はどう断ろうか思案を巡らせた。引き受ける理由もないが、断るだけの理由もない。むげに断るようなことは、気の小さい京子にはできない。

「わかりました。できるかぎり、協力します」

　無難な返事だと思った。努力目標にしておけば、後からいくらでも理由をつけて断ることができる。

　それにあくまで手伝いを頼まれただけのこと。一が思いつきでそう言っただけで、何か頼まれるようなことはないかもしれない。

「よかった。じゃあ、これからよろしくお願いしますね」

　京子の内心も知らず一は嬉（うれ）しそうに京子の社員証を再び摑み、ぶんぶんっと二回振った。何のつもりかと尋ねれば、感謝の気持ちを表した《握手》だという。つくづく変わった人だと京子は思った。

　ようやく話も落ち着き、京子が再びフロアに戻ろうとしたそのとき――。

「あー、京子ちゃん、こんなところにいたんだねぇ」

　上ずった甘い声が京子の背中を襲い、京子はあからさまに肩を落とした。だからこんなところで立ち話はしたくなかったのだ。

　一はにこっと笑って、京子の背後にいる彼女に挨拶をする。

「お疲れ様です、星野美月（ほしのみづき）さん」

「あー、お疲れ様ですぅ」

美月は上ずった声をもう一オクターブあげて、一に挨拶を返す。一のことを覚えているかはわからない。

はっきりしているのは、京子の逃亡劇が今日も失敗に終わったということだ。

「一緒にランチ食べよう、京子ちゃん」

京子は観念したように「はい」と答えた。

ヨコキンビル六階の休憩室で、京子は同僚の星野美月と向かい合ってお弁当箱を広げていた。会議用の余ったテーブルとイスを並べただけの簡素な休憩室だが、この時間は社員たちでにぎわっている。

「京子ちゃん、社内SNS見たぁ？　ボウリング大会の写真、アップされているんだよぉ」

星野美月は京子と同い年の同期入社の社員だ。共に営業部に配属され、チームが違うものの同じ営業アシスタントとして働いている。

ランチタイムの度に京子が逃げ回っているのは、すべて彼女のせいだ。特別に約束をしたわけでもないのに、美月の中では京子と共にランチをとることが日課となっているらしい。困ったものだ。

黙って卵焼きを口に運んでいる京子の横で、すでに食べ終わった美月は楽しそうにスマートフォンの画面を覗き込んでいる。先月末にあった社内レクリエーションの写真だ。

「写真が載せられているとは聞きましたが、まだ見てはいませんね」

京子はお弁当の隅に残ったきんぴらごぼうを箸でつまみながら、顔も上げずに答える。少しばかり冷たい対応だが、星野美月に対してはこのくらいでちょうどいい。

案の定、美月は京子の返事など聞いてはいない。自分の写った写真の一枚一枚を確認しながら、まつげエクステがどうだとか化粧がどうだとかひとり反省会をしている。

「ああ、どうしてだろう。わたしの写真、ほとんど目をつぶっているよ。こんな写真ばっかりアップしなくてもいいのにねぇ」

京子は「そうですね」と相槌(あいづち)を打ちながらも、内心ではその原因が美月自身にあることを確信していた。

星野美月という人は、身長一五二センチの小柄な体型にほどよくやわらかな肉を付けてさらに胸もやや大きめという、男性に好かれる容姿を備えた人だ。黒目がちでキョロキョロとよく動く瞳は、まるで小動物のような表情を彼女に与えている。

しかし彼女は男ウケがあまり良くない。いや、男だけじゃない。男女を合わせた対人関係において、あまり良い印象をもたれない。それが星野美月という人だ。

「写っている写真の十三枚中十枚が目をつぶっているか半開きってひどくない？　わた

して、まばたきの回数が多いのかなぁ」

「星野さんのまばたきの数は普通だと思います」

京子は食べ終わったお弁当箱を片づけながら、冷静に答える。しかし美月はその答えを聞いていない。

「まばたきって自分じゃわからないからなぁ」

ランチタイム用に持ち歩く小さなポーチから折り畳み式の手鏡を出して、美月はじっとまばたきの数を確認している。

「コンタクトのせいかなぁ」

上ずった声も語尾を伸ばす癖も、人によっては不愉快に思う場合もあるだろうが、彼女が人に疎まれてしまうのは別に原因がある。写真写りが悪くなってしまうのも、おそらく同じ理由からだ。

星野美月は、恐ろしく間が悪い――。

会社のコピー機は、美月が使っているときに必ず紙詰まりを起こす。コンビニのレジは、美月が並ぶ列だけ時間がかかる。タクシーが道に迷う、注文通りのメニューが来ない、やたらと携帯が圏外になる、お会計の時に財布にあるお金はいつも一円足りない等々。

運が悪い、大殺界、怨霊に取りつかれているとか、前世からの因縁だとか、美月の目に余る間の悪さっぷりに、奇々怪々な噂が流れている。

　しかし真相はそんなオカルトの類ではない。

　星野美月は自分という視点が強すぎるのだ。自分の考え、思い、行動、一つ一つに意識を向けすぎて、外部へ気を回せなくなっている。今の会話がいい例だ。自分の話すこと考えていることに夢中になりすぎて、京子の返事が耳に入っていない。

　だから京子は美月のランチの誘いを断ることができない。遠回しな言い方を止(や)め、直球で断ったとしても美月は耳に入れようとしない。

　京子が美月の性質に気付いたのは入社一ヶ月目の新人研修が終わる頃だった。同期入社の中でいつものごとく息をひそめていた京子だったが、いつの間にかその輪から美月一人が外されていることに気付いた。

　女子の嗅覚は鋭い。すぐに美月の本質を嗅ぎつけてそっと輪から外したようだ。その結果、美月は同じくひとりだった京子を頼りにするようになった。

《消極的おひとりさま》が《積極的おひとりさま》に近づいて、ただのおふたりさまになってしまった。そして残念なことに、ここに友情は生まれない。美月は仕方なく京子に近づいただけなのだから。

「よし、次のレクリエーションまでには新しいコンタクトにするぅ。まばたきの数が減っても大丈夫なやつ」

「そうですね。最近はコンタクトも安くなりましたし」

「新しいコンタクトにしたら彼氏できるかなぁ」

コンタクトと彼氏の因果関係がわからない京子は「さあ」と首をひねる。彼氏とはコンタクトを変えるぐらいでできるものなのだろうか。恋愛にうとい京子にはわからない。

京子がこれまでに付き合った男性は二人だけだ。いずれも一方的に好きだと言われ、一方的にふられるという寂しい経験だった。あまり思い出したくもない。

「あ、京子ちゃん、みっけぇ」

「え、どこですか」

写真撮影の輪に参加した覚えはない。京子はスマートフォンで社内SNSを立ち上げて写真を確認する。

半期に一度行われる社内レクリエーションは自由参加ではあるが、商品が豪華なこともあってほとんどの社員が参加している。京子も商品目当てで参加したひとりだ。

「根岸(ねぎし)部長が投げている写真だよぉ」

ヨコキンの最大部署である営業部を統括するのが根岸部長だ。京子と美月の上司にあたり、さらに美月は根岸部長の営業チームに所属している。

数字に追われるためピリピリしがちな営業部を穏やかに見守る父親のような存在だ。

噂によればかなりの恐妻家らしく、お小遣いを減らされたと愚痴っていたのを聞いたことがある。

「根岸部長の後ろ、隣のレーンが写っているでしょう」

「この後ろ姿は有田さんですよ。シャツが猫柄ですから」

有田さんは去年企画デザイン部に中途採用された人で、無類の猫好きとして有名だ。いつも長いスカートにスニーカー、ゆるめのシャツにトレーナーかパーカーを羽織っていて、コーディネートのどこかに猫がついている。この日は猫柄のシャツを身に着けていた。

有田さんに会うと、誰もが今日の猫はどこにいるのか、みつけたくなってしまう。あの日はあからさまな猫柄だったので、猫探しの罠に陥ることはなかった。

「その有田さんの隣だよぉ」

今まさにボールを手にしようとしている有田さん。その横で必死にボールを磨いている七分丈パンツの後ろ姿がある。やや猫背になりながらも、ボールだけを見つめて真剣に右手を動かしている。それは間違いなく、豪華賞品に目をくらませて必死になっている京子だった。

「確かにわたしです」

「やったぁ。当たりだぁ」

こんな小さな姿、よく見つけたものだ。隣で無邪気に笑う美月に、京子は素直に感心する。

彼女はいつもそうなのだ。自分が夢中になっていることには、優れた能力を見せる。この意識がもっと広いものに向けられるとしたら、仕事もプライベートももっと充実したものになるに違いない。

しかしそれに彼女は気付いていないし、他人が指摘したところで聞こうとはしないのだからどうしようもない。残念ながら京子は、美月を見守ることしかできないのだ。

ちょうどそのとき、休憩室のドアが開きハイトーンのざわめきが飛び込んできた。美月がいち早く入口へと目を向け、京子もそれを追いかける。

ほのかに香水の匂いを漂わせながら、きらびやかなネイルで彩られた手にランチ用のミニバッグをぶら下げて、高いヒールを小粋に鳴らしながら現れた集団。ヨコキンの中でも派手な女性社員の集団、その真ん中に京子たちと同期入社の木田梓(きだあずさ)がいた。

京子の代の新入社員は十三人。その中で営業部に配属されたのは京子と美月と梓の三人だ。早々に同期社員の群れからはじき出されてしまった美月と京子とは違って、梓は同期入社の中で中心的存在になっていた。

「梓ちゃーん」

美月に声をかけられたのに気が付いた梓は、一瞬だけ顔を引きつらせる。梓は美月を一方的に嫌っていた。

しかしここは同期の花形、センターポジションの梓だ。すぐに表情を笑顔に切り替え、一緒にいた女子たちと別れて、こちらへと歩いてくる。

いくつものスタッズで彩られたランチバッグを腕にかけ、控えめに腰を振りながら歩いてくる姿はなんとも芝居めいている。まるで芸子のようだ。

クロワッサンのごとく巻かれた髪に扇のようなまつ毛、キラキラと光る頬、唇、二の腕、その他もろもろ。その演出はいささか華美すぎてはいたが、それを踏まえた上でも、梓はヨコキンで一、二を争う美女であることに間違いない。

そしてノースリーブのセーターにタイトスカート。十一月にはそぐわない薄着だが、どんなに寒くても室内では袖がある服は着ないのが梓のポリシーらしい。京子には理解不能だ。

「三ツ橋さんここにいたのね。おひとりかと思ってお誘いするつもりだったのに、姿が見えなかったから」

「あー、わたしも梓ちゃんとランチ行きたかったぁ。どこで食べたの？」

梓は京子に話しかけたのだが、答えたのは美月だった。梓は再び顔をひきつらせたのちに笑顔に戻り、美月へと答える。

「そこの角にできた新しいイタリアンレストランよ。ピッツァの生地がパリパリしていて、すっごくおいしいの」

京子は梓の「ピッツァ」の発音に感心する。「ピザ」じゃなく「ピッツァ」だ。なんて女子力の高い発音だろう。

「でね、ツイッターにアップしたら、七人もお気に入りに入れてくれて。きっとすぐに人気店になると思うから、行くなら今のうちよ」

「すごーい。わたし、ツイッターでお気に入りにされたことなんてないよぉ」

「ああ、違うの。わたしほら、星野さんとは違って、フォロワーが八百人超えてるでしょ。それだけいると自然とね」

「すごーい。わたし十二人しかいないよぉ」

美月は梓に嫌われていることに気付いていない。それどころか、友達が多く派手やかな梓に憧れを抱いているらしい。

今もさりげなくフォロワーの少なさをけなされているのだが、気にしていないのか、耳に入っていないのか——おそらく後者であろう。

木田梓のツイッターアカウントは、ヨコキンの女性社員のほとんどがフォローしている。梓は情報収集能力が高く、雑誌やテレビで紹介されたものを川崎で働く女性のニーズに沿ったかたちで配信するので、ヨコキン以外の川崎ＯＬたちにも人気があるそうだ。

ちなみに美月は梓をフォローしているが、当然ながら美月の十二人のフォロワーの中に梓はいない。

さらに言えば、フォロワー十二人の中には美月の弟と母親がいて、五人はＢＯＴ（自動発言システム）なので、実質フォロワーは残りの五人と言える。

「ねぇねぇ、梓ちゃんがツイッターで言ってた縁結びの神社ってこの辺なんでしょ？」

梓は「そうよ」と頷く。

川崎駅から歩いて行ける距離に、女性誌に掲載された縁結びの神社があるそうだ。今朝、梓がそれをツイートしたために、社内ではその話題で持ちきりだった。

女性誌の情報にも疎くツイッターもやっていない京子は、どれも初めて聞く話だった。

「梓ちゃんはいつ行くの？　わたしも一緒に行きたいなぁ」

星野さんは懲りない人だな――。

京子は二人のやり取りを見ていられなくてそっと目を逸らす。美月の申し出に対して、梓の返事はいつも決まっているのだ。

にっこり微笑み、「機会があったら」と答えるだけで、それ以降誘われることなど決してない。なのに美月は、いつも通りの反応を返す。

「うわぁ、嬉しい。梓ちゃんと出かけるのって初めてだよねぇ」

何度となくこのやり取りを繰り返し、その度に裏切られているというのに、美月は今度こそは誘われると信じ無邪気に喜ぶ。

「わたし、向こうに戻るわね」

梓は縁結び神社の話はそれ以上せず、さっきまで一緒にいた女性社員たちの待つテーブルへとしゃなりしゃなりと戻って行く。

今回も木田さんは、星野さんと一緒に行くつもりはないんだ。まぁ、嫌いな人とわざわざ出かけるわけはないか――。

京子には梓の気持ちがわかる。美月はただでさえ、いろいろと面倒を起こすタイプの人間だ。四六時中ストーカーのように付きまとわれたら、避けたくもなるだろう。

「隠れたパワースポットなんだって。そこでお参りをして結婚が決まったモデルの子がいるらしいよ」

美月はすっかり、縁結び神社に連れて行ってもらえる気になっている。京子は美月が気の毒になってきた。

「木田さんはお誘いの多い方ですから、こちらにまで気をまわせないかもしれませんよ。お忙しいでしょうし」

どちらにも気を使いながらそう言った京子に、美月は自信ありげに微笑む。

「大丈夫だよぉ」

下からライトが当てられているかのような邪悪な笑顔に、京子は思わず目を背けた。

何がどう大丈夫だと言うんだろう。いや、なんにせよ、おかしな笑顔だ――。

「たぶん梓ちゃんが行くのは今日だよ」

「どうしてわかるんですか？」

「ツイッターで配信したからには他の人も行きたがるでしょう。でも梓ちゃんは先を越されるのはイヤなはず。だから今日ぜったいに縁結び神社に行くと思うの」

梓に気付かれるのを恐れてか、美月は声をひそめてそう言う。

「場所はネットで調べればすぐわかるから、わたしたちも行けばいいじゃない」

星野美月は、誘われないことをわかった上で、偶然を装い現地で鉢合わせするためのプランを用意しているのだ。なんという執念、ストーカー力。いや待て、「わたしたちも」って何――。

京子が尋ねる前に、美月は笑顔にますます邪悪な光を加えて言った。

「付き合ってね、京子ちゃん」

ああ、今日はいろんなことに巻き込まれる日だ――。

京子はお弁当箱をしまいながら心を決める。上手い言い訳をつけて断ることなど、不器用な京子はできないのだ。

築三十五年のヨコキンの社屋はこの辺りのビルでは古い方だが、改装を何度も重ねていることもあり、内部には横浜の高層ビルにも負けない設備が整っている。

正面玄関を入ってすぐ、目の前の壁には金色のブランドマークであるテントウムシのオーナメントが飾られ、右手に受付、受付の先には打ち合わせスペースと商品展示室がある。

受付の反対側には、二階に上がる二基のエレベーター前にセキュリティゲートがあり、そのそばには守衛さんも常勤している。ゲートは社員証かゲストカードがないと通ることができない。

仕事を終えた京子は、一階のゲートを抜けたところで美月に声をかけられた。

「京子ちゃん、お待たせ」

「仕事は大丈夫でした？」

「なんとかなったよ」

こんなときに限ってなんとかなってしまうとは——。

美月の間の悪さが発揮され、残業になることを祈っていた京子はあてが外れ、こっそり嘆息する。

「予定があるって言ったら、根岸部長が気を使ってくれてぇ」

なるほど、根岸部長の協力があったのか——。

美月はトラブルの少ない老舗(しにせ)店舗を担当するチームに所属している。チーム長は根岸部長だ。ボウリング大会に妻の選んだピンクのポロシャツを着て恥ずかしがっていたお茶目な部長は、美月の性質を理解した上で、孤立しないようにといつも気遣ってくれている。

星野さんの一番の理解者と言っていいのだけど――。

当の本人はまるで気付いていない。

「場所は大体調べて来たんだ」

美月はスマートフォンで地図を確認しながら、新川通りを駅とは逆方面へと歩き出す。

「梓ちゃん、もう行っちゃったね。急がないと」

六時過ぎには、梓はすでに退社していた。梓のデスクはドアに近いので、終業時間を迎えると同時に、そっと外へ出て行ったのだろう。京子も美月も気付かなかった。

木田さんは星野さんがついてくることを予想していたんじゃないのかな。だから隠れるようにして会社を出た――。

だとしたら、この二人の読み合いは恐ろしい。

「日が落ちるのが早くなったねぇ。もう十一月だもんね」

物恐ろしさを感じている京子の隣で、美月はのん気に空を見上げている。

七時を過ぎて空は暗くどんよりと曇り月は見えない。街灯とネオンが並んで歩道を歩く二人の姿を照らしていた。その横を駅へ向かう仕事帰りの会社員たちが通り過ぎて行く。

ああ、わたしも帰りたい――。

レンタルビデオ店で借りたまま見ていないＤＶＤが五本もあるのだ。おひとりさまライフの至福の時間、ＤＶＤ鑑賞。今日のうちに二本は見られるだろうと思っていたのに、この分では一本、いや見れずに寝てしまう可能性もある。

身長一六五センチの京子に対して、身長一五二センチの美月。地面に映る二人のアンバランスな影を京子は見つめながら、胸の内で帰りたい帰りたいと呪文のように繰り返していた。

そんな京子の思いも知らず、信号待ちをしている間にスマホをいじっていた美月は大きく頷く。

「ほらぁ、見て。思った通りだよ」

京子に向けられた画面には梓のツイッターページが表示されていた。

上目遣いの顔写真のアイコンの下に、「着いたよー」のつぶやきと共に神社の写真が載せられている。美月の予想は当たったのだ。

「今着いたってことは、急げば間に合うね」

「そうですね」

早く家に帰りたい一心で、京子は美月と心を一つにする。さっさと神社でお参りをすませ、帰ってＤＶＤを見るのだ。

「星野さんはツイッターでつぶやいたりはしないのですか」

ふと気が付いて、京子は美月に尋ねる。思い返してみると、美月がツイッターを梓の動向調査以外に使っているのを見たことがない。

「これは閲覧専用。時々リプライもしてたんだけどぉ、返してもらえることがないからやめちゃったの」

つぶやきもせずリプライもしない、そんな美月にとってツイッターがそれほど楽しいものには思えない。つまり美月は梓を追いかけるためだけにツイッターに登録しているのだ。すさまじい執着心だ。

「わたし、友達少ないからなぁ」

ストーカー美月は自虐気味に微笑む。「わたしもですよ」と京子が続いた。

しかし京子と美月は、根本的に大きく違う。

《積極的おひとりさま》は《消極的おひとりさま》に対して思った。ひとりを受け入れたらいいのに。それは決して悪いことじゃないんだ、と——。


神社の入口は、埋立地へ向かう交通量の少ない道路脇にあった。

河川敷の緑地を抜けた先に、木がうっそうと生い茂った雑木林があり、その合間を縫うようにして砂利の参道が続いている。

手前には古い石造りの鳥居があった。雨風にさらされながらも、長い間この神域を守り続けてきた貫禄(かんろく)を感じさせる佇(たたず)まいだ。

しかし歴史のある神社のようだが、なんとも質素で地味だ。パワースポットと言われても、首をひねりたくなる。

「本当にここでいいんですか」

「うん、そうだよぉ」

薄暗い境内、参道を見守るように建てられた灯籠のろうそくがゆらゆらと不気味に揺れている。その火に合わせて灯籠の影も揺れ、深い闇の世界へ手招きをしているように見えた。

質素で地味なだけではなく、あまりに陰気だ。とても女性誌に取り上げられるような神社には思えない。

「まだ梓ちゃんたちいるかなぁ」

我が道をゆく美月は、この程度の陰気な重苦しさはどうってことはないらしい。ひとり楽しげにずんずんと奥へ進んでゆく。

カァカァとこちらを嘲笑(あざわら)っているかのようなカラスの鳴き声が聞こえる。霊の類を一切信じていない京子でも、この雰囲気は薄気味悪く感じた。

婚活女子に人気のパワースポットではぜったいにない。ここで浮かれた撮影なんて行った日には、見えてはいけない何かが写りこんでしまいそうだ。

「星野さん、とても暗くてひどく気味が悪い場所ですが――」

「さすがパワースポットだよねぇ。見えない何かを感じるなぁ」

そういう意味ではない。

京子は問いただしたい思いを胸にしまいこんで、美月の後をついて行く。とにかく早くこの参拝を終わらせることだ。そうすれば家に帰ってひとりの時間を満喫できる。

「おみくじは絶対に引こうね。お守りも買わなきゃね」

遠足気分なのか、美月の足取りは軽い。砂利の参道に、ヒールで軽快なリズムを刻んでいる。

「こんな時間だし、無理だと思いますよ」

京子が毎年初詣に出かける神社は日没とともに閉門する。大みそかでもない限り、こんな夜遅くまで神社が開いていることはないだろう。

おみくじやお守りを扱っている社務所も開いてはいない。神社はデパートやコンビニとは違うのだ。

「でもほら、明かりが点いているんだから、やってるんじゃないかなぁ」

美月は灯籠の火を指さしてそう言った。

灯籠はネオン看板ではない。明かりが点いているからって、営業中のサインではないのだ。

でも京子は何も言わなかった。ここまで来たのだから、腹をくってついて行こう。お参りが終われば帰れるのだから。

「ねぇ、こんなに暗い中で鳥が飛んでるよ。夜行性なのかな」

美月が空を指した。翼をバサバサとはためかせ、予測不可能な弧を描いて飛行するその姿は、鳥ではなくコウモリだ。

「鳥ではありません」

「小さいなぁ。まだ子供なのかなぁ。あ、向こうの林に巣があるのかもしれないねぇ」

「コウモリですよ」

「かわいいよねぇ。この辺りは工場ばかりだと思ったけど、こんなに自然が多い場所があるんだねぇ」

「……そうですね」

そんな会話を続けながら、二人は参道を歩き続ける。砂利道はゆるやかなカーブを描き、二人の前に再び石造りの鳥居が現れた。そしてその先には朱色の拝殿が見える。

ああ、やっと帰れる――。

ホッとする京子の隣で、美月は梓の姿を捜していた。

「梓ちゃんどこかなぁ。おみくじを引いたってつぶやいてるけどぉ」

梓どころか、他の参拝客の姿も見えない。京子はすでに確信を持っていたが、この神社はおそらく別の神社だ。

普通は気づきそうなことだが、あえて口に出さなければ伝わらないのが美月だ。いや、口に出しても伝わらないことも多々ある。

「木田さんの言っていた神社は、本当にここですか」

「え、なんで」

「女性誌に載っていた神社にしてはずいぶんと陰気な感じがしますし、それにこの拝殿、木田さんが載せていた写真と違う気がします」

美月は「えー、そうかなぁ」と言いながら、ツイッター画面を開いて確認する。

「確かに同じじゃないけど、似てるよ」

似ているのと同じなのとは、まったく意味が違う——。

そう思いながらも、京子はそれ以上の説得はやめて、とりあえず参拝をすませようと美月に促す。とにかく帰れればそれでいい。

手水舎(ちょうずや)で手と口を清め、拝殿へ手を合わせた。二礼二拍一礼。

大したお願いもせずに拝殿から離れる。京子は信心深い方ではない。普段から神様を信じていない自分が、たまに神社に来たときに願い事をするのはずうずうしい気がしてためらってしまう。

　時刻は間もなく八時になろうとしていた。真っ暗な空にコウモリの姿はもう見えない。カラスの鳴き声もせず、林を揺らす風の音だけが辺りに響いていた。

　京子よりも長く手を合わせていた美月は、顔を上げると大きく最後の一礼をして、後ろで待っていた京子のもとへ走ってきた。

「いっぱーい、お願いしちゃったぁ」

目的は終わった。梓には会えなかったが、縁結びのお願いはできたのでそれでいいだろう。

　来た道を戻ろうとした京子の横で、美月がふらふらと参道を外れて歩き出す。京子は慌てて美月の後を追った。

「どこへいくんですか」

「お守り、どこで売っているのかなぁって思って」

「こんな時間に売っていないと思いますよ」

「縁結びのお守りだけは欲しいよねぇ。梓ちゃんも買ったのかなぁ」

　参道を挟んで手水舎の向かいにある小屋が社務所のようだ。普段は正面の窓が開けられているのだろう。お守りなどを並べているような痕跡が見える。

　しかし今は窓がきっちりと閉められ、お守りも並んではいない。

「ここでいつも、売っているみたいですね。今はもう閉まっているけど」

「こっちじゃないかなぁ」

美月はいつも通り話を聞いていない。社務所の裏手に、林の奥へ続く小道をみつけ指をさす。

うっそうと茂る雑木林の間を縫うようにして作られた小道に、小さな灯籠がぽつんぽつんと置かれていた。どこかへつながる裏道のようだ。

「こんな林の奥で、お守りは売ってないと思いますよ」

「うん。でもこうやって道があるんだから、入ってもいいんだよね。ほら、明かりも点いているし」

ここに来て京子は、〝明かりが点いていることが、営業中であること〟という美月基準を否定しなかったことを後悔した。しかしたとえあのとき否定していたとしても、どうせ美月は聞いてはいなかっただろう。

美月は目を輝かせて小道へと進んでゆく。京子は黙ってその後を追った。

灯籠の照らす小道は林の奥へと続く。ろうが溶けて火が消えているものもあって、ところどころで道が暗くなっている。京子は転ばないように慎重に歩を進めた。

明かりに照らされた不揃いの梢（こずえ）は、こっちに来いとも来るなとも言っているように見える。静かな林道に、ヒールを地面にめり込ませて歩く二人のにぶい足音が響く。

この先に何があるのだろう。お守りを扱う社務所があるとは思えないが、ただの裏道とも思えない。

京子は次第に恐怖よりも好奇心が先立ってくるのを感じていた。なんだかとても面白い。

しばらく歩くと、小道の先が広がって広場のような場所に出た。

参道に並んでいた石灯籠と同じものが、広場を囲むようにして置かれている。そしてその真ん中には、見上げるほど大きな杉の木が鎮座していた。しめ縄で囲まれているところを見ると、おそらくこの神社の守り主、ご神木だろう。

「すごく大きな木ですね。向こう側がまるで見えない」

「そうだね。きっと神様の木だぁ」

樹齢百年以上になるのだろう。幹は力強く太く、京子の両腕を広げても幹回りの半周にもならない。枝も大きく広がって、この辺り一帯を守っているように見える。まさにこの林の主といった風貌だ。

カツーン、カツーン。

不意に金属を打ちつける、冷たい音が聞こえてきた。京子と美月は顔を見合わせる。

「何の音だろう」

「さあ……。この木の向こうから、聞こえるようですね」

二人は自然と声をひそめていた。冷たい金属音は、しんと静まり返った夜の闇を突き刺すように響いている。不穏なものを感じさせる音だ。

耳をそばだてると、衣擦れのような音も一緒に聞こえる。誰かが何かを打ちつけている。自然の作り出した音ではない。人の手によって生み出されている音のようだ。

カツーン、カツーン。

金属のぶつかりあう音とともに何かが木にめり込む音が聞こえる。

「カナヅチで何かを打ちつけているようですね」

美月も同じことを思ったらしい、京子を見てうんと頷く。

こんな時間に人目につかないこんな場所で、カナヅチを手にして何をしているのか。

京子に思い浮かぶことはたった一つだ。

テレビなどで目にしたことがある。白装束に身を包み、長い髪をふり乱した女が夜な夜な藁人形に釘を打ちつける。鬼の形相で呪いの言葉を吐きながら、一心不乱にカナヅチを振り下ろす姿。そんな光景がこの神社にはよく似合う。

しかしだからと言って、まだ夜の八時だ。丑三つ時には程遠いし、そもそも今どき呪いの藁人形なんて信じる人がいるのだろうか。

「気になるねぇ」

美月がそう言って、京子の腕に手を絡めた。どうやら逃げる気はないらしい。

京子も同じ気持ちだった。鼓動が速くなり、手にじんわりと汗をかく。得体のしれないものへの恐怖よりも、好奇心が先行した。

「星野さん、行きましょう」

「うん、行こう」

京子を先頭に二人はじりじりとご神木の裏手へと回る。相手に気付かれないようにゆっくりと息を殺して、足音もなるべくたてないように気を付けた。

いざとなれば逃げればいい。まずはこの音の正体を突き止めたい。

カツーン、カツーン。

その二回を最後に音は止まった。直後、草を踏みしめるような足音がして、金属音を奏でていた人物がご神木から離れたのだとわかった。確かめるなら今だ。

京子は音をたてないように慎重に、ご神木の向こうを覗き込む。

灯籠のそばで、こちらに背を向けるようにして紙袋を覗いている男の姿があった。白い着物に水色の袴(はかま)、足元は草履(ぞうり)だ。恰好(かっこう)からして、神社の関係者のようだ。

呪いの儀式をしているわけじゃなかったのか——。

ホッとする気持ちと拍子抜けをした気持ちの半々で、京子は小さなため息をつく。そして後ろの美月に「神社の人のようですよ」と声をかけた。身長が低いせいもあって、美月に男の姿は見えていない。

「なんだぁ。じゃあやっぱり、お守りはここで買えるんだね」

「え、ちょっと、星野さん」

京子が止めたのにもかかわらず、美月はその男に駆け寄る。

「すみません、お守りが欲しいんです。あとおみくじも……」

後を追いかけた京子は、美月の後ろから男の顔を見た。

「あ——」

人事部の佐藤一だった。今日の昼、京子の貴重なランチタイムの十分を一方的に朱肉事件に巻き込むかたちで奪った男だ。

昼間のスーツ姿とは違って、袴姿になると威厳と悠然たる空気を身にまとい、堂々とした姿に見えた。昼間ドアに繋がれて苦しそうにもがいていた男と同一人物とは思えない。

一も京子と美月がここにいることに驚いたらしく、「あれ、どうしたんですか」と近づいてくる。しかし一の手に無造作に持たれているものは、いくつもの藁人形だった。

「きゃあああっ」

それを見た美月は、悲鳴を上げて尻餅をついた。

「え、あの、なんですか」

その悲鳴に驚いた一の手から藁人形の一つが落ちる。それはコロンコロンと転がって、座り込んだ美月の目の前で止まった。

藁にこれでもかというほど強く紐を巻きつけて作られているその人形は、何本かの黒髪が編みこまれていて、その身体のあちこちに深く釘が打ちつけられている。乱れて飛び出した藁のひとつひとつから、憎しみが滲み出しているようだった。

「いやあああっ」

美月は手を振り回し、藁人形を押しのける。好奇心は強いが、怖がりでもあるらしい。京子は足元に転がってきた藁人形を拾った。

気味が悪いが、美月ほどの拒絶は感じない。京子は手にした藁人形を一に返す。

「これは佐藤さんが作ったものですか?」

京子が尋ねると、一は「まさか」と否定した。

「僕はこの神社の神主です。樹齢三百年のご神木にこうして藁人形が打ちつけられてしまうので、こうしてときどき外しに来るんです。放っておいたら藁人形だらけになりますからね」

京子は家業の都合で休職していたという一の話を思い出した。勝手に商店か何かかと思っていたが、神社だとは予想外だった。

「でも今、釘の音がしていたのですが」

「ああ、それは……」

一は京子の背後を指さし、満足そうな笑みを浮かべて「これです」と言った。

振り返るとそこには、今しがた反対側からぐるりと半周してきたご神木があり、そのすぐ横に真新しい看板が立てられている。

「外しても外しても、すぐにまた別の藁人形が打ちつけられる。これではいたちごっこですからね。注意喚起を促そうと、この看板を作りました」

看板の上半分には「呪いの人形を打ちつけるのはやめてください」という文字がふりがな付きで入っていて、その下には藁人形らしきイラストの上に大きなバッテンが印字されている。おそらく一が描いたものだろう。

藁人形はそのかたちからぎりぎりそれとわかる程度のイラストだ。三人に一人くらいは《水戸納豆》と間違えるかもしれない。パソコンソフトで描かれていることが、余計に拙く痛々しい。なんともこの場にそぐわない看板だ。

一はとても満足しているらしく、仁王立ちで「やはりこの色にして正解でした」と言っている。

神主である一がそう言うならそれでいいのだろう。京子はそれよりも気になっていることがあった。

「藁人形ってそんなに多いものなのですか。神社って大変ですね」

京子はさっきまで藁人形を目にしたことはなかった。初詣ぐらいしか神社に行く機会のない京子には縁遠くて当然なのかもしれないが、看板を立てなければならないほど日常的なものだとは思わなかった。

一は「いやいや」と首を横に振る。

「うちは特別ですよ。縁切り神社ですから」

「縁切り神社？　縁結び神社ですよね」

京子の言葉に、一は「ああ」とため息をつく。

「『川崎縁結び』さんと間違えていらっしゃるんですね。うちは『川崎縁切り』。縁を切ることを願う神社ですよ」

ここは鎌倉時代から続く由緒正しき『川崎縁切り神社』。一は十八代目の神主だという。

女性誌に取り上げられて話題になっている『川崎縁結び神社』とは同じ町内の端と端に位置していて、間違えられることがよくあるらしい。

「縁切りというと、誰かを呪うことだと勘違いされやすいのですが、そうではないんですよ。人に不幸をもたらす因縁や悪縁を切るために神様に願う、そのお手伝いをするのが僕らの仕事です」

一はそう言って、手に持っていた藁人形を足元の紙袋へと放り投げた。

「神様はこんな禍々（まがまが）しい願いなどきいてはくれませんよ」

男女の仲だけが《縁》ではない。家庭、会社、学校、近所付き合いに至るまで、様々なものとの繋がりを《縁》というのだ。

縁切りという名前だけ聞きつけて、こうして男女の仲を引き裂くための呪いを置いて行く人は跡を絶たない。誰かを一方的に不幸に落とし込もうとする呪いは、必ず闇を生み不幸の連鎖で呪った本人をも不幸にするものだ、と一は語る。

「とりあえずここは冷えます。この裏が家なので、お茶でも飲んで行ってください」

「いえもう遅いですし、失礼します。ね、星野さん」

京子はそう言って美月の方を振り返る。美月は顔を伏せるようにして、尻餅をついた姿勢のまま座り込んでいた。

そう言えばさっきから、星野さんはずいぶんと大人しい――。

「星野さん、大丈夫ですか」

京子は立ち上がらせようと、美月に手を差し伸べる。ゆっくりと差し出された美月の手はひんやりとして冷たく、汗ばんでいた。

「京子ちゃん……気持ち悪い……」

一度は立ち上がろうとした美月だったが、すぐにまた座り込んでしまう。顔が真っ青だ。貧血を起こしているのかもしれない。

様子を察した一が、素早く美月のもとへと駆け寄る。

「うちに運びましょう。三ツ橋さんはそこの紙袋をお願いします」

そう言って一は美月を抱き上げた。ややぽっちゃりめな美月を一はスムーズに持ち上げ、「向こうです」と灯籠の向こうに続く裏道へと歩き出す。あの着物の下は、意外にも強靭な肉体を持っているのかもしれない。

京子は一に言われるままに紙袋を手にして、中にあの気味が悪い藁人形がいくつも入っていることを思い出した。

しかし緊急事態だ。水戸納豆だと思えば怖くない——。

京子は「納豆、納豆」とつぶやきながら、一の後をついて行った。


美月を抱き上げながらもまっすぐに背筋が伸びた袴姿、その背中を追いかけて小道を抜けると、後ろカゴがついたママチャリと古い物干し竿が現れた。神主宅の勝手口のようだ。

一は美月を抱いたまま庭にまわり、縁側からすぐの和室に上がると、すぐに美月を横たわらせる。美月は起き上がろうとしたものの、まだめまいがするらしく、一はしばらく寝ているように勧めた。

「参拝客のこういう反応には慣れているんですよ。ああいうものは、あまり気持ちの良いものではありませんからね」

一は寝ている美月にブランケットをかけると、京子を隣の部屋へと案内した。

縦に和室がいくつか並んだ造りになっているようだ。外から見る限り平屋建てに見えたが、その奥行きはとても広い。

「祭事などで人が集まることも多いので、客間がたくさんあるんですよ。今は母と二人暮らしなので、掃除が大変です」

一は困ったように笑ったが、部屋のどこを見ても綺麗に片づけられており、埃ひとつ落ちてはいない。

スーツの着こなし、着物の着方からも感じていたが、佐藤一というひとはとても神経質で几帳面な人なのだろう。しかし昼間の出来事やあの看板の出来から察するに、手先は不器用でもあるらしい。

あれは今思い出してもひどい光景だったな――。

京子は思わず昼間のドアに繋がれた一の姿を思い出して口元が緩んだ。

「思い出し笑いは失礼ですよ」

さすがに目ざとい。京子は「すみません」と謝って姿勢を正す。

二人の間には座卓が置かれていて、先ほど一の母親が持ってきた湯呑が二つ並んでいた。お茶の香りを乗せた白い湯気がひんやりとした部屋の中へ消えてゆく。

「暖房をつけたので、すぐに暖かくなると思います」

「ありがとうございます」

京子がお礼を言うと、すぐに会話は途切れ、部屋は静かになった。静けさに感覚が研ぎ澄まされるのか、お茶の香りと別に畳の匂いを感じて、京子は懐かしいと思った。

一人暮らしを始めてからずっとフローリングだったから――。

匂いは遠い記憶を呼び起こす。京子が畳の部屋で生活をしていたのは、父親と暮らしていた頃のことだ。京子はまだ学生で、母親はすでにいなかった。

父親の転勤で何度も引越しをした。引越し先は決まって古い社宅で、その頃の建物はまだ和室のものが多かった。ひんやりとした和室で静かに父の帰りを待つのが京子の日常だった。

部屋に差し込んでいたオレンジ色の西日が消えて、空は暗くなり、小さなマスコットのついた電気の紐を引いて明かりを点けた。夕飯の支度はされていて、いつもテレビを見ながらひとりで食べていた。京子は懐かしく思った。

思い出の光景は物寂しくは見えるが、京子にとっては日常だ。辛くも悲しくもなく、ただかつて過ぎた時間というだけ――。

「三ツ橋さん、これを」

過去に思いを馳せた京子を現実に呼び戻すがごとく、一が一枚の書面を取り出した。

「明日お渡しするつもりだったのですが、せっかくお会いできたので」

Ａ４の紙一枚にまとめられたその書面は上部分に大きく『業務協力許可証』と書かれてあり、営業部の責任者である根岸部長のサインが入っている。

営業部営業アシスタント三ツ橋京子の人事部での業務協力を許可する、と――。

「なるべく本来の業務に支障が出ないようにはしますが、やはり組織である以上、上長の許可を取る必要があります」

「もう取れたのですか」

「はい、朱肉事件は根岸部長もご存じですから、話は早かったです」

京子は書面を手にして、じっと見つめる。几帳面な一は注意深くもあるのだろう。人事という部署の性質上トラブルを避けて先回りをして仕事をするのだろう。

それにしても用意周到すぎる――。

京子が一に声をかけられたのは昼の出来事だ。そこからこんな短時間で、忙しい根岸部長のアポイントを取り、説明をして書面にサインを取り付けるまでできるのだろうか。

京子の怪訝な表情に気付いたのか、一はあっさりと真相を語った。

「申し訳ありません。三ツ橋さんを誘うため、朱肉ケースの蓋を落としたのは僕です」

一の告白に京子は、それほど驚きを感じなかった。薄々そんな気がしていたのだ。

あのとき京子は、すぐに階上を見上げたが誰の姿も見えなかった。それなのに京子がその場を立ち去ろうとしたときに、一は階段の上から現れた。おそらく京子から死角になる場所で身を隠していたのだろう。それに上階にいた一が小さな朱肉ケースの蓋を目ざとくみつけたことにも疑問があった。

「物を投げて祈願することは古くから使われる手法でして、有名なところで言えば、神社などで石を投げて願い事をしたり、祭事でお餅や小銭を投げたりと伝統ある文化なのです」

伝統なんてどうでもいい――。

おでこに当たったときはそれなりに痛かったし、目に当たる危険だってあった。

文句を言いたくても言えない京子の性分を見越しているのか、言葉にせずとも一は「三ツ橋さんのお怒りはもっともです」と、頭を下げて謝罪をした。昼間も見た、美しいお辞儀だ。

「三ツ橋さんの足元に落とすつもりだったのですが、風の抵抗を受けて軌道がそれてしまったようで……。三ツ橋さんがちょうど空を見上げたタイミングと重なったために、あのようなこととなりました。申し訳ありません」

一の真摯な態度に、京子の怒りは和らいでゆく。怪我をしたわけでもなく、過ぎてしまったことだ。頭を下げている人に怒り続けるほどの出来事でもない。

しかし苛立ちはなくなっても、京子には一の行動に疑問が残っていた。

「朱肉事件解決の協力を求めるためにしたことですよね。どうしてわたしなんですか」

「それにはきちんとした理由があります」

一はそう言って、書面と同じサイズのタブレットを取り出した。

「この表を見てください」

画面に映し出されたのは、無数に並ぶ小さなボックスを幾重にもつなぐ線の数々。よく見ればボックスの一つ一つに名前が入っていて、線の色は赤、青、黄の三種類に色分けされている。

根岸純一（ねぎしじゅんいち）、湯橋透（ゆはしとおる）、野村茂（のむらしげる）、木田梓、星野美月——。

無数に並ぶボックスの名前は、営業部の社員の名前だ。そしてそのボックスとボックスは線で繋がれているのだが、その線の数には個人差があるようだ。

たとえば、京子より十歳年上の営業部の先輩である野村茂には青色の線が数本繋がっているだけだ。その一方で根岸部長にはたくさんの線が繋がっている。そんな根岸部長と繋がる美月にも同じだけの線が繋がっているが、根岸部長に繋がる線のほとんどが青色であるのにもかかわらず、美月の線のほとんどは赤色と黄色だ。

京子には社内相関図にも見えるこの表が何を表しているのか、想像もつかない。

「これは様々な『縁』を表にした『結びつき表』です」

結びつき表——。

「『縁』というと、縁結びとか縁切りの縁ですか」

「そうです。『繫がり』と理解していただければ、わかりやすいと思います」

一は座卓をぐるりと回り、京子の隣でタブレットに触れながら説明をした。

「業務的な繫がりは数に入れていません。仕事上の枠を超えて接点を持っている人同士を繫げ、その線を危険度によって色分けしました」

色分けの意味は信号と同じ、青色は安全で黄色は注意、赤色は危険な状態だという。

京子は赤色の線をいたるところへ繫げている美月を指さした。

「星野さんのこれは」

「お察しください。彼女は個性的な人なので」

美月の線の一本が梓へと繫がっている。その線も当然赤色だった。

やはり彼女はトラブルを引き起こしやすい性質を持っているのだろう。今まで感じてきたことなので、なるほどと受け止めた。

そして美月から繫がる数少ない青色の線が一本、どの線からも離れたスペースへと繫がっている。

一は京子の視線に気付いたのか、その線の方へと画面を動かした。

「これは……」

無数の線で繫がったボックスから離れるようにして、美月からの線だけが繫がる個別のボックスがあった。そこには京子の名前が書かれている。

「これが、あなたを選んだ理由です」

「わたしが他人と交流を持たないからですか」

「平たく言えばそうなりますね」

なるほど、と京子は頷く。

同じことを言われて傷つく人もいるのだろうが、京子は自分が孤立した人間だという自覚を持っていたし、それでいいと思っている。そして一も京子がそういう人間だとわかった上で話をしているようだ。

「朱肉事件はセキュリティに守られた社内で起きています。つまりはこの中の誰かが犯人ということになります。それならば、誰にも肩入れすることなく、俯瞰で事件を見ることができる人に協力していただきたいと思い、三ツ橋さんに声をかけました」

「声はかけられていないと思うのですが」

「もとい、蓋を落としました」

やり方はともかくとして、佐藤一という人は想像以上に京子のことを知っている。それは人事部の職務の内なのか、それとも——。

京子はタブレットの画面の中で縦横無尽に広がる線を見つめる。社内のプライベートでの繋がりを把握してその危険度を分析し表にする。並大抵の労力ではない。

それに赤、青、黄、これだけの色分けをするためには、個別の関係性を知る必要があるだろう。穏やかな関係の青ならともかく、黄や赤の関係を知って心を乱すことなく、他人事だと処理することができるのだろうか。

物事の縁を見つめてきた縁切り神社の神主としての資質か——。

「ヨコハマ金属株式会社は今期で創立四十周年を迎えます。そんな記念すべき年に、このようなつまらないイタズラで会社全体の士気をそぐようなことにはしたくないんです」

一はタブレットの上で指を滑らせ、表の全体像を表示させる。本社にいる百人強の社員すべてがそこにいるのだろう。画面は無数の線で埋め尽くされ、絡まり合った縁はいびつに丸められた毛糸玉のようだ。

「プライベートでこれだけの縁が、仕事上の繋がりを入れればもっと多くの縁がヨコキンの社屋の中でうごめいています。この縁のどれかが犯人に繋がっているんです。そして場合によっては縁そのものが、犯人に事件を起こさせている可能性があります」

男女の仲をこじらせた誰かがご神木に呪いの藁人形を打ちつけるように、人と人の摩擦が闇を生みだす——。

感情を揺さぶられ、怒りや嫉妬や悲しみで心をいっぱいにした人は、その足に何かが絡みつき闇へ引きずり込もうとしていることに気付かないのだろうか。そんなにも辛く苦しいのに、その繋がりを手放そうとしないのはなぜなのか。

　京子が今までなるべく持たないようにしてきた縁というものが、人を追い詰め事件を起こさせているのであれば、この事件を紐解けば、人が繋がりに執着する理由もわかるかもしれない。

　それには、ちょっと興味がある――。

　不安や心配より、好奇心が上回った。

「事情はわかりました。お約束した通り、わたしのできる限りご協力します」

「ありがとうございます」

　一は京子の承諾にホッとしたように肩の力を抜いた。

「ただ一つ、約束をしてください」

「約束？」

「もう嘘（うそ）はつかないでください。わたしは佐藤さんを信じて、ご協力をしたいと思っているので」

　京子は一をじっと見つめて言った。一はその視線を受け止め頷く。

「約束します。決して嘘はつきません。騙（だま）すようなことをして、申し訳ありませんでした」

「それともう一つ」

「まだあるんですか」

「これで終わりです」

京子はタブレットを操作し、自分の名前を出すとそれを指さして言った。

「この縁、切って欲しいです」

京子が指さした先には、京子から伸びた唯一の青い線、星野美月との《縁》があった。彼女との縁さえ切れてしまえば、京子はランチタイムの度に逃げ回る必要がなくなる。静かなおひとりさまライフが戻ってくるのだ。

一は「なるほど」と頷き、着物の袖から昼間見たハサミを取り出した。

「お安い御用です。朱肉事件が解決した暁には、お二人を結ぶこの縁をぷつりと切って差し上げます」

真昼の月のように白い光を放つ電灯が、一のハサミをきらりと照らす。

仕事で使うハサミと言っていたが、縁切り神社での仕事のことを言っていたのだ。縁とはハサミで切れるものなのだろうか。疑問に思ったが、儀式のようなものだろうと受け止めた。

そして一はタブレットを自分の方へ向け、ささっと何かを操作してから再び京子に見せた。

「でも新しい縁が繋がりましたよ」

見れば、三ツ橋京子に新しい線が一本繋がっている。その線を辿るとその先には一の名前があった。

「この新しい《縁》で、朱肉事件を解決したいと思ってます。もちろん、事件解決後には星野さんの縁と同様、切っていただいても問題はありません」

一はそう言った後に「縁を切るのは、僕の仕事ですがね」と付け足した。

縁切り神社の力がどれほどのものかわからないが、ひとりでいたい京子にとってはうってつけの神社だ。

京子は「わかりました」と頷いた。

2

翌日のヨコキンは、朝から騒がしかった。

十一月の曇り空の下、八階建ての自社ビルを上へ下へと社員たちが、数字を求めて走り回る。月に一回の恒例行事、それぞれの部署が先月の成果を報告する「月次会議」が十時から開催されるからだ。

いつも通り出社をした京子は、右往左往する管理職の先輩方をディスプレイの先に見つめながら、二杯目の昆布茶を飲み干した。本当なら甘いミルクティーが飲みたかったのだが、自動販売機が故障中だったので昆布茶になった。甘味の代わりに旨(うま)みだ。

朝の昆布茶もなかなかいい。五臓六腑(ごぞうろっぷ)に沁(し)み渡る旨みと嗅覚を刺激する昆布の香りで幸せな気持ちになれる――。

昆布茶を飲み干した京子は満足げに息をつく。マグカップに残ったぬくもりを楽しんでいると、目の前をミルクティーの缶を持った木田梓が横切った。髪は今日もふっくらと膨らんだクロワッサンのように巻かれている。

さすが女子力マックスの木田さんだ。昆布茶で妥協をせずに、七階の自販機まで遠征をしてでもミルクティーを取る――。

京子がうらやましげに梓を見つめていると不意に目が合って、慌てて壁時計の時間を確認しているふりをした。そろそろ会場へ移動してもいい頃だ。

金属鍋メーカーとして世界規模にブランド展開をするヨコキンの従業員数は、パート従業員を含めて四百名弱、資本金は一億円。その株式のほとんどは社長の手にあるが決してワンマン経営ではない。社員や役員の意見を取り入れる柔軟な姿勢が、この会社を長く支えていると言われている。

その姿勢の一つが区立施設の会議室を借り切って開催される「月次会議」にあった。

「京子ちゃん、もう行くの？　一緒に行こう」

京子が席を立つのと同時に、待ってましたとばかりに美月に声をかけられる。女性社員の多くは数人で移動をするのが恒例となっている。そんな中でひとりで移動するのは嫌なのだろう。美月はいつも京子に声をかける。

営業アシスタントの京子たちにとっては、各部署の発表を聞くだけの楽な会議だ。京子はいつも筆記用具だけだが、今日は一から借りたタブレットも持っている。本社勤務の全社員が集まるこの会議で、あらためて社員同士の繋がりである《縁》を確認するように言われていた。

「昨日はごめんねぇ。昔からオバケとか苦手だったんだよ。子供会の肝試しでも失神して救急車を呼ばれたんだぁ」

「もう具合は大丈夫ですか？」

「うん。ただの貧血だもん。心配してくれてありがとうねぇ」

新川通りをまっすぐ会場へと進みながら、美月は昨日の失態についてあらためて京子に謝罪した。

一の家に運ばれ、しばらく横になっていた美月は、十分ほどでいつもの調子を取り戻した。青白かった顔色に赤みが差し、ゆっくりと身体を起こすと恥ずかしそうに「すみません」と頭を下げた。

「人事部の佐藤さんの神社だったなんて、世間は狭いねぇ」

起き上がった美月に一通りの事情を説明したが、「そうなんだぁ」の一言で終わらされた。間の悪い日常を送る美月は想定外の出来事に慣れているらしく、並大抵のことでは驚かない。

その後、美月の父親が車で迎えに来て、京子は川崎駅まで送ってもらうことになった。車内では、美月と父親がかみ合わない会話を交わしていて、それを見た京子は、美月の性格が父親譲りだと知る。

それでも父親は美月をとても可愛がっているのが、初対面の京子にもよくわかった。

人に疎まれがちな立場であっても美月に陰がないのは、温かい家庭があるからかもしれない。

そういえば、しばらくお父さんと話をしてないなぁ。……前に電話をしたのって、いつだったっけ……ああ、確か、一ヶ月前――。

赤信号を待つ京子たちの前を派手なライトブルーのワゴン車が通りすぎて行く。あまりに奇抜な色合いに、もの思いにふけっていた京子も目で追った。

車はヨコキンビルの前でゆっくりと停まり、車と同じ色のつなぎを着た若い男が二人降りてきた。今すぐラップでも刻み始めそうな装いだがそんなわけもなく、男たちは後部座席へまわり作業用の荷物を降ろしている。バケツ、モップ、デッキブラシ、いくつものスプレー缶。

「ずいぶんと派手な車ですね。会社の前に停まったようですが」

「清掃業者の車だよぉ。最近、出入りしてるよねぇ」

めずらしく美月が京子の質問にまともに答えてくれた。その直後に信号が変わり、京子たちは再び歩き出す。

会場となる区立施設の黒い屋根が見えてきた。有名な建築デザイナーによる建物らしく美術館のようにも見えるが、中には児童館と会議室とホールがあるだけのコミュニティ施設だ。

京子はアーティスティックな門を通り抜け、他の社員とともにぞろぞろと施設の中へと入って行った。

百五十人が入れるという縦長の大会議室は、前方に演台が置かれ、演台の上にはマイクが設置されていた。必要ならば大型スクリーンも使える、外観に負けない設備が整っている。

座席は特に決まっていなかったが、なんとなく部署ごとに集まって席に着くのが習わしになっていた。ずらりと並んだ長テーブルとパイプ椅子は、一番前に役員、その後ろに総務部と人事部が陣取っている。京子のいる営業部は一番人数が多いので、一番後ろに固まって座る。

京子は席に着く前にいったん会議室を出て、だいたい着席がすんだ頃を見計らって中へと戻る。営業部はほとんど揃っていたので、予定通り一番後ろの列に座ることができた。これは一の指示だ。

「あ、あー、あ、あー。コホン、それでは月次会議を始めます」

総務の重鎮、田代（たしろ）さんが酒やけのかすれた声でマイクを持ち会議を取り仕切る。マイクの持ち方は小指がやや立った昭和のカラオケ持ちだ。

一の姿は見当たらない。今日の会議で復帰の挨拶をすると言っていたのに、急ぎの仕事でも入ったのだろうか。

京子はノートの間に隠すようにして一から渡されたタブレットを開いた。一の作った結びつき表は、当然ながら人に見せられるものではない。京子は周りに気を配りながら、一に教えられたパスワードをいれて表を開く。

『月次会議は社内のほとんどの人間が集まります。つまりこの中に朱肉事件の犯人がいるということです』

京子は一に言われた言葉を思い返しながら、目の前にずらりと並んだいくつもの後ろ頭を眺めた。社内レクリエーションがあるおかげで、ここにいるほとんどの人の、仕事以外の顔を知っている。

この中に犯人がいると思うとイヤだな——。

そう思ったところで、自分の中で無意識のうちに芽生えていた愛社心に驚いた。愛着というのは気付かぬうちに生まれ、根を張ってゆくようだ。

「デザイン部の石井(いしい)です。それではデザイン部の報告を始めます」

会議はバリトンボイスで有名な、企画デザイン部の石井部長の発表から始まった。

石井部長は恰幅(かっぷく)がよく、天パの髪を肩上までふわふわと伸ばした芸術家のような見た目の男だ。年齢は四十二歳、昨年二度目の結婚をしたばかりで子供はいない。

京子はタブレットで石井部長の縁を確認する。二度目とはいえ新婚家庭なので、家族優先の生活を送っているらしく、社内の付き合いはそれほどない。繋がりは五本、青が三本、黄色が一本、そして赤が一本。

「デザイン部では、外部からのデザイン案を積極的に採用し、型にはまらないものづくりを目指してまいります」

石井部長の声が会議室に共鳴する。相変わらずいい声だと京子は思う。おだやかで人のよさそうな石井部長、敵など作りそうにもないように見える。

しかしタブレット上では、赤い縁が生産管理部の副部長、西田美代子と繋がっている。彼女は石井部長の前妻だ。二人の間に何があったかは、噂に疎い京子にはわからない。

それでも先に再婚を決めて遠慮もなく幸せそうにしている石井部長と、いまだ独身のままの西田さんの繋がりが赤くなるのは、無理もないことに思えた。

二人の結婚生活が上手く行っていたころ――おそらく十年ほど前には、この繋がれた縁は青色だったはずだ。もっとも、その頃には一もまだこの会社にはおらず、この表だって作られてはいなかったわけだが。

そう思うと、表の中で縦横無尽に駆け巡る縁のひとつひとつが恐ろしいものに思えた。今は穏やかに青色にたたずんでいるものも、いつ注意が必要な黄色になり、どうにも危険な赤色に変わるかわからない。

コミュニケーションが苦手な結果とはいえ、縁が二つしか繋がっていないことをよかったと思う。いくつも縁が繋がっていたら、気をまわしすぎておかしくなりそうだ。

たとえば、この人たちのように——。

「海外事業部です。っと、ああ、名前を言い忘れました。飯田（いいだ）です」

石井部長と入れ替わって、海外事業部の飯田晴樹（はるき）が演台に立つ。

青に近い紺のスーツにピンク色のタイ、一見個性的にも見えるスーツを見事に着こなしている。身長は一八〇センチ、学生時代はモデルのアルバイトをしていたそうだ。三十一歳にして独身、意志の強そうな猫目ではっきりとした顔立ちをしている。帰国子女で英語は完璧、彼女の有無は不明だが、社内ではぶっちぎりの一番人気と噂される男だ。

飯田はマイクなしでも十分に聞こえそうなほど、はっきりとした声で海外事業部の業績を説明し始めた。百人を前にしても緊張した様子など微塵（みじん）も見せず、周りの空気を瞬時に取り込み自分のものにしてしまう。

日本製の安心感からか、ヨコキンの主力商品である金属鍋は、ここ数年のうちに海外でもシェアを広げつつある。それを精力的に進めているのが海外事業部だ。

立ち上げ当初は海外に拠点を持ち営業を行ってきたが、現地の卸業者との契約が終わり安定した販売を行えるようになったため、この夏から何人かの社員が本社に戻ってきた。

そのうちの一人が飯田晴樹だ。ニューヨークにいる事業部長に代わって、業績結果の発表を行う。

今はまだ役職についていないが、次の人事発表では主任になるのは間違いないと言われている。ヨコキンでは異例のスピード出世だ。

「欧米での数字は頭打ちになりつつあります。またロスでのフラッグショップは失敗に終わりました。これからはアジア方面への進出を強化し、今期の数字に繋げて行きたいと考えています」

成功も失敗も恥じることなく、さらすことができる。飯田晴樹は裏表がなく、自信に満ちたまっすぐな男だった。帰国子女であった環境がそう育てたのか、もって生まれた性分なのかわからないが、日本人には珍しいタイプで、人を引き付ける男であることは間違いない。

さらにイケメンで仕事ができるとくれば当然、女にモテる。タブレットに表示された飯田晴樹の縁は、ぐるぐると絡まりまくってちょっとしたブラックホールのように見えた。

そしてそれだけの女の縁がひとりの男に集まっているとなれば、すべてが穏やかであるわけがなく、繋がった縁のいくつかは燃えるような赤に染まっている。恨み妬みをごうごうと燃え上がらせているような赤色に、京子は寒気を感じた。

こんなややこしい人間関係には、ぜったいに巻き込まれたくない。飯田さんと縁が繋がっていなくてよかった——。

そう思って顔を上げると、ちょうど自分の席へ座ろうとしていた飯田と目が合った。

飯田の大きな猫目は、京子のような気の小さい人間には圧迫感を与える。それに加えて飯田は、遠慮なく人をまっすぐに見るので、そのプレッシャーは倍増だ。京子はあからさまに目を逸らし、その直後にハッとする。

失礼な態度になってしまっただろうか……。でも、あのままじっと見ているのも失礼なわけで——。

飯田は京子にとって新人研修で世話になった先輩だ。京子が入社した三年半前にはまだ海外事業部がなく、飯田は営業部に所属していた。その半年後に海外事業部が発足し、その一員となった飯田は二年半、ニューヨーク支社で勤務することになった。

しばらく飯田にこちらを見られているような気がして、なかなか顔を上げられなかった京子だが、手帳をたてかけるようにしてこっそり見ると飯田はすでに席について前を向いていた。気のせいだったようだ。

京子は気を取り直して、再びタブレットの縁の渦へと目を向ける。

「えー、続いて、営業部の発表に移りますね」

酒やけの田代さんの声が進行を続ける。京子のいる営業部の発表だ。

営業部は事業ごとに四つのユニットグループに分かれている。京子はファミレスや居酒屋などの飲食店を担当する第二ユニットで、美月は根岸部長が率いる老舗デパートを担当する第一ユニット。その他に通販会社を担当する第三ユニットと、梓がいる若い女性をターゲットとした第四ユニットがある。

まず根岸部長が立ち、その後は各ユニットごとに発表が進められる。いつも同じフロアで働いている面々なだけあって、結びつき表の縁の絡まりも京子の想定内のものばかりだ。

しかしこの中に飯田に負けじと、激しく絡まり合った縁の渦を持つ人物がいた。

湯橋透、三十七歳。営業部主任、第四ユニットリーダー。梓の所属するグループの責任者だ。

「営業部、第四ユニットの湯橋です。よろしくお願いします」

穏やかな挨拶から始まった発表は、マイクを通さなければ一列目でさえ聞こえるかわからない儚(はかな)い声で行われる。

色白で、色が薄く柔らかくうねった髪は、ところどころに白いものが交じっている。ひかえめで、優しい牧師さんのような男だ。

しかし発表される数字はどれも当初の目標を大きく超え、前期に自らが塗りかえた記録をさらに超えようとしている。湯橋はそれを鼻にかけた様子を微塵も見せず、小川を流れる水のように、静かに淡々と発表してゆく。

何をしても注目を集める飯田とは違って、むやみに敵を作らないタイプだ。そのかわり飯田のようなカリスマ性もない。

湯橋を渦巻く縁のほとんどが彼を慕う女性社員で、その中には美月もいた。その色はほとんどが穏やかな青色で、その点でも飯田とは違う。もっとも湯橋は既婚者で、デスクに子供の写真を飾るほどの子煩悩なので、女性からの期待値が低い結果かもしれない。ヨコキン社内の女性人気は、飯田と湯橋で二分するかたちとなっていた。その結果、彼らの頭上で社内最大の縁の渦を巻いている。

男女の関係というのはトラブルを生むもの、か——。

恋愛はドラマや映画などで俯瞰で見ると楽しいが、いざ当事者になってしまうと、理屈では抑えきれない感情にふりまわされる。

赤くなった縁のいくつかは本人でも、どうしようもできなくなっているのかもしれない。そうなったら縁切り神社の出番だろう。

そして京子はあらためてタブレット内で渦巻く縁の固まりを確認する。社内で一番大きな渦が飯田、次が湯橋、そしてその次は……。

木田さんだ——。

木田梓は飯田や湯橋とは違って、繋がっているほとんどが同性だ。京子は梓の席を確認する。後ろ姿からでも梓の居場所はすぐにわかる。何が目を引くわけでもないのに、スッと人の目を集めてしまう、それが梓という女性だった。

女性社会の中では目立てば目立つほど敵が多くなるものだ。梓の縁が青色に負けじと黄色が多く存在しているのも、無理はないことだと思った。

やっぱり他人との関係は難しい――。

京子はそう思いながらタブレットの画面を閉じようとして目を止める。たまたま開いたページの真ん中に、有田さんの名前がある。猫好きで有名な企画デザイン部の有田さんだ。

そう言えば、今日は有田さんの猫を見つけていない――。

昨日は猫のピンバッジをパーカーの首元につけていた。有田さんの猫を探すことは京子の日課だ。『ウォーリーをさがせ！』と同じくらいに中毒性が高い。

しかし有田さんはいなかった。企画デザイン部が陣取っている席は前の方だが、石井部長のフワフワ頭のおかげで場所はすぐにわかる。本来ならその並びにいるはずだが、有田さんらしき姿は見当たらなかった。

休んでいるのだろうか。それとも――。

京子は嫌な予感がした。会議で挨拶をするはずだった一が来ていない。月次会議が始まるってときに、会社の前に停められた清掃業者の車。

『だから毎回必ず清掃会社を入れています』

一の言葉が京子の脳裏をかすめる。

新たに朱肉事件が起きたんだ。そして今回巻き込まれたのは有田さん——。

それ以降の発表は、まったく頭に入ってこなかった。会議が終わると京子は美月に断ってから、ひとり駆け足でヨコキンビルへと戻る。そしてデスクに戻ってすぐに一からのメールを見て、やっぱりとため息をついた。

『三ツ橋さん　お疲れ様です。人事部の佐藤です。

三度目の朱肉事件が起きました。場所は七階の自動販売機です。

企画デザイン部の有田さんの持ち物が汚れる被害がありました。

三階の小会議室でお待ちしています』

嫌な予感ほど当たってしまうものだ。京子は上長にメモを残し、三階の小会議室へと向かった。


気まずい沈黙が流れていた。

ヨコキンビル三階、人事部があるフロアの一角にある小会議室は、八人掛けの長テーブルが置かれただけの質素な部屋だ。広いフロアの一部をパーテーションで区切って作られたスペースなので、話し声は筒抜けで機密性の高い会議では使用されない。

　ドアを入ってすぐに席に背を丸くして座っているのが京子、その斜め向かいの席に有田さんが座っていた。

　テーブルの上には、ふわふわの白い毛で包まれた猫型のポーチがおかれている。まん丸のビーズが二つ、猫の目らしくキラリと光っていて、両頬に三本ずつ線になるように白い毛が黒く染められてヒゲを表現していてなんとも愛らしいポーチである。

　しかしそんな愛らしいポーチの右側半分に朱色の染みが広がっている。これが今回の朱肉事件の被害者であることは、一目でわかった。

　有田さんはどこを見ているかわからない虚(うつ)ろな目で茫然(ぼうぜん)としている。もともと口数の多い人ではないが、以前は活気のある広告代理店に勤めていたというだけあって、何か振られればそれなりに話ができる人だ。

　しかし今日の有田さんは様子が違った。京子は会議室に入るときに「お疲れ様です」と声をかけたが、有田さんは小さく頭を下げただけで、そのまま一言もしゃべろうとしない。

　いつもの有田さんだったら、挨拶を返した後にあたりさわりのない天気の話を振ってくれる。京子は「今夜は雨が降るんですかねぇ」などと返しながら、今日の有田さんの猫を探す。

　京子は緊迫する空気の中で、自ら引いたイスの音にビビりながら挙動不審に席に着く。今日の有田さんの猫は、グレーのトレーナーの真ん中に鎮座している。しかしそれを指摘できるような空気ではなかった。

　それから数分、京子は膝の上で右手を握ったり開いたりしながら、沈黙にじっと耐えている。

　二人でいるのにひとりでいるときよりも静かだというのは、どういうことだろう。シーンって音が聞こえる。二つ隣の総務の電話の音が聞こえる。ここはどれだけ静かなんだ。静かすぎて耳がキーンとする――。

　自分で呼び出しておきながら、一はどこに行ってしまったのか。そもそも有田さんは、京子が人事部の手伝いをしていることを知っているのだろうか。知らなければ、突然京子が現れたことを不審に思っているのかもしれない。

　それならば、まずは自己紹介だ。それをきっかけに雑談ができる可能性もある。

　京子は心を決めて、口を開く。

「有田さん、営業部の三ツ橋です。今は特別に人事部の佐藤さんのもとでお手伝いをしています」

「…………い」

蚊の鳴くような声とはこのことかもしれない。有田さんは小さく「い」と言っていた。おそらく「はい」の語尾の「い」だ。

あまりにか細い返答に、雑談をする勇気など吹き飛びそうになったが、返事がもらえたこと自体を前向きにとらえて、どうにか気持ちをたて直した。

負けてはダメだ。有田さんは、朱肉事件の被害者なんだ。それなら憔悴しきった心を少しでも和らげることはわたしの仕事。……とにかく何か話を――。

砂漠で必死に水を求めるがごとく、京子は雑談ができそうな、話のネタを懸命に探す。集団行動をサボってきた京子は、こんなときに苦労をする。

有田さんにまったく関係がないネタで、なおかつ感情に訴えかけない無難なものがいい。心を乱すような話はぜったいにダメだ。そしてなるべくオチがあったほうがいい。オチがあれば話を終えるタイミングを見失うことはない……ああ、そうだ――。

「三年前の夏の話です」

京子は思いつきざまに話し始めた。沈黙をこれ以上長引かせないために一刻の猶予もなかった。

「電車で隣に座っていたお嬢さんのキャミソールの紐に蟬が止まっていました」

虚ろだった有田さんの目が京子を捕らえる。京子の予想通り、この話題は有田さんの心を摑んだようだ。

しかしここで気を緩めてはいけない。人の心というのは、移り気なものだ。

「東神奈川駅始発のJR横浜線でした。ちょっとした用で、町田駅に向かう途中の出来事です」

　蟬はツクツクボウシだったと思う。少し小さめで、羽を閉じ鳴くこともなくじっとお嬢さんのキャミソールの肩紐に止まっていた。

「猫背気味のお嬢さんで、前のめりになりながらうつらうつらとしていました。左側にはわたし、反対隣には三十代の会社員らしき男性が座っていました。タブレットを開いて、忙しそうに何かを確認していたのが、お嬢さん越しに見えました」

　電車は空いていた。エアコンが強すぎて寒いくらいだった。

お嬢さんの膝の上には薄手のストールが置かれている。もしお嬢さんがこのストールを羽織ったら、蟬はどうなってしまうんだろう。

　ストールによって振り払われた蟬は車内を飛び回り、驚いた乗客たちによって車内はパニック状態になるかもしれない。混乱の中で現れた勇者――おそらく少年、もしくは青年――によって、蟬は絶命させられてしまうだろう。

　そんな悲しいことになってしまうのは嫌だ。京子は心を落ち着かせて、誰にも悟られることなく、隣のお嬢さんの背中に蟬が止まっているという状態を受け入れた。騒いではいけない。

京子はエアコンの風が出る天井の穴を見つめる。そんなに強風を吹かせてくれるな。蟬の命は短いんだ。なるべく安らかに見送ってあげたいじゃないか。

八王子(はちおうじ)行きの快速は長津田(ながつた)駅に到着した。次は目的地の町田駅だ。

蟬をつけたお嬢さんは一瞬目をさましたものの、長津田駅であることを確認すると安心したようにまた眠り始めた。おそらくまだ降車駅ではないのだろう。

間もなく町田駅に着くというアナウンスが流れる。ドアの近くに行こうと、京子が席を立ったそのときだ。

お嬢さんの眠りが深くなったのか、彼女の重心が右側の会社員の男性へと傾いた。タブレットを見ていた男性会社員は困ったように眉をひそめ、数秒悩んだようなそぶりのあとに、遠慮がちにお嬢さんの身体を優しく押す。押されたお嬢さんはハッとして身体を起こし、それでも眠気は振り払えなかったらしく、上体を後ろへと倒した。当然背中は後ろの、背もたれへと付けられる。

すべては一瞬の出来事だった。蟬の姿が、背もたれとお嬢さんの背中の隙間へと消えた。

蟬は逃げなかった。もう飛ぶ気力もない、最期を迎えようとしていた蟬だったのかもしれない。

電車は町田駅に着き、京子は電車を降りた。

「夏という季節に命の儚さを重ねてしまう、忘れられない出来事です」

京子は無事に話し終えたことにホッとする。ところどころ言葉に詰まったりもしたが、京子にしてはスムーズに話すことができた。

なぜ十一月のこの時季に夏の話なのか。さらには、人によっては拒絶されることもある昆虫の話題を選んでしまったこと。若干の反省はあるものの、おさまりのいい雑談だったと思う。点数を付けるなら八十点はもらえるはずだ。

京子がひとり内心で自画自賛していると、今まで黙っていた有田さんが口を開いた。

「小学生のときにさ、運動場に引かれる真っ白の白線を覚えてる?」

赤くて細長い車がついた入れ物に石灰を入れて、ハンドルを握りカラカラと引いて地面に線を引くもの——京子の学校では白線引きと呼ばれていたが、正式な呼び方はわからない。

有田さんにそれを伝えると、彼女は「そう、それ」と頷いた。

「その話をしてもいいかな」

有田さんの言葉に京子は「うん、うん」と二回も首を振った。

「ぜひ、聞かせてください」

有田さんは目を伏せて、ゆっくりと話し始めた。白線引きの話というから学生時代の話かと思ったが、それはつい先ほど、朱肉事件が起きる直前の話から始まった。

企画デザイン部の有田沙世は、ひとりぼんやりと空を見つめていた。

ここはヨコキンビルの七階、フロアの廊下を出た先にある非常階段だ。短く切った髪に茶色いフレームのメガネをかけた沙世は、古着屋で買ったエスニック模様のロングスカートを膝に巻き込むようにしてしゃがみこみ、煙草の煙が立ち上ってゆく空をぼんやりと眺めている。

今日は毎月恒例の会議がある日だ。発表をする管理職たちは準備に忙しそうにしているが、中途採用で入社二年目の沙世にはあまり関係がない。差し迫った仕事もないので、休憩をしに出てきた。

デザインの仕事は一日中パソコンディスプレイとにらめっこをする仕事だ。適度な気分転換をとらなければ、行き詰まってしまう。同じデザイン部の仲間たちは、石井部長の暗黙の了解のもと、仕事の合間に談笑をする。

黙っている沙世への気遣いからか、たまに声をかけられることもあるが、沙世は必要とされた情報だけを返し、それ以上は中に入らないようにしていた。

線が引かれているから。踏んではいけない、真っ白の線――。

白線を踏んで石灰が舞い上がると、失明の恐れがある。沙世が小学生のころはよく言われたが、最近は成分が変わって安全になってきているという話がある。

それでも子供のころに植え付けられた観念は、簡単に取り払うことはできず、いつになっても沙世の中では変わらず踏んではいけない線のままだ。

沙世はいつも他人との間に線を引いてしまう。踏み入ることはできない、失明の恐れがある白い線、この線を越えてくる人はなかなかいない。

ギイイイ——と、鈍い音をさせて社屋の中へと繋がる鉄製のドアが開く音が聞こえた。同時にヒールの靴音がして、階下に誰か出てきたとわかる。喫煙室以外での喫煙をとがめられては困る。沙世は慌てて携帯灰皿ケースに煙草(たばこ)を押し付けた。

そろそろ、戻るか——。

沙世がゆっくりと立ち上がったとき、目の前のドアが開いた。

このやかましいドアに遮られた非常階段で人に会うのははめずらしい。すでに階下に誰かいるので、今日は二人目だ。

ドアの向こうから現れたのは営業部の湯橋だった。色白でひょろっとしていて、声が小さい。ヨコキンでは人気があるらしいが、沙世からすると苦手なタイプの男だった。

湯橋は沙世の姿を見て驚いたような顔をしたように見えたが、一瞬のことだったので気のせいかもしれない。湯橋の手にはミルクティーの缶と数枚の書類が握られていた。

「お疲れ様です」

と、声をかけると、穏やかな声で「お疲れ様です」と返ってきた。

湯橋はそのまま鉄製の階段を下りてゆく。なんとなく気になって覗き込むと、四階の踊り場で木田梓が待っていた。湯橋が手にしていた書類を梓に渡す。こんなところでも月次会議の準備が進められているようだ。まったく忙しない。

あのミルクティーは湯橋さんが飲むんだろうか。だとしたら、少しかわいいな。いや、普通に考えたら木田さんへの差し入れか――。

そんなことを考えていたら喉が渇いてきた。そうだ、コーヒーを買って席に戻ろう。

沙世は社屋の中に入り、スカートのポケットからタマを取りだした。

タマは学生の頃から愛用している白猫の顔をしたポーチだ。中にはマイルドセブンと携帯灰皿、ライターといくばくかの小銭が入っている。

沙世は来月で三十二歳、実家で両親と猫五匹と暮らしている。交友関係は学生の頃から広くはなかったが、社会に出てからはより狭くなった。学生時代の友達を除くと、親しくしているのはSNSで知り合った猫コミュニティの仲間くらいだ。

ヨコハマ金属株式会社、通称・ヨコキンには一年前の夏に知り合いから紹介をしてもらって中途採用された。今までやってきたのは広告デザインで鍋のデザインなどやったことがなかったが、実際に仕事に就いてみれば任されたのは前職と似た仕事だった。

営業部から頼まれた資料にはめ込む画像のデザインを用意する。Ｗｅｂ用の画像を手配する。広告用のデザイン案を作る。

広告業界にいた頃より仕事はハードではなく、残業もそれほど多くはない。そしてこれだけの人がいるのに社員同士がギスギスしていないのがいい。

社長の人柄と非上場企業のために上層部の交代が少なく、出世レースが激しくないことが理由だろう。売上も安定しているので、突然つぶれたりするようなこともなさそうだ。

エレベーターホールの隅に設置されている自動販売機で、微糖の缶コーヒーを買った。小さなブザー音の後に、缶コーヒーがごろんと押し出される。

しゃがみこんで取りだし口のカバーを右手で開ける。タマを持ったままなので、ちょっともたついた。左手で缶コーヒーを取りだして立ち上がる。視界に何か赤いものが見えた。なんだろう。

見ると、右手に朱色の何かがべったりと付着していた。驚いてタマから手を放してしまう。小銭とライターがぶつかる音とともに、タマが床の上に落ちた。

黒いビーズの瞳でこちらを見つめるタマの顔を見たとき、思わず声が出た。

「あっ、ああっ」

タマの顔に血液のような染みがべったりと付いていた。思わず上げてしまった声で、ガラス戸の向こうから人が集まってくる。

線が引かれているから。踏んではいけない、真っ白の線――。

沙世は遠い日の――初めて線が引かれたあの日の記憶が鮮やかによみがえってきた。目の前の現実と過去の想い(おも)が繋がり、心が大きく揺さぶられる。

もう十数年も前のことだ。沙世は川崎市内の公立高校に通っていた。町の喧騒(けんそう)から離れた田園地帯の真ん中にぽつんとある高校で、沙世の自宅から自転車で十五分のところにあった。

ある日の放課後のこと、沙世は掃除当番で渡り廊下をほうきで掃いていた。裏門の向こうから車が急ブレーキをかける音がして、それと同時に悲鳴のようなものが聞こえた。「きゃあ」でも「ぎゃあ」でもない、喉の奥底からひねり出したような高音の叫び声だった。

掃除をしていたクラスメイトたちと共に沙世は声のした方へと向かった。裏門を出ようとしたとき、現場で停まっていた車が慌てて走り去るのを見た。明らかに逃げてゆく。

そして沙世は、目の前の凄惨な光景に言葉を失う。

道路の真ん中で猫が横たわっていた。体は大きい、おそらくオス猫だ。額から背中にかけて長い黒のぶちがある。首輪がないからノラ猫だろう。

一目で命がないことがわかる。カッと見開いた目には光はなく、口からはピンク色の舌がだらりと垂れさがっていた。そして体の半分は血で赤く染まっている。

「ヤダッ……ヤダ……」

沙世の隣にいた女子は顔を押さえて泣きだし、一人の男子は先生を呼びに職員室へ向かった。残された男子は泣いている女子を前におろおろとするばかりだった。

道路を走る車が異常に気付いて、猫を迂回するようにして沙世の前を通り過ぎて行く。まるで汚いものを避けるかのように、ブレーキを踏みハンドルを切って避けて走る。一台、また一台と示し合わせたように同じように。

横たわる猫の周りだけ別世界になっているようだった。猫の血が広がる赤の世界、一歩足を踏み入れればどこか知らない場所へ連れて行かれる。だからみんなこんなにも恐れて避けているのだ、と。

沙世は吸い寄せられるように猫のもとへ近づき、その身体を抱き上げた。歩道からこちらを見ているクラスメイトが驚愕の表情で沙世を見ている。

まだ少し温かい。それでもこの身体に命はない。残されたぬくもりも次第に消え、ひんやりと冷たくなるのだろう。コンクリートの壁、窓ガラス、木製の机、あらゆる命のないものとおなじように。

沙世の実家では代々猫を飼っている。高校生の沙世はすでに二度も飼い猫の死に目に立ち会ってきた。飼い猫の死はいつでも家の中にあった。家族に見守られながら眠るようにして寿命を迎える猫たちは、悲しく寂しかったけれど温かく神聖なもののように見えた。

しかし沙世の腕の中に横たわる屍と化した猫の死は、なんと無残なものだろう。冷たく孤独で、理不尽で暴力的だ。

カラカラカラ、と運動場に白線を引くライン引きの音がする。ジャージ姿の生徒がカラカラ音をたてながら、身体に悪い石灰を入れた赤い箱を引きずっている。

一本の線が引かれる。こちらとあちらを隔てる一本の線――。

今抱いている猫と沙世の家の猫たちの間には線があり、こちらとあちらの世界をはっきりと分けている。この二つはまったく別の世界として存在している。踏み込むならば、その目をつぶしてしまう――そんな警告を持った真っ白な線を引いて。

血まみれの猫を抱いた沙世の後を、クラスメイトが慌ててついてきた。

男子生徒に呼ばれて出てきた担任の指示もあって、猫は裏門の横に埋められた。男子生徒二人によって掘られた穴に、猫の身体は横たわった。見開かれていた猫の目は、いつの間にか閉じられ、だらしなく垂れ下がっていた猫の舌は、穴に猫を横たわらせた担任の手によってしまわれた。

猫の身体に土がかけられる。完全にその姿が土に埋まったとき、それまで冷静でいた自分はどこにいったのか、沙世はわんわんと声をあげて泣いた。まだ沙世は幼く多感な時期で、悲しい出来事を上手く処理するだけのすべを持っていなかった。

ごめんなさい、ごめんなさい。この世界が、あなたにこんなに酷くて辛い、意地悪をして——。

本当はあちらの世界に行けたのかもしれないのに。温かくて優しい、沙世の猫たちが暮らす世界に。でもどういうわけだか、この猫は線の向こうにいた——辛く悲しい孤独な世界に。

それ以来、沙世は線を見つめるようになった。カラカラと白線引きで引かれた石灰の線。どんなに楽しそうにしていても、それが線の向こうの出来事なら沙世には無縁の世界だ。

有田さんはそこまで話すと、ふうっと大きく息を吐いた。

「ずっと忘れていたことなのに、不意に思い出されるから記憶って不思議ね」

テーブルの上の猫のポーチに有田さんは手を伸ばす。そして遠い日の猫を慈しむように優しく撫でた。

有田さんの話はとても独特だったが、京子にはそれが理解できた。彼女がいう白線で隔てられた世界というのは、共感ができるかできないかという区別のことだ。

悲しい出来事に遭遇した高校生の有田さんの周りには、同じく悲しみに打ちひしがれている同級生や、猫のためのお墓を作ってくれた先生がいたものの、猫と暮らして飼い猫の一生を見つめてきた有田さんと同じ思いを抱いてくれる人はいなかった。

それはきっと、事故に遭った猫に有田さんが思いを寄せすぎてしまった結果だ。猫を気の毒に思う立場を飛び越えて、その猫の辛さや怒りや悲しみを同じように感じてしまったから——それは理解されにくい感情かもしれない。

「辛かったですね」

「ずっと昔のことだから、もう平気よ」

「それでも辛いですよ」

朱肉事件のせいで、有田さんの過去の思い出はよみがえった。そして心の痛みとともに繰り返される。

そして京子は自身の変化にも気が付いた。雑談を始めたときより、言葉が詰まらずスラスラと出てくる。有田さんと同じ気持ちになっているからだ。

「そうね、だから気分が悪くて、月次会議には出ずにここで休ませてもらっていたの」

「後の処理は人事部の佐藤さんが？」

「うん、そうみたい」

なるほど、と京子はようやくこの状況を飲み込んだ。

一は憔悴する有田さんをここに連れてきて、すぐに清掃等の後処理に向かったのだろう。その途中で京子にメールを入れた。

　ここで京子を待たせるのなら、有田さんの状況をあらかじめ知らせておいてほしかったし、掃除が長引くならむしろそっちの現場に京子を呼び出してほしかった。

　まぁ、結果的に有田さんの思いが聞けたのでよかったんだけど――。

「でも三ツ橋さんと話せてすっきりした。ありがとう」

　京子の思いを察したように有田さんがお礼を言う。

「いえ、礼にはおよびませんが、お力になれたならよかったです」

　血を吐きそうな緊張感の中で、必死に話題を探した甲斐があったというものだ。

「失礼します」

　と、タイミングを見計らったかのように、一が中に入ってきた。

　京子は待ちぼうけを食わされた恨みを込めて鋭い視線を送ったが、「三ツ橋さん、早かったですね」とさわやかな笑顔で返される。そして有田さんに数枚の用紙を差し出した。クリーニング店のサイトを印刷したものだ。

「しみ抜きに強いクリーニング店です。事情を話したら、必ず消してみせると心強いお言葉をいただけました。こちらのタマさんを、僕に預けてはいただけませんか」

　一はいかにも大事なものというように、恭しく両手で猫型ポーチを指す。有田さんは「お願いします」とタマを一の手の上に載せた。

「そろそろ仕事に戻ります。取り乱してしまってスミマセンでした」

「こちらこそ。ご迷惑をおかけして申し訳ありませんでした」

「いえ、佐藤さんが悪いわけじゃありませんから」

その通り。悪いのは朱肉をつけてまわる犯人なのだ。しかしその犯人を捕まえられずにいることに、一は責任を感じているのだろう。もう一度「申し訳ありません」と頭を下げ、今度は京子も同じように頭を下げた。

まだ初日とはいえ、京子も朱肉事件を解決するためのスタッフの一員だ。こうして新しい被害者が出てしまったことは、心苦しいし責任の一端を感じる。

有田さんは京子たちの謝罪に恐縮しながら、子供を預ける親のような切なさを浮かべて言った。

「タマをよろしくお願いします」

「はい、おまかせください」

有田さんをまっすぐに見つめる一の瞳には、嘘も建前もなく、こんな目で見つめられたら確証なんてなくても、安心ができそうだと思う。

有田さんはドアの前で一礼をして、部屋を出て行った。

二人きりになったところで、京子は再び一を睨む。その視線に気づいた一はびくっと大げさに背中を揺らす。わざとらしいその態度に、京子は視線に一層力を込めた。

有田さんとは充実した話ができたとはいえ、あの緊迫した空気の中に放置した罪は重い——。

「あのう、三ツ橋さんの視線がチクチクと痛いのですが」

「目は口ほどにものを言うといいます」

「口で言ってください。僕は敏感肌なんです。すぐヒリヒリしちゃうんですから」

一は今にも泣き出しそうな表情でそう言った。これでは京子がいじめっ子のようだが、泣きたかったのはつい数分前までの京子の方だ。

「ひとを呼び出しておいて、その場にいないってどういうことですか。しかもあんな状況の有田さんと二人きりにするなんて」

空調のきいたはずのこの部屋で、京子は緊張のあまりひと冬ぶんの汗をかいた。これからやってくる冬、どんなに暖房がきいた部屋でも京子は一滴も汗をかかないだろう。発汗による体温調整が上手くいかなかったらどうしてくれるんだ。ぜんぶ一のせいだ。

「いろいろと調べていたら、思いのほか時間がかかってしまいました」

「いろいろって何をですか？」

京子の問いに、一は「それは後で話すこととして」と濁して話を続けた。

「結果的にはよかったじゃないですか。有田さん、僕と二人きりのときは貝のようにじっと口を閉じたまま、一言もしゃべらなかったんですよ。三ツ橋さんはすごいですねえ」

　そうは言われてもすべて結果論であって、他人を慰められる器用な人間ではないことは京子自身が一番よくわかっている。

「蟬の話がよかったんでしょうね。インパクトありますからねー、背中に蟬とか……くくっ」

　一は笑いをこらえるように口元を押さえてそう言ったが、こらえきれなかった笑いが漏れている。

　ほら見ろ。褒められているのではなく、笑われているのだ——。

「蟬の話くらいしか、なかったんですよ」

　それなのに蟬がどうやって、有田さんの心を開いたというのだ。あの話は単なる京子の思い出話で、たまたま思いついて、オチがはっきりとした出来事だったから話題に選んだだけだ。

　それを伝えると、「オチって……あなた、お笑いの人ですか……くくっ」と、一はますます笑う。

　どうせ披露する会話なら、笑えなくともオチがついたほうがいいと思うのは自分だけなのだろうか。オチがあれば、話の終わりがはっきりとして聞き手にも親切だ。

　首をかしげる京子の横で、ひとしきり笑って落ち着きを取り戻した一が言った。

「有田さんの言葉を借りるなら、あなたと有田さんは同じ白線の内側にいたんですよ」

「白線の内側……」

「そうです。神仏の世界ではそれを『感応（かんのう）』と言います」

強く心に感じること――それを《感応》というのだと、一は言った。

「電車の中で蟬を見つけたあなたは、蟬の気持ちに寄り添って物事を考えた。それは高校生の有田さんが亡くなった猫の心に寄り添ったことと同じです。これは有田さんの言葉を借りるなら、白線の内側に入ってしまったということ」

京子の蟬の話と有田さんの猫の話では、話の重みが大きく違う。それでも有田さんは京子の話を聞いて共感して話をしてくれた。

「人はいろんな出来事で感応力を発揮するんですよ。そしてその力で《縁》を繫げたり断ち切ったりします。蟬の話にくわえて、あなたの有田さんの心を開こうという姿勢が感応力を発揮してくれたのでしょうね」

確かに京子は、話題を探そうと一生懸命だった。それは緊迫した空気に耐えられない自分のためではなく、じっと貝のように口も心も閉ざした有田さんのためでもあった。その気持ちが有田さんに伝わったのなら良いことだ。

そう考えたところで、京子は気付く。なぜこの部屋に戻ってきたばかりの一が、有田さんの猫の話を飛び越えて京子の蟬の話まで知っているのか。

「佐藤さん、立ち聞きしていたんですか」

一は笑って「立ち聞きなんてとんでもない」と否定する。

「僕が入って行くことで、せっかくのお話が中断されるのはイヤだったんです。タイミングを見計らっていたら、たまたまぜんぶ聞こえてしまって」

それを世間では、立ち聞きというのだ——。

京子は苦々しい思いを飲み込んで、どのあたりから聞いていたのか確認をする。

「横浜線で町田駅に向かっているとおっしゃっているあたりからでしょうか。僕、親戚が町田にいるので子供のころによく遊びに行ってたんですよ。懐かしいなーっと思って」

「最初からじゃないですか」

「あれ、そうでしたか」

しらじらしい——。

京子が勇気を出して雑談を始めたあのときから、ドアの向こうには一がいたのだ。

しかし途中で入ってきてしまっては、有田さんがその想いを打ち明けてくれなかった可能性は確かにあるわけで、それを思うと一の判断は正しかったと言える——が、やっぱり腹立たしい。

「ところで有田さんの話でひとつ気になることがあったのですが」

「湯橋主任のことですね」

京子も同じことが気になっていた。一は頷き、「それが遅くなった理由です」と付け加えた。そして今回の事件について話し始めた。

「有田さんが自動販売機を利用した時間は、九時三十分前後だったという話です。自動販売機の会社に連絡をして、購入データを調べてもらいました」

「そんなものがわかるんですか？」

「最近の自販機には無線通信機が導入されていて、オンタイムで売上情報がわかるようになっているそうです。ダメ元で問い合わせてみたのですが、事情を話したところ、快くご協力をしてくださいました」

一はプリントアウトされた一枚の紙を出す。ずらっと並んだ数字の羅列、わかるのは一番右の数字がどうやら時間を表しているということくらいだ。

「左半分の数字は商品管理用の数字らしいので、詳しいことは聞いていません。一番右が商品が買われた時間、その左にあるのが商品番号です。商品番号の一覧ももらってあるので、何が買われたかもわかります」

上から三番目の行に黄色の蛍光マーカーが塗られている。時間表記は九時三十一分、有田さんが購入した時間だ。

「この購入履歴は有田さんのもので間違いありません。購入された品物も確認しましたが、微糖のホットコーヒーで一致しています」

一が蛍光マーカーを指さしながらそう言った。

京子はマーカーの上段の購入履歴に目を向ける。一も同じことを考えていたようで、右の購入時間に赤丸が付いていた。

「朱肉は商品取りだし口のプラスチックカバーに、べっとりと付けられていました。朱肉がつかないように商品を取りだすことはできません」

「つまり、有田さんの前に購入された時間、九時二十二分……えーっとこれは――」

「ホットのミルクティーです」

ミルクティーといえば、非常階段で有田さんと顔を合わせた湯橋主任が持っていたものだ。

「つまり湯橋主任がミルクティーを買ったときには、まだ朱肉が付けられていなかったということですね」

一は「その通り」と指を鳴らした。

「犯行時間は、九時二十二分から九時三十一分の間です」

たった九分――それでも朱肉を付けるだけなら、じゅうぶんな時間だろう。

「二階の自動販売機は昨日から故障していますから、どのフロアの人も飲み物を買うために七階まで来る必要がありました。それに加えて会議前で多くの人が社内を移動していました。つまり誰がどこにいても、不思議ではない状況だったということです」

さらに自動販売機のある場所には大きな柱があるため、社員がいるフロアからは死角だ。犯人どころかジュースを購入している人の姿でさえ、フロアにいた社員たちは見ていないという。

「そうなると、状況証拠から犯人に結び付けるのは難しいですね」

京子の言葉に、一は顔をうつむかせたまま頷いた。

「焦ってはいけません。今日の出来事を踏まえて、犯人へ繋がる《縁》を辿りましょう」

そしておもむろに顔を上げると、「ところで」と口を開く。

「蝉の話に戻りますが、三ツ橋さんはどうして町田に?」

「どうしてって……」

一にそう尋ねられて、京子はあの夏の日の記憶を辿る。

普段の買い物は川崎駅周辺ですませてしまうし、遠出をしてもせいぜい横浜までだ。じゃあどうして、あの夏の日にわざわざ町田駅まで行ったかといえば――。

ああ、そうだ。あの日だ。京子の胸を鈍い痛みが襲う。かつて感じた思いが痛みとしてよみがえる。

辛そうな京子の表情を読み取ったのか、一はそれ以上聞こうとはしなかった。

そして迎えた土日は、借りたままになっていたＤＶＤを見ることで過ぎて行った。ひとりで過ごす週末だ。やっぱりひとりはいい。

築二十年になる五階建てマンションの一室で、京子はベッドの上から半身を起こして、エンドロールの流れているＤＶＤを止めた。

ベージュ色のカーテンにベージュ色のラグ、ファブリックのすべてがベージュで統一された部屋は、一人暮らしを始めた学生の頃からほとんど変わりがない。京子はファッションも合わせやすいベージュを選ぶことが多いので、この部屋にいると保護色のようになる。

明日から京子の営業部の仕事は減らされる。来週からいよいよ本格的に朱肉事件解決のために、動くことになるはずだ。

京子の脳裏に傷心の有田さんの姿と、赤い朱肉のついたポーチのタマが浮かぶ。ちょっとしたイタズラのつもりでやっているのだとしたら、被害に遭った人がどんな思いをしているのか、きちんと知ってもらいたい。

朱肉によって汚された物、汚された人の思いを、犯人はちゃんと知るべきだ。

京子は手帳とタブレットを開いた。

×××

【朱肉事件一回目　十一月五日（水）】
場所：二階と三階の間、内階段
被害：総務部社員の衣類に汚れ
【朱肉事件二回目　十一月六日（木）】
場所：八階エレベーターホールのボタン
被害：システム部社員、生産管理部社員の衣類に汚れ
【朱肉事件三回目　十一月七日（金）】
場所：七階の自動販売機
被害：企画デザイン部社員、タマに汚れ

×××

手帳には一から聞いた朱肉事件の概要をメモしてある。そしてタブレットに一の作った結びつき表が表示された。

まず社内に犯人がいるのは間違いない。ヨコキンビルのセキュリティは厳しいし、たとえ上手いことゲートを通り抜けたとしても、あれだけの人数がいる社内なら、必ず誰かに見つかってしまう。

では社員が犯人だとして、その目的はなんだろう。特定の社員をターゲットとしてい

るのでなければ、会社に対する嫌がらせってことになるのだろうか。

結びつき表は一によって更新されていた。新たに繫がった縁と消滅した縁、京子には細かい変化はほとんどわからなかった。唯一、自らに結ばれた新しい縁だけは気が付いた。

京子に美月、一と続いて三本目の縁が繫がっている。青色のその線をたどると、そこには企画デザイン部の有田沙世の名前があった。

「縁を切るために事件解決の手伝いをすることになったのに、また縁が繫がってしまうとは不思議なものですね――」

口ではそう言いながらも、顔は自然とほころんでしまう。

もともと有田さんとは接点がなかったわけではないが、あの重い沈黙の中で交わした言葉が《縁》となって京子と有田さんを繫いでくれたというのは感慨深いものがある。

月次会議ではあんなに恐ろしく見えたタブレットの縁たちが、今は優しく温かい繫がりに見えた。有田さんとの縁だって、京子の何かしらの失敗によって、いつか赤く燃え上がるかもしれないけど、それでも今は繫がりが持てたことが嬉しい。

一は事件解決後に、美月との縁を切ると約束してくれた。さらに、一自身と繫がる縁も切っていいと言ってくれた。

美月との関係に嫌気がさして、ついあんなふうに言ってしまったものの、人を繫ぐ

《縁》はそう簡単に切っていいものか、疑問が残る。

「ものによるんです」

京子は立ち上がると部屋の片隅に置かれた食器棚代わりのカラーボックスの前に立つ。手前に置かれた食器を避けながら手を突っ込んで、埃を被っていたブルーとピンクのマグカップを取りだした。これに触れるのは、三年ぶりだ。

冷蔵庫のドアに貼ったゴミ収集日を確認する。瀬戸物は燃えないゴミの日、土曜日だ。コンビニの袋に入れて、封をして燃えないゴミを分別しているバケツの中に入れる。

「捨てるの？　一度も使ってないのに？　捨てちゃうの？」

妙な声が聞こえた気がしたが、聞こえないふりをした。未練っていうのは、ときにおかしな声で話し出す。厄介なものだ。


声が聞こえた気がした――。

スタンプパッドをこすり付けた瞬間、ぐちゅりとした感触のほかに小さな叫び声がした気がしたのだ。でもそんなわけがない。人がいないことは念を入れて確認をしたし、職場で叫び声など上げる人はいないだろう。

赤い色の叫び声だろうか。未練が叫んでいるというのか。いや、仮に叫んでいるとしたら、それは自分自身の声のはずだ。

ハンドル式のドアノブは黒い金属でできている。スタンプパッドの朱色は、金属の上で姿を消す。いつもよりも念入りに、ねっとりと付着させた。

ぐちゅりぐちゅりと気味の悪い感触がする。また誰かが叫んだ気がした。助けてくれ、ここにいるんだ、苦しいんだ、どうにかしてくれ、と。

ああ、やっぱり——これは自分自身の叫び声だ。社内で朱肉を付けてまわりながら、わたしは叫び声を上げている。気付いてほしい人はただひとり、こんな方法でしか訴えられない自分が情けない。それでも今はこうするしかないのだ。

スタンプパッドの蓋を閉めてポケットにしまう。そしてフロアを後にした。


週明けの月曜日、六階の休憩室はランチをとる社員たちでそれなりに混雑していた。

いつも通り美月に捕まった京子は、お弁当を食べ終え三度目のあくびをする。出勤前にレンタルビデオ店に寄るのは辛い。たかだか十分早く出るだけなのに。

美月はいつも通り、ひとりで勝手にしゃべりながらスマートフォンを操作している。おそらく梓のツイッターでも見ているのだろう。京子があくびをしたことにも気付いていない。

と思っていたら、不意に美月が顔を上げた。京子は出かかっていた四度目のあくびを慌てて飲み込む。

「人事の佐藤さんにねぇ、これをもらったんだよぉ」

美月はランチ用に持ち歩いている小さなバッグから、キャラクター柄のポーチを出した。メイク道具を入れてあるそのポーチのファスナーに、見慣れない小さな朱色の袋がぶら下がっている。お守り袋だ。

「こないだ驚かせてしまったお詫びだって。かわいいお守りだよねぇ」

「縁切り神社にもお守りがあるんですね。触ってもいいですか」

「うん、もちろん。どうぞどうぞ」

京子はその小さなお守り袋を手に取って眺めた。丸い円の中に上へ向かって開かれたハサミマークが刺繍されている。その裏には、『川崎縁切り神社』と刺繍されていた。

「このお守りには、どんなご利益があるのですか」

縁結び神社のお守りなら、良い縁を結んでくれるのだろう。これはわかりやすい。しかし縁切り神社となると、その逆の意味になってしまう。

「良縁を結ぶためには、それを邪魔する悪い縁を断つ必要があるんだってぇ」

そう言えば縁切り神社で、一にも同じようなことを言われた気がする。

「佐藤さん、優しいですね」

「そうなの。ちゃんとお守りも二つくれて」

「わたしのですか？」

「京子ちゃんも欲しかった？　ごめんね、これは別の子のぶんなの」

「あ、いえ、欲しいわけではないんです」

二つと言われてとっさに自分の分かと思っただけで、欲しいというわけではない。そもそも京子の分だったら、一が直接渡すはずだ。

でも、わたしじゃないということは——。

京子は眉をひそめた。美月が一に二人分のお守りを頼んだとすれば、相手はひとりしかいない。

「梓ちゃんに渡したいんだよねぇ」

やっぱり、そうか——。

美月は京子の苦い表情にも気付かず、嬉しそうに答えた。

「木田さんは、切りたい縁をお持ちなんですか」

京子たちが縁切り神社にたどり着いた日、梓は縁結び神社にでかけていた。お守りも買ったとアピールしていたじゃないか。

そんな彼女に縁切り神社のお守りを渡せば、お互いのご利益を打ち消し合ってしまう可能性がある。ひどく迷惑だ。

美月は京子の心配をよそに、自信ありげに微笑む。

「そうだよぉ。梓ちゃんもわたしも悪縁を切って、良縁を見つけたい同志なんだよぉ」

何をもって同志というのか――。

美月と梓に共通点は少しも感じられない。そもそも女子力を濃縮した固まりのような梓だ。恋人がいないわけがない。

お守りなんて気休め程度のものだと思いながらも、万が一ってこともある。この小さなお守り袋に秘められた縁切りパワーで、梓と恋人の仲を裂くようなことになったら大変だ。

「梓ちゃん、婚活を始めるって言ってたし、ちょうどいいよねぇ」

「え、木田さんには彼氏さんがいないんですか」

梓に彼氏がいない――。

あれだけ知り合いが多くコミュニケーションに長けた人でも特定の恋人はいないものなのか。京子は驚愕する。

しかし美月は「違う違う」と大げさに手をパタパタと振りながら言った。

「梓ちゃん、彼氏はいるんだけど、その人と結婚するつもりはないんだって」

ふむ、と京子は眉をひそめた。

どうやら恋愛にもいろいろあるらしい。やはり京子には、未知の領域だ。

「京子ちゃんは婚活に興味ないんだね」

「ないですね。まったくないです」

美月の質問に京子は、はっきりと否定した。婚活どころか、恋愛にさえ疎いのが京子だ。過去二回の失恋によって、京子は恋愛を完全に諦めてしまった。

恋愛はものすごくハードだ。向こうから好きだと言われて付き合っても、そばにいるうちに少しずつ好きになってしまう。話すのが楽しくなり、会うのが楽しみになり、一緒にいることに幸せを感じるようになる。

そんな中で不意に別れを切り出されると、徐々に膨らみつつあった気持ちをどこへ持っていけばいいのかわからなくなる。

前の彼と別れてしばらく、京子は自宅で毛布にくるまり、ただじっとＤＶＤを見ながら、ふくらんだ気持ちが徐々に縮んでゆくのを待った。それはなかなか骨が折れる作業だった。

相手とお揃いで買ったカップをずっと捨てられなかったくらいに――。

しかも捨てようとするとカップはしゃべり出すのだ。何とも厄介だ。

「そんなに意識しなくてもいいんだよぉ。婚活なんて、彼氏探しの延長だと思えばさぁ」

そもそもの「彼氏探し」に興味が持てないのだが、それを説明するには過去の失敗を話さなければならない。上手く話せる気もしないし、オチのない中途半端な内容だ。京子は口をつぐむ。

「そろそろ戻りましょうか」

いつもの時間より早かったが、京子は席を立った。


ランチタイムを終えて席に戻った京子を、デスクの上でかわいいお饅頭が迎えてくれた。愛らしい猫の顔をした人形焼だ。

誰のおみやげかと周りを見たが、お饅頭がおいてあるのは京子のデスクだけのようだ。不思議に思って猫の顔をひっくり返すと、小さな付箋がつけられている。

『おやつにどうぞ　有田』

ああ、どうしてわからなかったのだろう。この愛らしい猫は、どう考えても有田さんからじゃないか――。

京子がお饅頭の猫とじっと見つめ合っていると、どこに隠れていたのか、一に声をかけられた。

「猫饅頭だそうです。かわいいですよね」

手のひらよりも小さなそのお饅頭には、つぶらな瞳に愛らしいほっぺた、愛嬌のあるヒゲがかわいらしく配置されている。その名も猫饅頭か。名前もかわいい。

「三ツ橋さんはどうして、お饅頭と見つめ合っているのですか？　あまりの可愛らしさに食べるのをちゅうちょされているのであれば、僕がいただいてもかまいませんよ」

なにがかまいません、だ——。

京子は一からお饅頭を守るように、両手で隠す。そんな京子を見て一は「冗談ですよ」と笑った。

「三ツ橋さんがあまりに難しい顔をしてお饅頭を見つめているので……。甘いものはお好きじゃないんですか？」

「いえ、好きです。でもお饅頭をいただく理由がなかったので、驚いてしまって」

「友達にお菓子をあげることに、理由なんていらないでしょう」

「友達」

「ええ、そうです。友達」

二十六歳の社会人になって、「友達」なんて言われるのはくすぐったい。たかだかほんの数分、話をしただけなのに。

でも、嬉しい——。

有田さんの心が落ち込んでいるときに話ができて、それが有田さんの心を開いてこうしてお饅頭をくれる結果になったのなら、たどたどしく蟬の話をしたかいもあった。

京子の脳裏に有田さんと繋がった青い一本の線が浮かぶ。結びつき表の中で繋げられた有田さんとの縁だ。

京子は自宅近くにある和菓子屋さんのどら焼きを、有田さんに買ってこようと思った。折角(せっかく)つながったこの縁を大切にしたい。

「ところで佐藤さんは何をしているのですか」

朱肉事件で何か進展があったかと思いきや、そうではなかったらしい。

「月次会議のときに挨拶をしそびれてしまったので、こうしてフロアをまわって挨拶をさせていただいているんですよ。ただ、営業部は一時にランチをとっている人が多いことを知らなかったので」

三分の一ほどしか埋まっていない営業部の席を見て、一は苦笑いをした。あと五分ほどで昼休みが終わるので、社員たちが戻ってから挨拶をするつもりらしい。

「ああ、佐藤さん、お守りありがとうございますぅ」

一に気付いた美月が、嬉しそうに駆け寄ってくる。

「ご利益があるといいですね」

「はい。梓ちゃんにも渡そうと思っているんですけどぉ」

美月がそう言ったとき、ちょうど梓がフロアに戻ってきた。手にはスマートフォンと化粧ポーチ。化粧直しのついでにツイッターのチェックをしてきたようだ。

その姿をみつけた美月は、いつもの高いテンションをさらにあげて、梓に声をかける。

「梓ちゃあん」

美月の声を聞いた梓は、あからさまに表情を歪めた。あの表情を見れば一目で嫌われているのがわかりそうなものだが、美月はいつも通り気付いていない。いや、気付いているのに気にしていないのかもしれない。

フロアにいた営業部の男性陣は、美月と梓のやり取りを見て見ないふりをする。女子同士のややこしいやり取りには巻き込まれたくないのだ。

その一方で女性社員たちは、それぞれ別のことをしながら、二人のやり取りを好奇に満ちた目で見守っている。美月が引き起こすトラブルは、女性社員の間で話のネタになるので注目度が高い。

京子がその様子に呆れていると、その横で一がそっと席を立った。

何かあれば、自分がフォローしようとしているのだろう。真剣に二人の様子をうかがっている。

おかしなことを言う人だけど、こういう真摯な姿勢は尊敬できるな――。

社員を大事に、社内の平和を守ろうとしてくれているのがわかる。

「星野さん、何か御用かしら？」

梓は穏やかな口調で美月にこたえる。いつもよりトーンをひとつ落としたようなその声が、あらためて美月との距離を感じさせる。

「あのね、これね、人事の佐藤さんのぉ……あれ」

お守りの袋を差し出した美月が言葉を止める。そして、梓の白のセーターの横腹あたりを指さした。

「梓ちゃん、何か付いてるよ」

「え？」

梓はそう言って、身体をよじるようにしてセーターの染みを確認する。赤色のこすり付けたような染みが背中の方まで伸びている。

朱肉だ――。

京子の位置からでもそれはすぐにわかった。梓の背中の方へと続いた染みは、部分的に指のようなかたちが見て取れる。あれは、誰かの手の跡だ。

一が梓のもとへ駆け寄った。しかしそれよりも早く、美月が口にする。

「これ、手の跡みたいだねぇ。指のかたちがくっきり残っている」

決定的だった。

横腹から背中へと回された手の跡、朱肉の付いた手で誰かが梓の背中に手を触れたのだ。つまり、抱きしめたということ。

フロアにいたすべての人の視線が梓に集まる。素早く駆け寄った一が、梓を連れて外に出ようとしたそのとき──。

「戻りました」

しんと静まり返ったフロアに、営業部主任の湯橋が戻ってきた。ヨコキン二大イケメンの一人だ。

無言のまま向かい合っている梓と美月、その後ろにいる一を不思議そうに一瞥（いちべつ）して、すぐにフロア横の書類ケースのもとへ近づく。

「湯橋さん、触っちゃダメっ。朱肉が──」

梓が叫んだ。

「え……」

突然大きな声をかけられ、驚いた湯橋は手にしていた書類を落とす。バラバラと床に散らばった書類に、赤い朱肉が付いていた。

フロアにいた誰もがそれを目にしていた。そして梓と湯橋の間で何が起きていたのか理解する。

朱肉事件の被害者になったのは湯橋、そして湯橋は朱肉が付いた手で梓を抱きしめ、梓が二次的な被害者となった。

湯橋透、三十七歳、営業部主任、妻子持ち。娘は来年小学校へ入学すると湯橋が嬉しそうに話しているのを京子は聞いたことがある。

『彼氏はいるんだけど、その人と結婚するつもりはないんだって』

京子は美月の言葉を思い出していた。

結婚するつもりがないというより、結婚できない相手というのが本音だったんだろう。

梓は湯橋と不倫関係にあった。

3

海外ドラマのＤＶＤがずらりと並ぶ棚の前で、一は大きなため息をついた。

夜七時を過ぎたレンタルビデオ店の店内は、仕事帰りらしき年配の男性と京子たちの姿しかない。閑散とした店内に、不釣り合いに陽気な店内放送が流れている。

「どうして僕はここにいるんでしょうか」

京子は慣れた手つきでＤＶＤを選び、手にしたカゴに入れて行く。借りるものの目星はつけてきたので、うらめしそうに文句を言う一の相手をしながらも、その手を休めることはない。

「話をしたいからなじみの店に連れて行けと言ったのは、佐藤さんの方ですよ」

「僕は飲食店のことを言ったんです。ＤＶＤを借りに来てどうするんですか」

「外食はめったにしませんから、なじみの店なんてありません。それにこうして話ができているんですから、いいじゃありませんか」

新川通りを駅と反対方面に進んだ先にあるレンタルビデオ店は、駅から離れていることもあって、ヨコキン社員で利用している人は少ない。京子は週に一度は必ずここに足を運んでいるが、誰かと顔を合わせたことは一度もなかった。

ハリウッド映画の派手なCMが流れる店内は、声をひそめれば他の誰かに聞かれる心配もない。社外で話がしたいと一に言われ、なんの考えもなくここに連れてきた京子だったが、結果的には良かったようだ。

「大体、三ツ橋さんのその大きなマスクは何ですか。風邪はひいていらっしゃらなかったと思いますが」

「顔が見えないから、わたしだってわかりませんよね。ひとりのときは、大体マスクをすることにしています」

マスクがあると顔の半分が見えなくなるので、京子だと気づかれにくくなる。気づかれないということは、孤独を愛する人にとって重要なことなのだ。

一はいぶかしげな表情を残しながらも、昨日の朱肉事件について話し始めた。

「清掃会社を入れて確認もしましたが、やはり朱肉が三階の小会議室のドアノブにつけられていたのは間違いないようです」

三階の小会議室は、総務部と人事部と経理部のあるフロアの一角にある。先週の金曜日、京子が有田さんと話をした場所だ。

経費精算の締日だったために、経理部には入れ替わり立ち替わりたくさんの社員が訪れて混雑していた。誰も怪しい人は見ていないが、経理部で精算を行っている社員たちはやまほど見ている。

　経理部に向かう人は現場となった小会議室の前を通るので、誰もが被害者にも容疑者にもなりうる状況だった。過去の三回の事件と同じ状況だ。

「湯橋主任はお昼休みに経理部に立ち寄り、その帰りに小会議室のドアが中途半端に開いていることに気がついてドアを閉めたと言っていました。犯人は誰かがドアを閉めることをねらって、わざとそうしておいたのかもしれません」

　そしてその後、湯橋は非常階段で梓と会った。何の事情でそうなったかはわからないが、湯橋は彼女を抱きしめ、朱肉は梓のセーターに付く。仕事上のパートナーであった二人はそれ以上の関係でもあった。

「非常階段を密会場所にしていたようですね。あの階段を利用している人は少ないですし、ドアの開閉音も大きいので、誰かが来ればすぐにわかります」

　非常階段は京子の逃げ場所でもある。京子は二人と顔を合わせるようなことがなくてよかったと安堵する。そんな現場に出くわしてしまった日には、どんな顔をしてやりすごせばいいのかわからない。

「会員カードはお持ちっすかあ」

　ＤＶＤが五本入ったカゴをレジに差し出すと、エプロン姿の店員が間延びした声で決まり文句を口にした。エプロンには店のロゴがプリントされている。

「七泊八日でよろしいっすかあ」

京子は「はい」と答え、会員カードを出した。一はレジから離れた場所で、京子の会計が終わるのを待っている。

スーツ姿で新作ＤＶＤの棚を見ている一の後ろ姿は、背筋がまっすぐに伸びていてとてもきれいだ。

一は変わった人だけど、姿勢の良さには好感が持てた。そしてその姿勢と同じように、一は自分の仕事にまっすぐに向き合っている。

無事に目当てのＤＶＤを借り店を出て、街灯に照らされた道を駅に向かって歩く。この時間になると、駅近くの居酒屋が賑(にぎ)わい始める。一は再び朱肉事件について話し始めた。

昨日、偶然にもあの場に居合わせた一は、すぐに湯橋と梓を外へ連れ出し、残された社員は何事もなかったかのように午後の業務を始めた。

「ドアノブを触った社員は他にも二人いましたが、付いていたインクの量からしても、最初に触ったのは湯橋主任で間違いありません」

フロアへと先に戻って来たのは湯橋だった。湯橋はしばらく有給休暇を取る旨を告げ、引き継ぎをすませるとそのまま早退をした。

それから遅れること一時間、戻って来た梓は根岸部長に遅れたことを謝罪した後、いつも通りに仕事を始めた。しかし、いつもなら一時間おきにトイレ休憩と称してはスマートフォン片手に席を立つはずの彼女が、終業時間まで一度も席を立つことはなかった。

そして梓のツイッターも、あれから更新されていない。

「湯橋さんに有給を取るように勧めたのは僕です。近いうちに消化をする予定にはなっていたので、それを早めてもらいました」

「そうみたいですね」

まるでこのことが起きることを予想していたかのように、湯橋の仕事はキリよく終わり、引き継ぎがなされていたという。

「不倫は不道徳な行為ではありますが、それによって業務に支障がでていない限りは、会社として注意をすることはあっても、あからさまな処分をすることはありません。ただこんなかたちで公になってしまったからには、黙殺するわけにはいかないでしょうね」

湯橋と梓のことは、あっという間に社内に知れ渡った。男性社員たちはいつものごとく見て見ないふりをするが、女性社員たちはそうはいかない。

同性に厳しくなる女性の哀(かな)しい性(さが)か、さもなければ湯橋がいないためか、話の中心は梓一人となった。擁護するものあり、非難するものあり、二派に分かれて水面下で白熱した戦いが続いているという。

それを見込んだ上で、梓は沈黙を続けているのだろう。彼女はとても賢い人だ。これがもしも美月だったら、火に油どころかガソリンをぶち撒いて大炎上に至っていた。

一も梓の冷静さには感心している。

「コミュニケーション能力に長け発言力のある木田さんは、その能力をいかんなく発揮して社内でのカリスマ的地位を維持してきました。それだけの人が沈黙を続けるのは、辛抱がいることだと思います。しかも彼女は以前から、湯橋さんとの関係について仲のいい社員にも話していなかったようです。しかしそのために、親しかった人にまで距離を置かれてしまっているとも聞きます」

一の言うとおりだった。木田梓の取り巻きのように仲良くしていた女性社員たちが、蜘蛛の子を散らしたように一斉にいなくなる。梓は今日、ひとりでランチを食べていた。

不倫をしていること、それを秘密にされていたこと、様々な理由があるのだろうけど、それにしたって友情とは、こんなにも脆く壊れやすいものなんだろうか。窮地に立たされているからこそ、支えてくれるのが友達なのではないのか。

「木田さんにも休暇を取ることを勧めましたが、断られました。この状況で二人同時に休むことには抵抗があるそうです。確かに彼女の言うとおりですが、結果木田さんだけが糾弾されるような状況になってしまうのでは、人事としても悩ましいですね」

一はため息交じりにそう言った後、京子に今日の営業部の様子を尋ねた。

「いつも通りに業務は行われました。ただ今朝、ちょっとしたことがありましたね」

「ちょっとしたこと？」

京子は「はい」と頷き、今朝の出来事について話をする。

営業部で何かが起きるときは、必ずと言っていいほど星野美月が関わっている。今朝のちょっとしたこともそうだ。

「星野さんが出勤してきた木田さんを呼び止めて、みんなの前でお守りを渡しました」

「それはもしかすると、僕の神社のものですか」

「はい」

一は「ああ」と唸(うな)って頭を抱えた。

このタイミングで「縁切り神社」のお守りを、梓に渡すことがまずいことくらい、美月以外の誰もがわかることだ。しかし美月は、それに気づくことができない。

ただ純粋にお守りを渡したい一心でのことで、悪気はない。梓の状況を少しも考えていないからこそできる、無邪気な行為だった。

「梓ちゃん、おはよう。ツイッターが更新されていないから、具合が悪いのかなって心配しちゃったぁ」

出勤してきた梓に、誰もが気を使いながら声をかける中で、美月だけはいつもの調子で梓に近づいた。梓は顔を伏せたまま返事をせず、無言で美月の前を通り過ぎようとしたが、「梓ちゃんってばぁ」と進行方向を遮るように立ちふさがる美月。梓は仕方なく足を止めて、「おはよう」と答えた。

そんな梓に美月は、笑顔で縁切り神社のお守りが入った袋を差し出した。

「これぇ、梓ちゃんにぴったりだと思って」

京子は全身の血が凍るような衝撃に襲われた。何をするのかと見守ってはいたものの、まさか昨日の今日で「縁切り神社」のお守りを渡すなんて思いもしなかった。

様子を見守っていた他の社員たちも、まさかの「縁切り」の文字に凍り付いている。

京子が慌てて駆け寄り、美月からその袋を取り上げようと手を伸ばした瞬間——。

「ありがとう」

梓がそう言って、京子より先にお守りの入った袋を受け取った。

「お揃いだね」

と微笑んだ美月の横を、梓は無言で通り過ぎ、席に座って仕事の準備を始める。

そんな梓の対応に、凍り付いていた他の社員たちも何事もなかったかのように、元の作業へと戻った。

「止めようと思ったんですが、間に合いませんでした」

「木田さんの大人の対応に助けられましたね」

一は安堵のため息をつく。

「人事部としては、朱肉事件を解決させることはもちろんですが、木田梓さんの孤立も避けたいところです。彼女はとても優秀な人ですし、罪を彼女ひとりで背負う必要はないはずです」

「なるべくフォローできるように、がんばりますね」

自然と口をついたその言葉に、一が驚いたように京子を見た。京子は一のそんな態度を見て、自分が言ったことの大胆さに気づく。

「どこまでできるかは、わかりませんが……」

「三ツ橋さんがそう言ってくれるとは思いませんでした。非常に助かります。ありがとうございます」

言っているそばから怖気(おじけ)づく京子の言葉を遮って、一は嬉しそうにそう言った。京子の肘にぶら下がっているレンタルビデオ店のミニバッグを掴んで、握手をするようにぶんぶんと縦に振る。

今までの京子ならぜったいに口にしないことだ。話し下手でコミュニケーションが苦手な京子に、他人のフォローなんてできるわけがない。

おそらくこれは、有田さんのことに起因する。

傷ついた有田さんに何ができたわけではないけど、あのかわいらしい猫のお饅頭をもらえるくらいは役に立てたのだ。それは無意識のうちに、京子の自信に繋がっている。

「ところで三ツ橋さんは、いつからＤＶＤ鑑賞を趣味にされたんですか？　就職面接のときには、趣味は読書だとおっしゃっていましたよね」

「よく覚えていますね……」

「社員一人一人と向き合うのが人事の仕事ですから、そういう情報は忘れないんです」

だからこそあれだけの縁が複雑に絡まり合った、結びつき表が作れるのだろう。京子は一の細やかな情報収集力に感心する。

「社会人になってからです。ＤＶＤを見ているときは、他の余計なことを考えないですむので、気分転換になります」

京子はそう言いながら、ＤＶＤを見始めたころのことを思い出した。

まだ暑さの残る九月の終わりのことだった。じっとしていても汗ばむような陽気の日曜日、京子は毛布にくるまって汗まみれになりながら、海外ドラマのＤＶＤを見ていた。

毛布にくるまってどんなに汗をかいても、身体から寒気がなくならない。夏風邪だと思って病院に行ったが、医者からは異常がないと言われた。

ブレンダと付き合っていたはずのディランがケリーと浮気してしまい、それが原因でブレンダとケリーの友情は壊れてしまう。でも結局ディランはケリーともうまくいかなくて別れてしまって――。

数分ごとに何かが起きる海外ドラマがちょうどよかった。新しい情報をどんどん入れて行かなければ、足元を流れる水に飲み込まれ、どこか知らない場所へ流されてしまいそうだった。

「そのころ、なにかあったのですか」

京子の表情から何かを読み取ったのか、一が遠慮がちに付け加える。

「無理に伺おうとは思っていませんが」

京子は「いえ」と答える。話すのが辛いわけじゃない。今まで誰にも話したことがないだけで、話自体はよくあることだ。

「付き合っていた彼氏と別れたんです。そのことを考えるのもイヤでしたし、時間を持て余してしまったので」

「ああ、なるほど」と一は頷いた。優しく過去を慈しむようなその表情からすると、一も同じような経験をしたことがあるのかもしれない。もしくは周りにそういう人がいたのだろう。

「もしよければ、その縁、お切りしますよ」

一はポケットから銀色のハサミを取りだした。数日前に見たあの立派なハサミだ。

「このハサミは、縁を切ることができるんです」

また冗談を言って、と京子は思った。しかしまっすぐにこちらを見つめる一の表情はふざけているようには見えない。

ハサミで縁が切れるわけがない。大体、縁には姿かたちがないじゃないか。質量をもたないものを物理的にハサミで切ろうとする行為に意味なんてない。

でももし本当に切れるとしたら——。

切れるなら切ってしまったほうがいい。部屋に置いたままになっていたマグカップも燃えないゴミ袋に入れてある。

あんなにたくさんの縁が渦巻く結びつき表にも、あの人との縁は表記されていなかった。こんなにも細やかな目を持つ一が気付いていないのだ。切ってしまうなら、今だ。今のうちに——。

京子はそう思っていたのに、口をついて出たのは正反対の言葉だった。

「やめて……、ください」

一が行おうとしていた行為はおまじないのようなものだ。過去にとらわれている京子を励ますために、そう言ってくれたこと——わかっているのに、京子はそれを受け入れることができなかった。

「わかりました」

一はそう言って優しく微笑み、ハサミをスーツのポケットへしまう。

その優しい笑顔を見ていたら、京子は急に胸が苦しくなった。恥ずかしくていたたまれなくて、マスクを放り投げ、大声をあげて逃げ出したくなった。

「今日はもう帰りますね。はやく帰ってＤＶＤ見なければいけないので」

声を上げそうな自分をぐっと抑え込んで、冷静に「お疲れ様でした」と頭を下げ、駅へ続くコンコースの中へと入った。階段を駆け上がった先でカードの勧誘をしていた女性に話しかけられたが、断るどころか顔を上げることさえできなかった。

セリーナはダンと復縁しそうになって、ブレアはネイトと別れてチャックと付き合いだして、でもジョージーナが戻ってきてダンにつきまとっているから――。

借りたＤＶＤの今までの内容を思い浮かべながら、南武線の下り列車に乗った。発車ベルが鳴り、電車が動き出す。窓の外を流れる見慣れた景色を見つめていると、ようやく心が落ち着いてきた。

「佐藤さんに失礼なことをしてしまいました――」

乗車ドアの前で呟いた独り言は、誰に聞かれることもなくマスクの中で消えた。

自分の心の奥底に眠る密かな思いに気付かされて、頭の中が真っ白になった。話も途中になってしまったし、明日ちゃんと謝らなければ。

そう考えて、ふと一の家が駅とは反対だったことに気付いた。レンタルビデオ店を出てすぐに当然のように駅まで向かってくれたけど、それは京子の帰り道を気遣ってのことだったのだろう。

そのことも、お礼を言わないと――。

消えてしまったと思っていた過去は、自分でも気づかない奥深い場所で息をひそめていたようだ。京子はレンタルビデオ店の袋を見つめる。自分はいつまで、海外ドラマを見続けるつもりだろう。

京子は家に帰ると、ゴミ袋に入れてあったマグカップ二つを再び取り出して、流し台の上に置いた。

「無理やり捨てる必要はないんじゃない？」

と、マグカップがもっともらしい口調で言う。まったくもって、やかましい陶器だ。

翌日の昼、ランチタイムで席を立つ社員たちの姿を、京子はぼんやりと見守っていた。美月が外回りに出ているので、逃げ回る必要もない。

一とはまだ顔を合わせていない。夕方まで人事の仕事に追われているらしく、夜に打ち合わせをさせてほしいとメールが来ていた。

昨日のことには一言も触れられてはいなかった。もしかすると一は、気付いていないのかもしれない。京子の中では大パニックだったが、表向きには一のちょっとした提案を京子が軽く断っただけの出来事だ。その後に若干バタバタしたものの、特に何があったわけでもない。

いや、そんなわけがないか――。

相手はあれだけ事細かな縁を見極める佐藤一だ。京子の異変に気付いていないわけがない。

とにかく一の厚意に失礼なことをしてしまったのは事実だ。打ち合わせのときに謝ろう。

昨日はなかなか眠れず、遅くまでＤＶＤを見ていたので眠い。朝早く起きることもできなかったので、お弁当も用意できなかった。

京子はあくびをかみ殺しながら、どこで何を食べようか考えていると、フロアにひとりで残っている木田梓の姿が視界に入ってきた。

京子と同じくピーク時を避けて、席を立つつもりなのだろう。何をするわけでもなく、じっと席に座ってスマートフォンの画面を見つめている。

今までの梓だったら、ランチタイムが始まってすぐに席を立ち、出遅れたときにはランチ仲間たちがフロアの入口まで迎えに来ていた。しかし湯橋とのことが発覚して二日、彼女たちの姿は見ていない。

フロアに社員たちがほとんどいなくなったところで、梓がランチバッグを持ってフロアを出た。京子は一瞬迷ったが、すぐに思い直して梓の後を追いかける。

なるべくフォローできるように、がんばると約束したんだ――。

「あれ……」

しかしフロアを出たところで、梓の姿はなくなっていた。二基のエレベーターは上階に停まっているので、おそらく梓は乗っていない。

内階段は廊下の一番奥にある。あそこまで行ったとしたら、姿を消すのが早すぎる。

「ああ、なるほど」

京子は一人納得をして、内階段のところまで歩いていき一階へと下りた。


木田梓は非常階段に座り込んで、ブルーベリーマフィンを食べていた。出勤前にいつも立ち寄るコーヒーショップで買ったものだ。

膝の上には大小のランチボックスが二つ並んでいる。大きな方にはベビーリーフとトマトをオリーブオイルであえたサラダ、小さな方には母方の祖母が送ってきた梨がきれいに剝かれた状態で入れられていた。

ブルーベリーマフィンとサラダとフルーツ、ペットボトルの紅茶を飲みながらのランチタイムは梓にとって充実したひと時だった。

日陰になる非常階段は多少冷えるものの、ここなら人目を気にする必要もなく、のびのびすることができる。冷たく吹き抜けるビル風を感じて、梓はノースリーブセーターの上に羽織ったウールのジャケットの前ボタンを留めた。

人目の問題だけじゃない、ツイッターに載せる見目麗しいランチ画像、女友達との充実した恋バナ、次の週末の予定、何一つ気を使う必要なく自由な時間を梓にくれる。

ここ数年のランチタイムは、どれだけ充実した自分を演出できるかという戦いの場だった。

社会人四年目、一日も休まずに戦い続けた結果、八百人を超えるフォロワーを勝ち取ってきた。ヨコキンの二十代の女性社員のほとんどが梓のツイッターを見ている。そして彼女たちの友達、さらに友達の友達が繋がった結果、今のフォロワー数を獲得したのだ。

「オシャレだね」、「友達多いね」と声をかけられることは、梓の気分をよくさせる。だから必死になって、このブランドイメージをキープし続けた。

しかし湯橋のことが明るみに出てその立場を手放すしかない状況になってみて初めて、自分がとても無理をしていたことに気が付く。

「一人で食べてもブルーベリーマフィンは美味しい」

梓はひとり呟く。

むしろ一人で食べる方が美味しいと言いたいくらい、梓は一人のランチタイムが気楽だった。

すべてのことが自業自得、ぜんぶ自分のせいなんだ――。

湯橋は既婚者ながらもあれだけの社内人気を保ってきた男だ。ただでさえ、不倫というだけで風当たりが強い立場なのに、相手が人気者となれば、非難されるのは当然だ。

一年前、湯橋と付き合い始めた時点でそのリスクには気が付いていた。この男は自分が築き上げてきたものをすべて無にする男だ。

そう思っていたのに、自分を止めることができなかった。

妻子持ちのアラフォー、お小遣い制だからデートはいつもワリカンだった。気のきいたセリフも言えないし、頼りがいもない、セックスだって並の下ってところだ。

それでも湯橋がいいと思ったのは、何よりあの笑顔が好きだったのだと思う。

色白でたれ目で泣きぼくろ、笑うときはいつも眉が八の字になって困り笑顔になる。その笑顔を見ると、梓はすべてがどうでも良くなった。

何もかも失っても、この人の笑顔を見ていたくなる。湯橋にはそんな魅力があった。

そして湯橋の笑顔に心を奪われたのは梓だけではなかった。営業部、企画デザイン部、海外事業部、総務部に至るまで、湯橋の頼みごとならきくという女性社員がいる。当然、湯橋が担当するプロジェクトは社内進行がスムーズに行く。

取引先にも同じことが言えた。担当窓口が女性なら、湯橋は確実にものにする。無自覚に微笑んで、大口の契約を取り付けてくる。そうやって営業部の主任まで上りつめた。

「すべてたまたま上手くいっただけなんだ。実力なんかじゃない」

湯橋は仕事のことを褒めるといつもそう言って否定した。謙遜ではない。本人だって、営業力とは違う引力が作用していることは気が付いているのだ。ただそれが、自分のビジュアルだとは露ほども思っていない。

そんなちょっぴり抜けているところもかわいいと思っていた。つい最近まで……いや、今でもそう思っている。そんな自分に腹が立つ。

「会社、辞めようかしら」

年がら年中、鍋、鍋、鍋、ときどきカナヅチ、でも大体が鍋、鍋だらけ。

内定をもらったときはどうしようか悩んだが、ヨコキンくらいの規模の会社なら、自分の希望の職種に就けるのではないかと期待をして入社を決めた。

しかし現実はそんなに甘くはない。新人研修を終えて、配属が決まったのは想定外の営業部。しかも誰でもできるような営業アシスタントを任されて、気が付いたら三年だ。

こんなことが起きたのは、もう潮時だと神様が知らせてくれたのかもしれない。

学生時代の友達は「ヨコキンなんて地味な会社は、梓に似合わないよ」と言ってくれる。自分でもそう思う。もうずっと辞めよう辞めようと思ってきたのだ。

「キミのことは会社も僕も必要としているんだよ」

困ったように微笑まれて、優しい声でそう言われて、何度引き留められたことか。あの人がいたから、ここにいた。でも今は、もういないのだから――。

不意に鉄のドアが軋(きし)む音がして、階下のドアが開いた。

梓は急いでランチボックスを自分の後ろへと隠す。木田梓ともあろう人が隠れるようにランチを食べているところを見られてはまずい。特にあんな事件の後では、何を言われるかわかったものじゃない。

気まぐれで非常階段に出て、外の空気を楽しんでいただけ――。

それらしい言い訳を用意して、来訪者を待ち構える。

階段を上がってくるヒールの音がして姿を現したのは、同じ営業部の三ツ橋京子だった。同期で同い年、黒い髪を肩の上で切り揃え、いつもベージュ系のニットをスカートにあわせている地味な子だ。

梓は隠したランチボックスを出して、ランチの続きを始める。

京子は噂話や恋バナと無縁のところで生きている。いわゆる女子の会話には興味のないタイプだ。たまに話しかけても、妙な間が空いた後に、見当違いな答えが返ってくる。

梓は常々、京子を変わった人だと思ってきたが、ここへきて彼女の存在にほっとさせられるのだから皮肉なものだ。

「お疲れ様です」

二階のドアから入ってきた京子は、梓の前で足を止めてそう言った。

「お疲れ様です」

梓が挨拶を返すと、京子は梓の隣を指さして尋ねる。

「ここ、空いていますか」

「……空いてるけど」

空いていないわけがなかった。ここは飲食店の席ではない。

梓がそう答えると、京子はそのまま梓の隣に座って、手にしていたランチバッグの中身を広げる。

女性誌の付録のバッグから取り出されたのは、コンビニのおにぎりが二つと野菜ジュースだった。バッグの中に無造作に入れられた袋は、ヨコキンビルを出てすぐのコンビニのものだ。

京子はいつも、六階の休憩室でランチを食べている。それをわざわざ非常階段で食べるのは理由があってのことだろう。

たぶん、何か言いたいことがあるんでしょう――。

梓は身構えて次の言葉を待ったが、京子にその気配はなかった。ただ黙々とおにぎりを食べている。そう言えば、京子にいつもまとわりついている星野美月の姿が見えない。

「星野さんはどうしたの」

「今日は外回りです」

そう言えば朝から姿が見えなかった。

なるほど、京子は同伴者をなくして仕方なくここに来たのだ。梓は納得をして、京子への警戒をとく。

「三ツ橋さんって、星野さんと仲いいのね」

「仲がいいかはわかりませんが、結果的に多くの時間を共有している同僚ではありますね」

「それを仲がいいって言うんじゃないの？」

「そうなのですか？　……じゃあ、そうなんでしょうね」

世間話をするつもりが、ふいに口を出た言葉は美月のことだった。彼女の話題は危険だ。この年になってまで他人の悪口など言いたくはないのに、星野美月の名が出るとつい日頃のうっぷんを吐き出したくなってしまう。

星野美月のことは、入社式で初めて会ったその日から、好きになれないと思った。いちいちリアクションが大きいのがイヤだ。話すときに語尾を伸ばすクセにもイライラする。たいして面白くない話をダラダラと話し続けるのにもうんざりだ。

彼女のイヤなところをあげていけばきりがない。

だけどここは社会で、会社組織の中だ。あからさまに人を嫌うようなことをすれば自分自身の評価も下がるし、いじめのようなことはしたくない。

　だから上手く避けて、距離をとるようにしてきた。挨拶を交わす程度の付き合いをすればいい、そう思っていたのに。

　美月はこちらの思いにも気付かず、何かにつけて「梓ちゃん梓ちゃん」とまとわりついてくる。あの粘着ぶりはまるでストーカーだ。男だったら、とっくに訴えている。

　そんな美月に付きまとわれて平然としている京子は、とても普通ではない。おそらく変わり者だ。

「すみません……。何か話題を探そうとしたのですが、みつかりませんでした」

　梓の隣でじっと固まっていた京子が、不意にこちらを向き、そう言って頭を下げた。ボーッとしているのかと思ったが、どうやら彼女なりに気を使ってくれていたらしい。

　思わず梓は笑ってしまう。やっぱりこの人は変わった人だ。

「三ツ橋さんってひとりで過ごすことが多いよね。誰かといるのは苦手？」

「苦手というわけではありませんが、わたしは面白い話ができませんし、一緒にいてもらうのが申し訳ない気持ちになりますね」

「おしゃべりとか好きじゃないのね」

「ええ、自分から何かを話すのは苦手ですね。さんざん考えぬいたあげく、蝉の話などをしてしまいます」

「蟬の話？」

「ああ、すみません。食事中でしたので、その話題は避けたつもりだったのですが、ごめんなさい。不適切な発言でした。もう蟬の話はしません。失礼しました」

蟬の話に興味はあったが、あまりに必死に京子が拒否するので、それ以上は聞くことができなかった。

話し下手か——。

梓は何かを話すのに、話題を探すようなことをしたことがない。相手と向き合った瞬間に湧き出るように、自然と話ができるものだと思っている。

しかし世の中にはそうできない人もいるらしい。仕事でも恋愛でも友達同士の付き合いでも、まずは話をすることから始まる。それが苦手となれば、何をするにも不都合があるだろう。

「だから星野さんのように自分ひとりで話をしてくれる人は付き合いやすいんです。会話はちょっと……成り立ちにくいですけど」

苦笑する京子の横顔を、風に吹かれた黒髪が撫でつける。

独特の間を持ったマイペースな人だと思っていたが、その小さな間のひとつひとつに彼女なりの迷いや悩み、考えが詰まっているのかもしれない。

そう思うと、三ツ橋京子という人がただの変わり者ではなく、一途で不器用な人に見えてくる。今まで別世界の人だと考えていた京子が、じんわりと自分の中に染み込んでくる気がした。

「じゃあ、わたしが話をしてもいい？」

梓が尋ねると、京子は嬉しそうに目を輝かせて答えた。

「もちろんです」

今の梓は楽しい話を披露できるような状況ではない。それは京子だって覚悟しているはずだ。そして何を言っても、彼女ならそれを面白おかしく吹聴するようなことはしない。

胸の中で渦巻くこの思いを吐き出すなら、今だと思った。

「自分が悪いってことを棚に上げて言うんだけど」

梓はそう前置きをしてから、話を始める。これは梓の免罪符だ。

「腫物扱いされるのがウザいのよね」

「そうなんですか」

「そうよ。ツイッターのタイムライン見てるとね、ああ、タイムラインってわかる？　フォローしている人の発言が見える場所なんだけど、そこではっきりとは言わなくてもわたしの話がされているのがわかるのよ。みんな気を使っているからオブラートに包んでいるんだけど、でもわかるんだからその気遣いって意味ないでしょう」

梓は胸につかえていたものを吐き出すように、今の思いを言葉にした。せき止められていた水が勢いよく流れ出すように、心の内が溢(あふ)れ出す。

「それに昨日からフォロワーが減り続けているの。今朝の時点で二十人は減った。きっと今見たら、もっと減っているわ。こっちはもうちょっと気を使ってもらいたいの。ブロックして様子を見るとか、時間をおくとか。あんなことがあってフォロワー減ったら、傷つくに決まってるでしょ」

「そうですね」

京子の相槌は完璧だった。タイミングといい控えめさといい、こちらの勢いを殺さず邪魔せずちょうどいいあんばいで答えてくれる。

営業部の先輩が京子の謝り方を褒めていたことがあったが、この相槌だってなかなかのものだ。

「みんな面白いんだろうなぁ。湯橋主任との不倫がバレて、さんざんオシャレでかわいい毎日を送っていたのに、今は隠れて一人ランチをしてる。バカみたいだよね。面白すぎる」

自虐的にそう言ってみると、あまりに情けない自分の状況にめまいがした。自分の言葉に傷ついてどうするんだ。

こめかみに手を置いてため息をつく梓の隣で、京子は顔をうつむかせてじっと黙っていた。相槌が返ってこないなぁと思っていると、不意に顔を上げてきっぱりと答える。

「いいえ。ちっとも面白くないです」

黙って梓の話について、真剣に考えていたらしい。正直、梓だって本気でそう思っているわけじゃない。半分は愚痴だ。

意地悪な人もいることはいるだろうけど、こんな状況になった梓を心配してくれる人もいる。みんながみんな、梓を避けているわけじゃないんだ。どうしたらいいかわからないだけ。

「それにこんなことで、今まで仲良くしていた人と距離を置くことも面白くないです。そういう価値観はつまらないと思います」

「いやいや、こんなことって……。結構なことよ、不倫って」

なぜか梓は、自分を否定する側に回っていた。不倫は許されることじゃないし、身近で起きれば不愉快に思う人も多いだろう。

「でも人と人が親しくなることだって、結構なことだと思います」

京子は強い意志を持っているようにきっぱりとそう言って、野菜ジュースをちゅうっと飲んだ。残りわずかになったジュースがじゅじゅっと音をたてる。

やっぱり変わり者だ――。

星野美月といい三ツ橋京子といい、なぜ営業部には変わり者ばかりが集まるのだろう。

根岸部長がそういう人選をして集めているのだろうか。

だとすれば、梓も変わり者の一員ということになる。多少はそういう面もあるかもしれない、しかしこの二人には到底及ばない。

梓はそう思いながらも、胸が熱くなるのを感じていた。

京子の言う通りだ。梓は今まで、何度となく飲み会、バーベキュー、キャンプを開いてきた。飲み会はいつだって幹事だ。メンバーを集めて、お店を予約して、飲み会の最中はみんなが楽しんでいるか常に気を使い、終わったら女子の愚痴に付き合った。

それが全て彼女たちのためだとは言わない。友達を喜ばせることのできる自分でいたかっただけだ。

でも、だからこそ、こんな状況になったら支えてくれる友達がいる木田梓であるはずだった。窮地を救ってくれる友達がいるわたしのはずだったのに――。

「仕方ないわ。湯橋主任って、人気者だったもの」

梓は内心の思いとはまったく違うことを言った。

京子は聞いているのかいないのか、野菜ジュースのパッケージを小さくたたむことに夢中になっている。

梓は京子を見つめながら、うらやましく思った。

一見無関心に見えるのに自分の意志はしっかりと持っている。でも必要以上には深入りしようとしない。絶妙な距離感を操る人だ。

　こんなふうに自分もふるまえたら、もっと楽に生きられるかもしれない。梓は京子のように生きる自分を想像しようとしたが、なかなかうまくいかなかった。それはあまりにも梓の価値観からかけ離れた世界だ。

「あのお守りをどうして受け取ったんですか」

　ジュースのパックをたたみ終えた京子が梓に尋ねる。

　梓は一瞬何のことだかわからなかったが、すぐに昨日美月から貰った縁切り神社のお守りのことだと気付いた。

「今の木田さんの状況を考えたら、受け取りたくないものだと思います。なのになぜ、ためらいもせずあっさりと受け取ったんですか」

「意味なんてないわ。あんなもの、ただのお守りじゃない」

「でも縁切り神社のお守りですよ」

「人事の佐藤さんのご実家なんだってね」

　梓はまったく気にしていなかった。あのときの美月にはイライラしたが、それはいつものことだ。お守りは袋に入れたまま、キャビネットの中にしまってある。

「縁を切るとか結ぶとか、ヒーリングの類に興味はないの。占いもまったく信じてないわ」

梓がそう言うと、京子は目を丸くしてひどく驚いたような顔をした。梓は傷つけたのかと思い、慌ててフォローをする。

「ごめんなさい。あなたの価値観を否定するわけじゃないの。縁を大切にするのはいいことだと思うわ」

「いえ、わたしもそんなに興味があるわけではありません」

梓のフォローもむなしく、京子はきっぱりと否定をした。

「ただ木田さんは、ヒーリング系のものに積極的な人だと思ったので。先日、縁結びの神社に行っていましたよね」

「雑誌に載っていたからノリで行ってみただけ、パフォーマンスの一環よ」

雑誌に載ったものやテレビで紹介されたものをツイッターに載せると、フォロワーの反応がいい。はしゃいでおみくじを引いたりしたけれど、それもちょっとした戯れの一つだ。信じてやっているわけじゃない。

現にそのとき大吉が出たはずの梓は、今こんな目に遭っている。

「木田さんは表現者なんですね」

京子から出た想定外の言葉に、梓は「どういうこと」と聞き返す。

「ご自身のあるべき姿を見据えて、日々情報収集や様々なパフォーマンスをしているんですよね。その表現の場のひとつとして、ツイッターを活用していらっしゃる」

「……そんな、かしこまったものじゃないと思うけど」

「いいえ、立派な表現者です。星野さんがあれだけ木田さんに憧れる気がします。もっとも、わたしと木田さんにはあまりに共通点がないので、そこまでの気持ちにはなりませんが、それでも尊敬はします」

憧れ、か。今まで何度、この言葉を聞いてきただろう。

でもそれは脆くて壊れやすいものだということを、梓は知っている。現に星野美月の《憧れ》はすでに壊れてしまっている。

そんなに脆くて弱いものなら、京子のように価値観は違うとはっきり言われた上で、褒められるほうが嬉しい。

「でも三ツ橋さん、星野さんはもうわたしのフォロワーじゃないよ」

「え、そうなんですか」

「うん。彼女、あの事件が起きてすぐにわたしのフォロワーから外れてる」

美月はフォロワーから外れた二十人のうちの一人だ。誰が外れたかしっかり覚えているあたり、自分の執念深さに呆れる。しかもあれだけ嫌がっていた美月相手に、だ。

「そう、ですか……」

京子は難しい顔をして黙り込んだとき、階上から開くドアの音がして、次の瞬間、「三ツ橋さん、いたあ」と声がした。

振り返ると、企画デザイン部の有田沙世が早足で階段を下りてきた。梓に気付くとバツが悪そうな顔をする。梓は苦笑いで「お疲れ様です」と声をかけた。

有田さんは梓に挨拶を返してから、京子の方を向いて、

「面白いことになっているから来て」

と、含み笑いで言う。

「面白いことってなんですか」

「いいから、来て」

有田沙世に引っ張られるようにして、京子は非常階段を上がって行く。梓はその後ろ姿を見送った。あの二人が親しいなんて知らなかった。

梓はお弁当箱をランチバッグの中へとしまう。表参道(おもてさんどう)のセレクトショップで買った限定色のトートバッグだ。梓がこのバッグを買ってから、社内では同じバッグを持つ女性社員が増えた。

辞めてしまえばいいと思ったけど、やっぱり今辞めるのはバカらしい。京子の言葉を借りるなら、梓は表現者として自分の作り上げてきたものを壊してしまった状態にある。今まで必死に自己プロデュースをしてきた者として、壊れたまま逃げるわけにはいかない。

もう少しがんばろう。自分が決めた最後のときまで——。

「さて、と……」

　梓は久しぶりにツイッターを立ち上げた。

　この状況を受け入れることが贖罪（しょくざい）になるわけではない。梓は梓らしいやり方で、この状況を乗り切ればいい。

　今までだって何度となく女性同士のトラブルに見舞われてきたが、その度にどうにか乗り越えてきたのだ。このくらいのことで、木田梓は揺るがない。

「まだまだ、これからだけどね」

　梓はこの先に起きる出来事を思って、ふうと息を吐く。しかしその表情はもやが晴れたようにすっきりとしていた。


　その日の夜、時期外れの人事異動の通知が全社員に流れた。

　営業部主任、湯橋透の子会社への異動を告げる内容だ。北九州エンジニアリング、ヨコキンが株式を所有する福岡にある工場への出向だった。

　就業時間を終えてから流されたのは、梓への配慮だったのかもしれない。その時、梓はすでに仕事を終えて退社していて、好奇の目でじろじろと見られるようなことはなかった。

メールを見た社員たちは、それぞれ「ああ」とか「そんな」とか「やっぱり」という顔をして、メールをそっと閉じた。

湯橋派の女子の間では大きな衝撃が走ったようだが、京子のところには届かない。京子の周りの唯一の湯橋派である美月は、外回りに出たまま直帰をしたので顔を合わせることはなかった。

ヨコキンの二大イケメンのもう一人、飯田派にも新たな衝撃が走ったようだ。湯橋がいなくなることで、湯橋派が飯田派に流れ、ただでさえ高い倍率が跳ね上がると心配になったらしい。

みんなそれぞれ、勝手な心で湯橋の人事を見つめて、その日の仕事を終えて帰った。

夜八時を過ぎて、京子は一と二人で三階の小会議室にいた。一は両頰に黒い線を二本ずつ入れていた。サインペンで書かれたものらしい。

「そのヒゲ、いつまでそうしているんですか」

「水性ペンで描いたつもりだったんですが、うっかり油性ペンで描いてしまって落ちないんです」

今日のお昼、有田さんのポーチ『タマ』に重大な事実がわかった。

一が見つけてきたクリーニング屋さんは、朱肉を消そうと一生懸命になったあまり、タマのひげまでうっかり消してしまったらしい。

それでなぜか一が責任をとり、タマのヒゲを自分の両頬にそれぞれ二本ずつ描いて有田さんに詫びた。梓とお昼を食べていた京子が有田さんに呼び出されたのは、あまりにも面白かったその様子を見せるためだった。

「デザイン部の人だけに披露するつもりだったのに、なぜか有田さんが三ツ橋さんまで呼んでしまうので、とんださらし者になってしまいました」

こんな突拍子もないことをすれば、さらし者になるのも当然だと思うが、そうは思っていない一の手前、京子はその価値観を否定はしない。

「ヒゲを消せないのなら、有田さんがわたしを呼ばなかったとしても、さらし者にはなりますよね」

「ああ、確かに。ということは、有田さんのせいではなくて油性ペンのせいですね」

ひとり納得をする一を横目に、京子は油性ペンと水性ペンを間違えた一のせいだと思ったが黙っていた。一は本気で誰かを責めたいわけじゃない。

二人の前には結びつき表が開かれたタブレットが置かれている。計四回の朱肉事件をまとめて、あらためて縁の繋がりを確認していたところだ。

「佐藤さんは、湯橋さんと木田さんの関係に気付いていたんですね」

だから二人の縁は黄色になっていたのだ。そして今ではその色は真っ赤に変えられている。

「確信はありませんでしたが、そんな予感はしていました」

だから黄色の線を結んでおいたのだ、と一は真面目な顔つきでそう言ったが、両頰のヒゲのせいでふざけて見える。

「湯橋主任の異動で、泣いた女性社員がいたそうですね」

ヒゲの一が言った。

「らしいですね」

京子は他人事のように答える。まぁ、他人事だ。

女性はときに、湧き出す感情に踊らされて、自分を見失うことがある。京子にだって経験があるので、理解できなくもない。

既婚者の湯橋に恋愛成就の期待などしていなかったはずなのに、目の前の衝撃的な人事異動に我を忘れて感情的になって、泣いただけのこと。それ自体に大した意味はない。ただこの状況が、そもそもの原因を作った梓にとって、ますます不利になることは明らかだ。

「木田さんは大丈夫でしょうか」

同じことを考えていたのか、ヒゲの一が頰杖(ほおづえ)をつきながらため息をつく。京子はそんな一の手のあたりに、黒いインクがついているのを見つめていた。

「大丈夫だと思います」

そう答えた京子を一が見つめる。真剣な表情だが、やっぱり頬のヒゲがミスマッチだ。

「木田さんと一緒にランチを食べていたそうですね。有田さんから聞きました」

「余計なことかと思ったのですが……」

「ありがたかったと思いますよ。今の木田さんは吐き出し口を失ったのに様々な感情が湧き出してパンパンに膨らんだ状態ですからね。黙ったままでいればいずれ爆発しかねません」

「『わたしが悪いんだけど』って前置きをおかれてから、話をされるんですよ。不倫の善悪は別問題として、愚痴を言う前に毎回、自分を悪く言ってからじゃないと話ができないっていうのは辛いことですよね」

「……そうですね」

一はそう言って、タブレットの電源を落とした。

「今日はこのくらいにして帰りましょうか」

「帰る前に顔を洗ったほうがいいですよ」

「いや、だからこのヒゲは落ちないんですって」

「落ちますよ。頬杖をついただけで、手に付くぐらいですから」

京子は一の右手を指さし、それを確認した一は、イタズラが見つかった子供のように微笑む。

「バレちゃいましたね」

「わたしが昨日おかしな態度をとったので、気を使ってくれたんですね。失礼なことをしてスミマセンでした」

「いえ、お気になさらず。昼間あんなに喜んでいただいたので、引き続きそのままでいようと思ったのですが、冷静に受け止められちゃいましたね」

一はフロアに置いてあったウェットティッシュで頬をぬぐう。サインペンで描かれたヒゲは薄くなった。

「もともとヒゲは薄いんですよ。すね毛も全然生えないので、女の子みたいな足になっています」

「うらやましいです」

「三ツ橋さんはボーボーですか」

「今、ちょっとムッとしましたけど……でも佐藤さんには恩義があるので我慢します」

「恩義？」

「昨日、駅まで送っていただきましたから。ありがとうございました」

軽く頭を下げた京子に、一は「ああ、そんなこと」と答える。

「社員の安全を守るのは、僕の仕事のうちですから」

当然のようにさらっと答える一に、京子はボーボー発言をチャラにした。一は変わった人で、ときに他人をイラッとさせる発言をするけれど、それでも仕事にまっすぐに取り組んでいて社員を大切にしようとする心はとてもきれいだ。

――ピロン。

電子音がして、一がスマートフォンを手にした。

「メールですか」

「いえ、これはツイッターですね。木田梓さんの」

「フォロワーなんですか」

「事件が起きてからフォローをしました。彼女の動向は気になりますので、ただあれから発言は一切なかったのですが……」

そして画面を見ていた一が眉をひそめる。

梓のツイッターポエムが始まった。


『この恋は罪であり、この未来に待つものが罰であることをわたしは気付いていました。それをわかった上であの人を受け入れてきたのだから、責められるのは当然のことだと思っています。あの人を愛すると決めた時から、罪と罰を同時に背負うことも覚悟しました。だからどうぞ私を責めてください。梓』

『幸せになるために誰かを愛する人がいるでしょうか。幸せとは誰かを愛したその先で待ち構える一つの通過点のようなもの。ですから不幸になるから愛するのをやめろと言われても、難しい話のように思います。幸せの打算などなく、愛した結果が今の私なのです。幸せを求めているわけではないのです。梓』

一日半の沈黙を経て再開された梓のツイッターは、今までとはまったく違うかたちで精力的に更新された。

「ランチ」「ショッピング」「コーディネート」「デザート」、毎日のように更新されていた諸々（もろもろ）の「かわいいもの」は一切なくなり、代わりに胸の内の思いを書きなぐった言葉が配信される。

理性とオシャレをかなぐり捨て、情愛をむき出しにした一四〇字のつぶやきポエムは、見るものをどうにもいたたまれない気持ちにさせる。その反面、中二さながらの恥ずかしい行為をあのカリスマ女性社員の木田梓がやっているのだと思うと、その痛々しさに心を摑まれる。

それほどまでに梓は追い詰められ、今も尚（なお）、湯橋を思い続けている。それがバカなことだと知りながら、自分を止めることもできずにいる。

　ひとりの女として弱い部分をさらけ出した梓に、ある者は共感を持ち、ある者は過去の自分と重ね合わせた。愛着、同情、嫌悪、憧憬、郷愁、多種多様な感情を織り交ぜ波紋は広がり、それは大きな嵐へと成長してゆく。

　梓のフォロワーは一晩で四十人増え、その後フォロワー数は九百人を突破した。そのうちの一人が京子だ。

　昼休みの非常階段で、京子は昨日ダウンロードしたばかりのツイッター用アプリで梓のポエムを読みなおしていた。

　上手い、上手すぎる――。

　ポエムの内容には何一つ共感できないが、離れかけていた女性たちの心を再び摑む手法は神業としか思えない。一日半の間、沈黙を続けたことでフォロワーを渇望させ、再開とともに全く違う一面で驚きを与える。

　ランチタイムの今、女性社員の話題は木田梓一色だろう。賛同、賛美、反対、悪口と反応は違っても、誰もが木田梓劇場に夢中になっていることは間違いない。梓はその身をもって、ヨコキンの一大ムーブメントを作り出していた。

　そして今日の梓は、数人の女性社員を子分のように引き連れランチにでかけた。この二日間、隠れるようにしてひとりでランチを食べていたのは何だったのか。心配をした京子や一まで木田梓劇場の序章として取り込まれてしまったようだ。

鉄製の階段を叩く足音がして、京子が振り返ると階上の踊り場に一の姿があった。

「お疲れ様です」とこちらに頭を下げる。

同じく挨拶を返した京子の隣に、一は座り込んでスマートフォンを出した。

「三ツ橋さんもツイッターを始められたんですね。僕とも繋がりましょうよ」

「わたしは閲覧専用ですから、つぶやきませんよ」

「奇遇ですね。僕もです」

閲覧しかしないもの同士が繋がったところで意味はないとは思いつつ、京子は一に教えられたアカウントをフォローする。

一は首をかしげながら「これはパワハラに当たりますかね。だいじょうぶですかね」とつぶやくので、「受け止め方によると思います」と返すと、「じゃあ大丈夫ですね」と根拠のない自信を見せる。相変わらず、一の基準はよくわからない。

「いっちゃん」というアカウントのプロフィールには、「都内で働く三十代女性会社員」と書かれていた。

「佐藤さんはどう見ても男性な上に、ここは都内ではありませんが」

「ヨコキンだって川崎にあるのにヨコハマ金属株式会社じゃないですか」

答えにはなっていないと思ったが、問い詰める気にもならないので黙っていると、一は苦笑いをして説明をした。

「男っていうことを明かすよりは動きやすいんですよ。フォローしてもナンパに間違われることはありませんし、そもそも閲覧用なので正体を明かす気はないんです」

京子はなるほど、と頷く。

「ちなみに三十一歳の女性編集者ってことになっています。以前は旅行誌の編集をしていたのですが、配置換えがあって今はタウン誌を作っている、ということで」

念入りなキャラ設定だ。しかし一のフォロー相手を見ると、それも頷けた。ヨコキンの女性社員らしきアカウントと、相互フォローの関係にある。

「閲覧専用ではありますが、あやしまれないためにもそれっぽいことを時折つぶやくようにしています。リプライが来たときには必ず返事をしますし、あくまで普通のOLってことにしているので、バラさないでくださいね」

一のツイッターアカウントは、完全に情報収集を目的としていた。偶然の出会いを装い繋がりを持ち、ツイッターを楽しむ社員たちの動向を見守る。こうして集めた情報によって確認された縁の数々が、あの結びつき表に追加されてゆくのだろう。

「それにしても、木田さんのツイッターポエムはすごいですね。お昼休みに更新されたのを入れて、昨日から十本を超えました。その間にフォロワー数もうなぎ上りです」

そう言っているうちに梓のフォロワーがまた一人増えた。この調子ならすぐに、千人の大台も突破するだろう。

「想定外の事態ですが、木田さんのこの行動を三ツ橋さんはどう思われますか」

「んー」と短くうなってから、京子は慎重に感想を述べた。

「女性社会の持つ常識に対する反骨精神が見えます。万人ウケを諦め、嫌われることを恐れず、尖った感情をあらわにして新たな信者を得る。カリスマ性すら感じます」

「犠牲にするものも多いと思うのですが、あの状況から抜けだすにはこのくらいのことをしなければならなかったのでしょうか」

「中途半端なことをしても叩かれるだけでしょうから、突き抜けた方向へ持っていった木田さんの行動は正解かもしれませんね」

「なるほど」

と、答えた一はスマートフォンをスーツのポケットへとしまう。そのとき、金属がぶつかるような音が聞こえた。

「しかしこれで木田さんはもう大丈夫でしょう。僕たちは朱肉事件に集中して取り組むことができますね」

「そうですね」

京子はそう言って、一が下りてきた階上の先に目を向ける。

「三ツ橋さん？」

その視線に気付いた一が京子に問いかけた。京子は一に向き直る。

「屋上に何か用があったんですか。あの場所は閉鎖されて、入れないと聞いていますが」

「僕が屋上にいた、と、どうして思われるんですか」

「それは、消去法なのですが……」

京子がいたのは八階建てのヨコキンビルの四階部分。ここからなら、階上・階下どちらのドアが開いても気が付く位置だ。京子がここにいる間、ドアが開く音は一度もしなかった。

そして京子はここへ来たときに、手すりから上と下を覗き込んで、誰もいないことを確認している。梓と湯橋を真似た新たなカップルが密会場所に使っていた場合を考えての行動だったが、結果それが一の不在を確かめることとなった。

一はフロアと繋がるドア以外から、ここにやって来た。残る選択肢は、屋上ただひとつだ。

「あとこれは、可能性の話ですが」

京子はそう前置きをして、一がスマートフォンを入れたスーツの右ポケットを指さした。

「鍵を入れていませんか？　先程そんな音が聞こえました。いつもお持ちのハサミかと思ったのですが、それにしては音が軽かった気がして」

指摘された一はニヤリと笑って、ポケットからヨコキンマークのキーホルダーが付いた鍵を取り出す。

「屋上には鍵がかかっていると聞いていたので、そこにいたんだなぁと思いました」

「正解です。三ツ橋さんは賢いですね」

一はそう言うと、京子にランチはすませたのか確認をした。今お弁当を食べ終えたところだと答えると、「ついて来てください」と言って階段を上り始める。

鉄の階段を歩く二人の足音がビルの間で共鳴する。京子は縁切り神社へと行った日のことを思い出した。あの日、一が打っていたカナヅチの音もこんなふうに響いていた。

ご神木の前に立てられたあの看板、効果はあったんだろうか。

京子は今でも、あの水戸納豆のような藁人形の絵をはっきりと思い出せる。さすがにあの絵を見たら、呪いに来た人もバカらしくなって帰ってしまうかもしれない。

「ここです」

階段を上り終えると、目の前に二メートルほどある金網で二重にかこまれた屋上スペースが広がっていた。無機質なコンクリートの床の先に鳥居と小さな社のようなものが見える。

入口には腰の高さほどの鉄製の扉がついていて、そこには握りこぶし大の錠前が付けられていた。一はポケットから取り出した鍵で、素早くそれを開ける。

「どうぞ、お入りください」

一に促されるまま、京子はヨコキンビルの屋上に初めて足を踏み入れた。

屋上があることは知っていたものの、施錠されていると聞いていたし、多くのビルがそうであるように立ち入ることはできないと思っていた。

秘密の花園か、エデンの園か――。

人が立ち入らない場所というのは、現実感がなくなる。この屋上もそうだ。ところどころ傷んだコンクリートの床は、雨風にさらされた形跡はあっても、たくさんの人に踏みつけられた跡を感じさせない。人が触れないまま年月が経った人工物は、とても空虚だ。京子には屋上に吹く風が余計に冷たく感じた。

金網越しに川崎の町が見える。八階建てのヨコキンビルと同じくらいのビルが並ぶ先に、港のコンビナートが見える。そしてコンビナートの煙の向こうには、東京湾があった。

「三ツ橋さん、まずはご挨拶をしましょう」

一にそう言われて、屋上の先へと目を向けると、そこには先程目にした社があった。真新しい小さな社には恭しくしめ縄が巻かれ、しめ縄に付けられた紙垂が風に揺れている。

「縁切り神社から分社したものです。三十年前からここにあります」

「それにしては、新しいもののように見えますが」

「先日の大風の日に倒れてしまったんです」

一は寂しそうな表情でそう言った。

先日の大風の日のことは、京子もはっきりと覚えている。十一月三日、文化の日だ。晴れる確率が異常に高いとされる特異日にあたる日だが、今年は発達した低気圧の影響によりひどい嵐だった。

その日京子は、一日家にこもって海外ドラマを見ていた。五階建ての小さなマンションは風を正面から受け、度々ガタガタと不穏な音をたてた。

「あの日、僕は出勤していたんです。職場復帰をしたばかりで、引き継ぎ事項もあったので。あの風には驚きましたね。このまま帰れなくなるんじゃないかと思いました」

「休日なのに大変でしたね」

「いや、休日でも会社に来ている人はそれなりにいたんですよ。昼飯を買いに行くこともできなくて、みんな困っていました。ああ、そう言えば僕はその日、湯橋主任に初めて会いました」

湯橋が関西支社から本社営業部に配属になったのは、京子たちが入社して半年後のことだ。その前から一は休職をしていたので、顔を合わせることがなかったのだろう。

「噂通りの素敵な方だと思いました。何を言うにも穏やかに、真綿で包んだように優しく話をする。そして最後はいつも困ったように笑うんです。あんなふうにされたら、女性は手を差し伸べたくなってしまうんでしょうね、三ツ橋さん」

「わたしはなりません」

いつになくはっきりとした口調で否定をした。湯橋を悪く言うつもりはないが、あんなことがわかった後では一の意見に簡単に同意はできない。

一は苦笑いで「そうですか」と言って、話を続けた。

「奥様は関西支社勤務時代の取引先の方です。結婚が決まったときは、あちこちで騒ぎになったようですよ」

「そうなんですか」

「縁が多ければいいってものじゃないんです。切るものは切り、結ぶものは結ぶ。ちゃんと見極めなければ」

一はそう言って、小さな社に向かって礼をした。打った二回の柏手（かしわで）の音が、コンクリートの床に跳ね返り川崎の空へと消えてゆく。

続いてお参りをすませた京子に、一はこの小さな神社の歴史について話した。

「今から三十年前、高度成長期を抜けバブル期がはじまった頃のことです。ヨコハマ金属株式会社はバブル期の高級志向の波を受けて、庶民路線から高級鍋のブランドイメージを作ろうとしていました」

ヨコキンは当時、創業十周年。金物メーカーとして世間の認知度も高まっていたその時に、ブランドマークのテントウムシも作られた。

「社員数も増え続け、大型の金属加工にも手を伸ばし、ヨコキンはその一年で業績を大幅に伸ばしました。しかし光が当たれば影ができる。その年、社内で朱肉をつけてまわる不穏な事件が起きました」

朱肉事件が三十年前にも起きていた、このヨコキン社内で——。

驚く京子に、一はゆっくりと頷いて見せた。

「犯人は生産管理部にいた五十代の男性社員でした。彼はヨコキン創業当初から会社のために働いていた人間で、真面目で穏やか、遅刻や欠勤などもない信頼できる社員でした。しかし高度成長期に伝票と電話を駆使して工場と繋がりを持ってきた彼には、その年から導入が始まったコンピューターでの作業についていくことができなかった」

三十年前といえばバブル経済が始まった頃だ。

ヨコキン株式会社は創立十周年の脂の乗った時期に好景気を迎え、設備投資にもかなりのお金を使えたことだろう。

「バブル期ですからね。様々な電子機器が導入されました。パソコンが初めて導入されたのもその年だったそうです。おかげで作業効率は上がったものの、手作業の仕事は減っていくばかりで、自然と彼の仕事はなくなっていきました」

「周りはそれを放っておいたのですか」

「周りからすれば、その人は創業当時からいる大先輩です。気がついたとしても、何か言うことなんてできませんでした。それにバブル期ですからね、業績は上がり、人件費についても大目に見てもらえた時代だったんです」

こうしてその社員はどんどん孤独になっていった。

孤独を拒み戦い続ける人には、どれだけの苦しみがあるのだろう。戦いを放棄し孤独を受け入れ共存の道を進む京子には、想像がつかないし理解もできない。

どうして諦めないのだろう。孤独は慣れてしまえば、そんなにも悪いものではないのに——。

慣れるためにはまず、第三者の目線を捨てることだ。人からどう見られているか気にしている限りは、孤独を受け入れたことにならない。朱肉を付けてしまったその人も美月も、第三者の目を気にしすぎている。

「朱肉を付けている現場を押さえられ、彼が犯人であることは明るみに出ました。しかし追い詰められたその彼は、今僕たちが上がって来た非常階段を駆け上がり、当時まだ金網で囲われていなかったこの屋上から飛び降りようとしたんです」

京子は思わず非常階段を振り返り、五十代の男性が必死になって上がってくる姿を思い浮かべた。

京子の身近な五十代と言えば父親だった。年齢は五十七歳、背は低く痩せ型、おなかだけ出ていて、いつも擦り切れたスーツを着ている。

父親が走る姿を久しく見ていない。きっと走らせたとしても、そんなには速くないだろう。

あの鉄製の非常階段を、きっと必死な様子で駆け上がるんだ。額に汗はにじみ、整髪料で撫でつけられていた髪はボサボサに乱れ、擦り切れたスーツのスラックスから、ワイシャツの裾が飛び出していたかもしれない。そんなことを気にする余裕がないほど、彼は追い詰められていた。

そしてこの屋上へたどり着く。当時は金網の向こうにある小さな囲いだけだった。シャツが出たスーツ姿で柵を乗り越え、そして下を見下ろす。

ところどころ色が剝げた革靴の先に遠く見える地面。恐怖を感じたはずだ。ここから落ちれば確実に命を落とす。

すぐに死ねるだろうか、痛みがあるんじゃないだろうか、途中で意識がなくなればいいが、そう上手くいくかはわからない。

京子は五十代男性の代役の父を通して、彼の抱えている不安や恐怖が伝わってくる気がした。

「それは未遂に終わりました」

　想像の中で死にかけた父が無事だったことにホッとする。

　屋上の柵に足をかけて、深い谷底のような地面を見下ろしたとき、不安でいっぱいになって彼の足はすくんでしまったはずだ。それを追いかけてきた社員たちが説得し、なんとかやめさせたのだ。

「その事件以来、社長はこの屋上を二重の金網で囲い、施錠をして立ち入り禁止にしました。そして社員とのコミュニケーションを密に取るために月次会議の開催を決めました」

「事件を起こした社員さんはどうなったんですか」

「会社の器物に損害を与えたわけですから、解雇を求める声もありました。でも社長はその決断をしませんでした。しかしやはり居づらかったのでしょう。数日のうちに彼の方から退職を願い出たそうです」

　ただでさえ仕事に限界を感じていた人だ。それだけの事件を起こせば、居づらくなるのも無理はない。

「社長は次の就職先の面倒まで見たそうですよ。創業当初から一緒に働いてきた人だけに、幸せになってもらいたかったそうです」

　一はそう言って穏やかな笑顔を見せた。

小柄で小太り、血色のいい顔でにこにこと笑っているヨコキン社長。

京子は入社試験の最終面接で話して以来、直接口をきく機会はなかったが、会議や会合の場でいつも穏やかな表情でいる社長には、多くの社員がそうであるように好感を持っていた。

「それでも社長の心が休まることはありませんでした。昔からいた社員を追い詰めてしまった責任を社長は一人で感じていたんです」

「それは社長一人がどうにかできることではないと思うのですが」

「僕もそう思います。でもその時の社長はあまりに疲弊していて、周りの意見を取り入れる余裕をなくしてしまっていたそうです。そんな社長をみかねて、声をかけたのが僕の父でした」

「佐藤さんのお父さんと社長は知り合いだったんですか」

「父は社長の大学時代の後輩でした。その縁もあって父がお祓いをすることとなり、二度と過ちを起こさないためにとこの社を建てました」

社を見つめていた京子は「ん?」と首をひねる。お祓いをするまではなんとなくわかるが、過ちを繰り返さないために社を建てたと言われるといまいちピンとこない。問題の趣旨から離れてしまっているように感じる。

「社を建てることには、反対派の役員も多数いました。分霊はそれなりのお金を納めてもらうことになりますから、それも当然のことだと思います。それでも社長はこの社を建てたんです」

「役員の言ってることもわかる気がします。事件と直接関係があるわけではありませんから、そこまで必要なものとは……」

京子はそう言ってしまった後に一の立場を思い出して、慌てて「すみません」と付け加えた。京子らしくないミスだ。しかし一は嫌な顔ひとつせず、穏やかに「いいんですよ」と答える。

その表情が京子には寂しげに見えて、軽はずみな発言を後悔した。まるで自分の立場を批判されることに慣れているような表情に見えた。そんなものに慣れる必要はないのに。

「僕らの仕事は人の信頼のもとに成り立っているんです。社長は屋上に社を建てることで、心の平穏を取り戻した。それは縁切り神社と僕の父に信頼をおいてくれていたからでしょう」

京子はお守りをもらって嬉しそうにしていた美月のことを思い出す。あの小さなお守り袋は彼女の心の支えになっている。それを踏まえれば、縁切り神社は貧血を起こしてでも行く意味のあった場所だったと言える。

「信頼は言葉だけで得るのは難しいです。だからと言って、神様をお見せすることはできません。僕らはただ信じてもらえるのを待つことしかできないんです」

「それは辛いですね」

京子の言葉に、一は首を横に振った。

「辛くはありません。僕にとって、それは普通のことですから」

ためらう様子もなくさらっとそう言う一に、京子は幼い頃の自分の姿を重ねた。

ああ、そうだ。それは普通のことだった――。

父子家庭で育った京子は、学校から帰るとひとりで父の帰りを待つのが日課だった。

夕暮れの空、豆腐屋の笛の音、畳の匂い、開けっ放しにしている窓の向こうから入ってくる風がカレーライスの匂いを連れて来る。二軒隣の家から聞こえる兄弟喧嘩(げんか)とそれを叱るお母さんの声をいつもひとりで聞いていた。

「京子ちゃんは寂しいでしょう。お父さんは再婚するつもりはないのかしら」

親戚のおばさんは、京子の様子を見に来る度に繰り返しそう言った。

寂しいのかと聞かれれば、答えはイエスだったが、だからと言って苦しくて辛くてどうにかしてほしいものかと聞かれれば、答えはノーだ。幼い京子は確かに孤独を抱えていたけれど、でもそれは家の中にいつも存在していたもので、父親も同じ孤独を抱えていた。

孤独はひとりで感じれば孤独のままだけれど、家族で感じれば日常になる。神社に生まれた一が今まで感じてきたことと一緒だ。

ああ、これだ――。

京子は朱肉事件を起こした社員と自分の抱えていた孤独の違いに気付く。かつて事件を起こしたその人は、ひとりきりで孤独を抱えていた。それはすごく辛いことだったはずだ。それは《積極的おひとりさま》と《消極的おひとりさま》の違いと同じ。

「この三十年間、ヨコキンは平穏でした。当時反対をした役員だって今では、縁切り神社の社を建ててよかったと思ってくれているかもしれません。だからその気持ちを裏切らないためにも、僕はこの会社の平和を守らなければならない」

一がこんなにも人事という仕事に真摯に向き合っているのは、仕事という以前に『縁切り神社』とその前神主であった父の信頼を守るためだ。

神社における信仰の対象は目に見えない神様なだけに、信じてもらえない孤独と背中合わせだ。それをそれとして受け入れ、時間をかけて信頼を勝ち得てゆかなければならない。

普通に考えたら辛いことに思えるけど、一を見ていてそうは思えないのは、きっと彼の父親の存在があるからだろう。一は父親の信念を受け継ぎ、孤独を受け入れて、ここで人事部員として働いている。

「これが朱肉事件にまつわる僕の因縁です」

だ。

初めて事件について話をしたとき、一が言っていた「因縁」とはこのことだったんだ。

「朱肉事件をどうしても解決しなければいけませんね」

一の思いを知った今、力になりたいと心から思った。

「そういうことです」

一は大きく頷いた。

「僕に感応していただけましたか」

京子は微笑み、「はい」と答える。

さっきまで空虚に感じていたこの場所に、今ははっきりと残された人の思いを感じる。事件を起こした社員、社員への思いを断ち切れなかった社長、社長を救おうとした一の父、その思いを受け継いだ一、そして一に声をかけられた京子がここにいる。これもすべて《縁》といえるのだろう。

いつの間に取りだしたのか、一があのハサミを手にしている。空に振りかざして、空気を切るようにゆっくりとその刃を動かした。午後のけだるい太陽がその刃をぎらりと輝かせる。

「悪縁を切りましょう、三ツ橋さん」

「なるほど」

「はい」

京子は大きく頷いた。

4

　その日の夕方、京子は一に呼び出されて一階のエレベーターホールにいた。

「右が上がりすぎです。ああ、今度は左が上がりすぎました」

　京子は三段脚立(きゃたつ)を倒れぬように支えながら、脚立の一番上で一が貼ろうとしているポスターのバランスを見ている。京子のアドバイスに合わせて、一が不慣れな手つきで左右のバランスを直す。

　湯橋と梓の一件によって、水面下にあった朱肉事件は社員の誰もが知る事件となった。こうなった以上、おおっぴらに事件を防ごうと言った一が提案したのがこのポスターだ。

　A1サイズの用紙には『朱肉をつけないでください』と書かれた文字の横に、一らしき男のイラストが描かれている。パソコンソフトで描かれているが、なぜか線がブルブルと震え今にも呪いの言葉を吐きだしそうなスーツ姿のキャラクターになっている。

「神社に設置したあの看板が思いのほか効果がありまして、あれから藁(わら)人形は一つもみつかっていないんですよ」

京子のもとへとこの不穏なポスターを持ってきた一は、誇らしげにそう言った。

「こういう良心に訴えかける方法が、効果があるものなんですね。いやぁ、日本人も捨てたもんじゃないですよ」

小学生がマウスでぐりぐり描いたようなこの絵を見ていたら、真剣に藁人形なんて打っている自分が馬鹿らしく思えるのかもしれない。一のイラストには人を脱力させる力がある。

「お疲れ」

声をかけられて顔を上げると、そこにはヨコキン二大イケメンの一人、飯田晴樹の姿があった。

ガラスみたいな猫目で見つめられて、京子は慌てて目を逸らす。この視線に捕らえられると、動悸を感じて脈が乱れる。健康に害がある男だ。

ライトグレーの細身のスーツに紺色のタイ、肘には黒色のトレンチコートがかけられている。相変わらず一分の隙もない男だ。

京子はなるべく目を合わせないようにして、「お疲れ様です」と頭を下げた。

「すごいポスターだな。佐藤が描いたの?」

飯田がそう言うと、一は脚立から下りて恥ずかしそうに頭をかく。その表情はあきらかに嬉しそうに見えた。

　京子は褒められてはいないんじゃないかと思いながら、黙って二人のやり取りを見ていた。

「そうなんですよ。こういう呼びかけが大事だと思いまして」

「まぁ、インパクトはあるよな。効果あった？」

「今貼ったばかりですから、効果が出るのはこれからですよ」

　一は京子の方を向くと、「僕ら、同い年なんです」と言った。

「飯田さんは新卒で僕は中途だから、入社時期は半年ずれているんですけど、ほとんど同期入社のような感じでしたね。昔はよく飲みに行ったりしていました」

「オレが向こうに行く前は、よく行ってたよな。でもコイツの親父さんのことがあって休職したと同時に、オレの海外赴任が決まってそんな機会もなくなった。復帰するなら連絡くらいよこせよ。会社でみかけて、普通に驚いただろ」

「すみません。連絡無精なもので」

　愛想よくそう言った一の頭を飯田が軽く叩いた。

「んなの、言い訳にならねーよ」

　一は悪びれる様子もなく「すみません」と繰り返す。

　テンポよくサクサク会話を進める飯田にマイペースに返事をする一。ときおり一が投げ込む戯言に、飯田は素早く反応してツッコミを入れる。

いいコンビだ。飯田さんに緊張しないなんて、佐藤さんはなかなかの大物だな――。

不意に飯田が京子の方を向いた。京子は口から心臓が飛び出しそうなくらいに驚いたが、表情には出さないようになんとか取り繕った。

「三ツ橋、人事部の手伝いをしているんだってな。コイツ、めんどくせーけどよろしく」

どうにか心を落ち着かせ、「はい」と答えた京子の横で、一が憤慨している。

「めんどくせーって何ですか。失礼ですよ」

「あー、めんどくせーめんどくせー」

「酷い！　二回も言いましたね！」

飯田はムキになる一をそのままにして、ゲートを抜けてヨコキンビルを出て行った。

おそらく会食の予定でもあるのだろう。

YOKOKIN（ヨコキン）として海外デビューしたヨコキン鍋の未来は、飯田に握られていると言っても過言ではない。飯田の活躍により海外シェアは少しずつ高まっている。

飯田は間違いなく、ヨコキンの社員のエースだった。

「確か三ツ橋さんの新人研修を担当したのは、飯田さんでしたね」

「はい、当時はいろいろとお世話になりました。久しぶりに話しましたね」

「お忙しい人ですからね。僕も気軽には飲みに誘えません。昔からあの調子で、なんでもこなしてしまう人なんですよ」

「そうですね。いつも遠くを見ている人です」

日本のこと、世界のこと、明日のこと、来年のこと。飯田はいつも遠い世界を見つめている。昨日のことも一昨日のことも、過ぎ去った過去に興味はないんだろう。今だって変わらず未来を見続けている。

のんびりしている間に、帰社時間のピークを迎えてしまったらしい。二基のエレベーターがせわしなく動き、社員たちを運んでくる。この時間になると上階の社員でエレベーターは混雑するため、二階の営業部の社員は内階段で下りることもある。

京子は内階段で下りてきた営業部の社員の中に、星野美月の姿を見つけた。

今日は早いんだ――。

早歩きのペンギンのように、美月はちょこちょこと歩いてきて、一に「お疲れ様です」と頭を下げ、京子に「またね」と手を振りながら通り過ぎて行く。こちらの返事を待つこともなく一目散にゲートを通り抜け、そして出口へと消えて行った。

急いでいるようにも、逃げているようにも見える。いつもの美月じゃない。

「星野さんは木田さんを追いかけることをやめて、今度は別の誰かを追いかけているんでしょうか」

一にそう言われて、京子は美月が梓のフォロワーから外れたことを思い出した。木田梓劇場がこんなにも盛り上がっているのに、美月はフォロワーに戻ろうとはしない。

美月の中で木田梓は終了したのだ。そして新しい何かに心を奪われている。

「悪縁でなければいいのですが」

一は美月が出て行った後の正面玄関を見つめながらそうつぶやく。

「そうですね」

京子も心からそう願った。

星野美月は川崎駅の改札を入ってすぐ、一番ホームへ続く階段を全速力で駆け下りていた。

低い身長を少しでも高く見せようと履いてきた七センチヒールのパンプスが今にも脱げて階段下へと転げ落ちそうだ。足の指を内側にくいっと曲げ、脱げないように必死に堪(こら)えながら、横浜方面行きの東海道(とうかいどう)線ホームを目指して走り続ける。

横浜に行けば、彼に会える。今日行かなければもう会えないかもしれない。

相手には家族だっている。転勤だって決まっている。美月の存在は決して優先されることはない。それでも会いたいと思う。いまだかつて、ここまで好きになった人はいただろうか。

いや、いた。ものすごくいた。それでもいいんだ。

いつだって今の恋が最後の恋だと信じてきた。上手くいかない恋ばかりだったけど、全力でぶつかって粉々に砕け散ってこそ恋だ。それが美月のやり方だ。

そう胸の内で宣言した瞬間、右足から何かが抜け落ちる感覚があった。階段の先へ見覚えのある七センチヒールのパンプスが転がり落ちてゆく。ストッキングだけになった右足が、一段目まで落ちてひっくり返ったパンプスのソールの先を指していた。

ああ……前にもこんなことがあった——。

一瞬にして遠い過去がよみがえってくる。

美月の通う中学校では、体育祭にクラス対抗の全員リレーという種目があった。普段は大して交流を持たないクラスメイトたちがこの時ばかりは一丸となって走る。四十人の生徒が走るので、一人二人の足の遅い子がいたとしても勝負に影響は出ない。

しかし短距離は平均より少し速いくらいの美月は、リレーとなると全くダメだった。バトンがうまく受け取れず、そして渡せない。しっかり受け取らなきゃ、ちゃんと渡さなきゃと思うほど、つるつるした細長いバトンは美月の手の中でコントロールがきかなくなった。ある時はすっぽ抜け、ある時は手から離れようとしない。

全員リレーは体育祭の花形、メイン競技だったために注目度は高い。そして生徒たちは中継地点で待機しているので、バトンの受け渡しでモタモタしてしまうと走るのが遅いことより目についてしまう。

　あれは忘れもしない中学最後の体育祭、過去二回のクラス対抗リレーで戦犯となった美月は、クラスメイトから釘を刺された。

　しかし、プレッシャーが高まれば高まるほど、リレーのバトンはどじょうのように美月の手の中で跳ね回る。差し出されたバトンを摑む、摑んだまま走る、バトンを差し出す、それだけだ。それだけなのに、考えれば考えるほどうまくいかない。

　そんなとき美月に練習を申し出てくれたのが、美月の前の走者である中村くんだった。中村くんは大人しくて派手なタイプではないけど、勉強だけじゃなく学校行事にも一生懸命に取り組む真面目な生徒だった。掃除当番もサボらず、委員会活動も積極的に行う。

　中村くんは体育祭までの間、放課後に毎日美月に付き合ってバトンの受け渡しの練習をしてくれた。受け渡しのコツから、タイミングの合わせ方まで、何度も何度も繰り返し、上手くできるまで美月に付き合ってくれた。

　体育祭前日になって、ようやく人並みにバトンが受け取れるようになったとき、普段は大人しい中村くんが「やったあ」と声をあげて喜んだ。今になって思えば、散々美月の不器用さに苦しまされた上での喜びだったわけだが、その時の美月は自分のことのように喜ぶ中村くんに疑問を感じた。

　中村くんはどうして、こんなに一生懸命になってくれるのだろう――。

いくら中学最後のクラス対抗リレーだからと言って、美月のバトン練習ひとつにここまで力を入れてくれるのはなぜだろう。

もしかしたら――。

一つの可能性が、中学生の美月の頭の中でぐるぐると駆け廻る。それを無理やりかき消して、美月は明日の本番のために早めに眠りについた。中村くんのためにも明日は絶対に失敗をするわけにはいかないんだ。

そして迎えた体育祭当日。三年生の全員リレーは、全競技のトリだった。美月のクラスは紅組でその時点で白組に大差をつけて負けが決まっていたが、クラス対抗リレーのクラス優勝の方が生徒たちの中では優先順位が上だった。

ピストルの音とともに『天国と地獄』が流れだし、第一走者が走り出す。美月のクラスは八組中三位スタート、しかし僅差でいつ逆転してもおかしくない状況だった。第二走者、第三走者と続き、順位は三位のまま中村くんの番を迎える。

美月のバトン練習にあれだけ付き合ったこともあって、中村くんは流れるような美しさで前走者からバトンを受け取る。その優雅な所作に美月は惚れ惚れした。

中村くんはかっこいい。大人しくて地味だと思っていたのは間違いだった。こんな人がわたしを好きだとしたら――。

「星野さん、出番」と、クラスメイトに促され、美月は慌てて中継地点のラインに立った。最後のカーブを曲がり終えた中村くんが、全速力で美月のもとへと向かってくる、とても真剣な表情で。

美月は練習通りにかまえ、バトンを受け取る。

中村くんが握りしめたバトン、わたしに渡すために二百メートルを全速力で走って運んでくれたバトン、ぜったいに落としてなるものか——。

バトンは無事に美月の手の中へと納まった。順位は三位のまま、ただ四位以下との距離は少し離れている。まだ一位が狙えるポジションだ。でも無理をすることはない。まだ後続に足の速い子たちが控えている。美月は中村くんが必死に届けてくれたこのバトンを、無事に次の走者へと渡せばいい。

二百メートルトラック、最後のカーブを曲がり切ったとき、突然美月の右足から何かがすっぽ抜ける感覚があった。見れば右の運動靴が脱げてトラックの内側へと転がってゆく。

でもここで止まるわけにはいかない。今はバトンのことに集中すればいい。次の走者はもう見えている。あと数メートルだ。このまま走っても問題はない。

中継地点で美月を待っているのは、保健委員の渡里(わたり)さんだった。いつも下ろしている髪を後ろに結って、リボンのように赤のハチマキを巻いている。あまり話したことはないが、今日ばかりは大声で美月の名前を呼んでいる。まるで仲のいい女友達を呼ぶみたいに。

美月は腕を伸ばして、中村くんのバトンを渡里さんへと渡した。渡里さんは黄色のバトンをしっかりと握りしめ走り出す。美月の仕事は無事に終わった。

二位と僅差で中継地点に入った美月のクラスは、美月が渡里さんにスムーズにバトンを渡したことによって二位に浮上した。今まで聞いたこともないクラスメイトの歓声で美月は迎えられた。

「星野さん、これ」

中村くんがトラック脇に落ちていた運動靴の片方を拾ってきてくれた。息を乱して前かがみになる美月の足元へ跪き靴を置く。その姿はまるでシンデレラにガラスの靴を持ってきた王子のようだった。

美月の心は高揚していた。クラスメイトの歓声、胸の中いっぱいに広がる喜び、それはすべて中村くんが持ってきてくれたものだ。

疑問は確信へと変わっていた。中村くんは美月に好意を持っている。そしてそんな中村くんは美月を新しい世界へと誘う、まるでおとぎ話の王子そのものじゃないか。

顔をあげれば中村くんが微笑んでいる。目を合わせれば、きっと美月も彼を好きになってしまう。その瞬間、美月の世界は変わる。

そんな熱い思いを胸に、美月はゆっくりと顔を上げた。乱れた息はとっくに整っていた。心臓だけが変わらず早鐘を打ち続けている。

しかし中村くんに受け止めてもらうはずの視線は、宙ぶらりんのまま行き場をなくした。中村くんは美月の隣で、トラックを走る渡里さんの姿を熱く見つめている。

渡里さんはクラスの中でも足は遅い方だ。いつの間にやら順位は三位に落ち、離れていた四位との距離も縮められつつあった。でも最後のカーブだ。このまま走りぬけば、三位のまま次の走者につなげられる。

「三位は守れそうだな。ありがとう、星野のおかげだよ」

中村くんはようやく美月の方へと顔を向けた。しかしその目は、美月が期待するような熱意を帯びたものではなかった。渡里さんが順位を落とさず戦犯とならずにすんだことへの安堵(あんど)の喜びに満ちた瞳。

中村くんは、渡里さんのために——。

運動靴を履いた美月は渡里さんを見つめる中村くんをそのままに、クラス席へと戻った。右足の裏にピリッとした痛みが走り、見れば靴下が破れうっすらと血がにじんでいる。おそらく小石を踏んだのだろう。

顔を上げれば走り終わった渡里さんを迎える中村くんの姿が見えた。クラスメイトの脇で無言のまま拍手だけで歓迎をしている。渡里さんはサッカー部の子と付き合っていると噂(うわさ)を聞いたことがある。それじゃなくても地味な中村くんと男子に人気の渡里さんが付き合うようには思えない。

そうだ、中村くんは地味だし大人しいし付き合ったって面白くはないだろう。だからこれでいいんだ。中学生の美月は痛む右足を爪先歩きにしながら、保健の先生に絆創膏をもらいに行った。

あの時もこんなふうに運動靴が転がっていったんだ——。

ホームから電車の到着を告げるアナウンスが聞こえる。今走れば間に合う。靴を拾って電車に飛び乗れば七分で横浜駅に着く。

美月が裏返ったパンプスめがけて階段を駆け下りていたその時、不意にパンプスが美月の視界から消えた。見ればスーツ姿の男がパンプスを拾い、裸足の右足で走る美月の方を振り返る。

「星野、お前のか」

同じ会社に勤める飯田直樹だった。よく通るその声にホームで待つ乗客たちが振り返り、美月はいたたまれない気持ちになった。

「そうです」

右足だけ爪先歩きをして、美月は飯田のもとへと近づく。飯田は美月の足元へと跪きパンプスを置いた。その所作が記憶の中の中村くんと似ていて、美月の胸はズキンと痛む。

次の瞬間、熱海(あたみ)行きの列車の発車を告げるベルが鳴った。「駆け込み乗車はおやめください」と車掌のアナウンスが流れる。

「ありがとうございました」

美月は飯田にそう言い残して踵(きびす)を返し、電車に乗ろうと思った瞬間、再び右のパンプスがすっぽ抜け、今度は美月の後ろへと転がった。

転がったパンプスは飯田の足元で止まり、「おかえり」と再び飯田の手に拾われる。

熱海行きの東海道線は美月の背後でドアが閉まり、横浜方面へ向かってゆるゆると走り出す。あっという間の出来事だった。

「もうワンサイズ下の靴を買えよ」

「サイズが合ってないわけじゃなくてぇ、ストッキングを穿(は)いているとすべりやすいんです」

「ふーん、めんどくせえんだな」

飯田が持ってきてくれたパンプスを再び履いて、美月はため息をつく。

乗れなかった。どうしても乗りたい電車だったのに——。

電車が行ったばかりだというのに、次から次へと階段を下りて来る乗客でホームは混雑していた。美月は飯田と別れるタイミングを見失って、無言のまま足元を見ている。

「そんなに睨(にら)んでやるなよ。靴に悪気はなかったんだぜ」

「睨んでいるわけじゃありません」

「中敷きを買えよ。滑らなくなる」

「……そうですねぇ」

　飯田は入社当時の研修でお世話になった先輩だ。あの頃は海外事業部などなく、飯田も営業部の一員だったが、当時から人の注目を集める人だった。

　そんな人がどうして中村くんと重なってしまったのか。性格だって背恰好だって全然違う。だけど、何かが同じだった。何かが――。

「飯田主任は、どちらに行かれるんですかぁ」

「東京駅。大阪から人が来るんだ。アジアに販路を持つ卸業者の営業部長。うちの商品に興味があるらしいから、食事会をセッティングしてもらった」

「すごいですねぇ」

　美月の相槌にはこもっていないが、飯田はそれを気にする様子はない。

「本当は一本前の電車に乗ろうと思ってたんだけど、出る前に佐藤と三ツ橋がエレベーターホールのところで変なことをやっていてさ。かまっていたら乗り損ねた」

「ああ、あれはなんだったんですか」

「うーん、何かの防止のポスターだかなんだか。三ツ橋ってああいうことに参加するタイプだったか。研修の頃は、そんな印象はなかったけどなぁ」

飯田はそう言って、東京方面へと向かう線路の向こうに視線を向けた。その目を見たとき、美月は再び中村くんを思い出した。

バトンを手に一生懸命に走る渡里さんを見つめる中村くんの視線は、飯田のそれと同じものだ。誰を思っているのかは知らないが、いくつになっても男の人はこんな顔をして誰かのことを思うのだろうか。

わたしのそばにいる人は、いつも別の誰かを見ている――。

「なあ、星野って、遠距離恋愛はアリ？」

不意にこちらを向いた飯田が、美月に尋ねる。

「時と場合によりますけどぉ、北九州と川崎ぐらいならアリですね」

「なんだよその、具体的な距離」

飯田がふふっと笑い、「じゃあニューヨークと川崎は？」と尋ねる。

「ナシですね」

「だよな。簡単に帰ってこられる距離じゃないし、浮気しない自信もねえわ」

浮気をされる側ではなく、する側の立場で発言しているところが飯田らしい。美月はなんて答えていいかわからず、「そうですねぇ」と相槌を打つ。

ちょうどそのとき、上り電車の到着を知らせるアナウンスが流れる。

「デートに彼女が裸足で現れたら彼氏驚くぞ。気をつけろよ」

飯田はそう言い残して、向かいのホームに来た東京行きの車両へと乗り込んだ。ドアが閉まり振り返った飯田は、電車の窓越しに美月に手を振る。美月は飯田に向かって会釈を返し、乗客がいなくなり空席になったベンチへと座った。

出鼻をくじかれるというのは、こういう状態のことを言うんだろうか。

ずっと好きだった相手にようやく会いにいくことを決めた。横浜にいると知らせてくれたから、仕事が終わって最短で行ける時間を調べた。彼には残された時間が少ない。なるべく早く行く必要があった。

なのにどうして、あのタイミングで靴が脱げてしまうのだろう。美月は右足にちゃんとフィットしているパンプスを見つめる。今見る限り、そんな簡単にすっぽぬけるようには見えないのに。

タイミングの悪さも不器用さのうちなのだろうか。リレーのバトンはタイミングを見極めるのが大事だと中村くんは言った。それはどうやって直せばいいのだろう。

胸の内にモヤモヤとした気持ちが溜まっていた。喉の奥で渦を巻く重い空気。美月は大きく息を吐く。それでもモヤモヤは出て行かない。

バッグからスマートフォンを取り出した。ツイッターのアプリを開くと、フォロワーが二人増えている。「いっちゃん」と「みつ」、美月には誰だか覚えがない。ほとんどつぶやかない美月に見知らぬフォロワーがつくことなど珍しい。

「いっちゃん」は三十代の女性編集者らしい。同じアラサー世代としてフォローしてくれたのだろうか。「みつ」は「いっちゃん」の知人らしい。二人はお互いフォローしあっている。「みつ」のプロフィールに年齢や職業などの情報はない。「孤独、それはバラ色の世界」とだけ書かれていて意味がわからない。

まぁ、そんなことはどうでもいい。それよりも今はこの胸の内の重い空気を晴らすことが重要だ。フォロワーには母親と弟もいる。下手なことは書けないが、ちょっと愚痴るくらいなら心配をかけることはないだろう。

『乗りたかった電車が行ってしまった。わたしはいろんなことにいつも乗り遅れてしまう。不器用な自分がイヤだなぁ』

それだけ書いて、投稿ボタンを押した。一ヶ月ぶりの発言がアップロードされる。久しぶりの発言がネガティブなのはどうかと思ったが、どうせ見ているのは家族だけだから気にしないことにした。

喉の奥で詰まっていた空気が抜けたように感じる。こんなことでスッとしてしまうのだから、自分は単純だ。美月はツイッターアプリを閉じようとして、リプライのマークに気付く。めずらしく反応が来ている。母親だろうか。

『終電じゃない限り、電車はすぐに来ますよ』

新しいフォロワーの「みつ」からのリプライだった。それと同時に横浜方面の電車の到着を告げるアナウンスが流れた。

本当だ。次の電車が美月を迎えに来た。


線上に点が置かれ、ポインターが重なりびよーんと線が伸びる。

京子は企画デザイン部・有田さんの神業的な作業を、隣の席からじっと眺めていた。魔法のような手さばきで処理されてゆく画像、みるみるうちにあの拙(つたな)いイラストが整えられてゆく。

先ほど貼ったばかりのポスターは、退社しようとしていた総務の田代さん（酒やけ）に見つかり、撤去されることとなった。

あれだけ不穏な空気を漂わせた魔のポスターだ。当然のことだとも思ったが、一は憤慨した。

「こういう地道な注意喚起が重要なんですよ」

そう言って田代さんをなんとか説得しようとするが、田代さんは景観を損ねるという理由でなかなか首を縦には振ろうとしない。らちがあきそうもないので京子が間に入り、ポスターのデザインを整えることを条件になんとか許可をもらって、こうして有田さんのもとへ来ている。

一は人事の仕事が残っているらしく、渋々と自分のデスクへと戻っていった。最後まで「このポスターに直すべきところなどないでしょう」と言い続けていたので、立ち会わないでくれてよかったと京子は思う。

「お帰りになるところだったのに、申し訳ありませんでした」

時刻は七時を過ぎたところだ。繁忙期ではないので、デザイン部に残っているのは有田さんだけだ。

「かまわないわ。このイラストじゃ、田代さんが反対するのも無理はないし」

有田さんは京子の目の前に置かれた元のポスターをちらっと見て、再びクスクスと笑った。朱肉事件の被害にあったときの有田さんの様子を知っているだけに、有田さんが楽しそうにしているだけで京子はホッとする。

「朱肉事件のこと、オープンにすることになったのね」

「湯橋主任の件でほとんどの人に知られてしまいましたから、内密にしておくのは無理だろうって話になりました」

「みんな大っぴらに言わなかっただけで、知られていたものね」

「やっぱりそうなんですか」

美月しか情報源をもたない京子に、社内の噂はほとんど届かない。

「そりゃ、湯橋主任と木田さんのことがあれだけ有名になれば、自然と朱肉事件のことも広まるでしょう」

有田さんの言葉に京子は頷く。言われてみればそうだ。不倫問題ばかりが注目を浴びているが、その大元の原因は朱肉事件だ。

「で、犯人は見つかりそう？」

「残念ながら、捜査は難航しています」

刑事ドラマのセリフのようだが、それは事実だった。過去四回の事件のうち、犯人に繋がる証拠はひとつも残されていない。警察のように指紋でも採れればいいのだが、ただの会社員である一と京子にそれは難しい。

「早く見つかるといいわね。じゃなきゃ変な噂も消えないし」

「変な噂ってなんですか」

京子がそう尋ねると、有田さんは答えにくそうに「たちの悪い噂なんだけどね」と前置きをした。

「朱肉事件が、人事部の佐藤さんの、『自作自演』だって噂」

「そんなわけないじゃないですか」

思いのほか大きな声になってしまい、京子は慌てて「すみません」と謝った。有田さんは気にするそぶりもなく、「いいのいいの」と左手を振って作業を続ける。

「わたしだって、あんなに一生懸命に事件を解決しようとしている佐藤さんが、そんなことをするわけないと思ってる。でも噂って、本人の努力とは関係なしに広まっていくものなのよ。佐藤さんの復職とこの事件の始まるタイミングが一緒だったというだけで」

「そんなの……」

苛立ちが表に出にくい京子だったが、今回ばかりは抑えることができなかった。

隣席からにじみ出る怒りに気付いたのか、有田さんがデスクに置かれていた猫のぬいぐるみを京子に渡す。ポーチのタマと同じシリーズらしく、やわらかいふわふわの毛で作られた手のひらサイズのぬいぐるみだ。

ふわふわしている――。

ぬいぐるみの猫の背を撫でていると、徐々に心が落ち着いてきた。猫の力はすごいと、京子はあらためて思う。

癒しのためにぬいぐるみを渡されたと思った京子だったが、それは違ったらしい。有田さんはそのぬいぐるみにまつわる話を始めた。

「この猫ね、夜になったら踊り出すって噂されているの。わたしの呪詛で」

「ええっ、そうなんですか」

「なわけないでしょう。わたしがあまりに猫に執着しているから、面白おかしく言われているだけ」

有田さんは右手でタブレット上のペンを動かしながら、話をする。

そりゃそうだ。猫はぬいぐるみだし、だいたい呪詛ってなんだ――。

「人って自分の理解できないものに、噂でレッテルを貼りたがるのよ。わたしとか佐藤さんとか、まあ、一番の代表格はあなたのところの星野さんじゃない？」

確かに星野美月にまつわる噂は、噂話にうとい京子の耳にもいくつか届いている。

「わたしも佐藤さんも、星野さんも普通とは違う。理解できないから噂話で型にはめて、この人は危険じゃないんだって、安心をしたいのよ。一種の集団心理かもしれないわね」

「ぬいぐるみの猫が踊り出したら、安心してはいられませんが」

「内容の問題じゃないのよ。そうやって噂をして、ちょっとだけ下にみることができれば満足なんだと思う。それに噂であれば悪口とは違うから、良心も痛まないでしょう」

噂も悪口と変わらないと思ったが、自分から発信される悪口に対して、噂は他者からやってくるものだ。その点で良心が痛まないというのは納得できる。

「事実じゃないなら、気にしなくてもいい。噂の賞味期限は短いもの」

「七十五日と言いますね」

「この情報社会じゃ、もっと短いんじゃない？　たぶん牛乳くらいよ」

有田さんはたいして興味もなさそうにそう言い放つ。

京子には牛乳の賞味期限がどのくらいかはわからない。仮に一週間くらいだとすれば、一の噂はいつごろに消えるのだろう。

「はい、できた」

複合機の動く音がして、排出口から用紙が吐き出されるのが京子の席からも見えた。有田さんは素早く複合機のもとへ行き、用紙を眺めながら席へと戻ってくる。

「うん。かなり良くなった気がする」

有田さんが「ほら」とポスターをこちらに向ける。

「おお……」

思わず声が出た。あのイラストがここまできれいに変わるものなのか。ぶるぶると震えているような線が整えられ、見事にかわいらしいキャラクターへと生まれ変わっている。

「フォントも読みやすくしたしイラストも整えたから、だいぶ見やすくなったでしょう」

「すごいです、有田さん。素晴らしいです」

「力になれたならよかったわ」

京子は有田さんにお礼を言って、新しいポスターを手に人事部の一のもとへと向かう。気にするなとは言われたが、湧き上がった思いはそう簡単には消えなかった。一がどんなに真剣に朱肉事件に取り組んでいるかも知らずに、無責任な噂を流すなんてひどい。

七階から人事部の三階までエレベーターに乗る。この時間まで残っている社員は少ないので、三階まで誰も乗ってくることはなかった。

いつもなら聞こえないエレベーターの音が聞こえる。ギイギイと鉄のこすれる音が、京子の中に沁みいって、まるで心がこすり取られているように感じた。つまらない噂話で、一の真摯な思いがすり減らされてしまうように。

三階に着くと京子は急ぎ足でエレベーターを降りた。パーテーションで区切られた部屋を通り過ぎ、一のいる人事部のデスクへと急ぐ。

「三ツ橋さん、ちょうど僕も行こうと思っていて」

「佐藤さん、朱肉事件で何かわかったことはないんですか。何か新しい情報は？」

一の言葉を遮って、京子は朱肉事件の進展について尋ねる。一はそんな京子を見て、困ったように笑った。

「夕方にも話したとおり、今のところ何もありませんよ」

ポスターを貼るときに同じことを聞いたばかりだ。この一時間くらいで、進展などあるわけがない。

パーテーションで区切られ、デスクが四つ並べられただけの狭いスペースの一番奥に一の席はある。京子はその真向かいの席に座り、深いため息をついた。

「なにかあったんですか」

一の言葉に、京子はどう答えようか悩んでしまう。きっと一は知っている。これだけ社内の情報に長(た)けている人が、自分の噂を知らないわけがない。

そう考えた京子が有田さんから聞いた噂話を伝えると、案の定、すでに耳に入れていたようだ。「ああ、そのことですか」と軽く笑われた。

「面白いことを言いますよね。僕が実績を残すために、自らの手で朱肉事件を起こしているなんて」

「笑い事じゃありませんよ。佐藤さんはこんなに一生懸命なのに、そんな噂をたてるなんてひどいです」

「でもまぁ、朱肉を付けてまわることでメリットを得られる人なんて少ないですから、そう捉える人がいても不思議じゃないです」

「だとしても、佐藤さんの人となりを見ていたら、そんなことはありえないとわかるはずです」

ムキになる京子に一はまた笑って、「三ツ橋さんは優しいですね」と言った。

「ほうっておけばいいんですよ。そんな噂、自然と消えますから」

一も有田さんと同じように答える。そして「でも」と食い下がる京子の言葉を遮って言った。

「あなたは違うとわかってくれているじゃないですか」

「わたしだけじゃ……」

「有田さんも違うと思ってくれているんでしょう」

「そうだと思いますけど……」

京子は顔をうつむかせ、へそを曲げた子供のようにつぶやく。

「わたしは悔しいです」

一はにっこりと微笑み、ノートパソコンの画面を閉じた。

「その気持ちだけで、噂をたてられた辛さの百万倍、僕は嬉しいですよ」

百万倍か――。

京子は少しだけ笑うことができた。一がここまで言うなら、京子が気にすることはないのかもしれない。

「僕と向き合い、僕を知ってくれている人が、僕を信じてくれている。それで十分です。偏見も中傷も怖くありません」

「そうですね」

一の心強い言葉に、京子はようやくいつもの落ち着きを取り戻す。

そう言えば、人事部のデスクに来たのは初めてだな――。

キレイに片づけられたデスクに、順序良く並べられたファイル。一の指示のもと、整理整頓が行われているのだろう。縁切り神社と同じように隅々までスッキリと片づけられている。

「星野さんからお返事が来ていましたよ」

一にそう言われて、一瞬なんのことだかわからなかった。

ああ、ツイッターのことか——。

閲覧専用のために始めたツイッターだったが、久しぶりに見た美月のつぶやきがあまりにネガティブで、ついリプライを返してしまった。

誰だかわからない匿名からのリプライを美月は気味が悪く思ったかもしれない。それならそれで早めに正体を明かした方がいい気がするが、交流するためのアカウントでもないので匿名のままでいたい思いもある。

「覗き見をするつもりはなかったんですが、星野さんのタイムラインを見ていたら三ツ橋さんへの返信があったもので」

一は社員ひとりひとりのツイッターをチェックしているのだろうか。仕事とはいえ、本当に細やかな人だ。

ん？　わたしへの返信——。

京子はジャケットのポケットに入れたままになっていたスマートフォンを出して、ツイッターを確認する。

『本当に電車が来ましたぁ。ありがとうございます』

美月からのリプライが表示された。

京子は当たり前のことを返しただけだ。終電でない限り、電車が行ってしまっても次の電車が来る。川崎駅なら、十分も待てばすぐに次の電車に乗れるだろう。

それよりも問題は、間違った電車に乗ることだ。

「星野さんはどこへ向かう電車にお乗りになったんですかね」

一も同じことを考えていたようで、スマートフォンの画面を見つめながらそう言った。

電車に乗れず駅で立ち往生してしまう京子、間違った電車に乗ってしまう美月、乗ってはいけない電車に乗ってしまった梓。都会の交通事情はなかなかややこしい。

「ポスター、素敵に仕上がりましたね。僕が思い描いていた通りの出来栄えです」

京子の持ってきたポスターを見て、一が勝手なことを言っている。京子は苦笑しながら「そうですね」と返した。すべては有田さんのおかげだ。

翌日、お昼を食べ終わった京子は非常階段でぼんやりと空を見上げていた。

一緒にお弁当を食べた美月は用があるとかで、先に席を立った。混んでいる休憩室ではひとりになった京子を気遣って声をかけられる可能性もあるので、ショールを手に非常階段に出てきたところだ。これで久しぶりのひとりの時間が楽しめる。

ひんやりとした風と突き抜けるような青い空が冬の到来を告げている。

頭の中をからっぽにして空を見上げていた京子だったが、階上のドアが開いて忙しない革靴の足音が聞こえてきたことで現実に引き戻された。

「三ツ橋さん、やっぱりここでしたか」

駆け足で下りてきたのは一だった。濃紺のスーツに真っ白なシャツ、ネクタイは苦しいんじゃないかと心配になるほどしっかりと結ばれている。

「なにかあったんですか」

「これを見てください」

一から差し出された手の上には、小さなお守り袋がのせられている。ハサミマークの刺繍が入った縁切り神社のお守りだ。

「先ほど、星野さんが返しにいらっしゃいました。もう必要がなくなったので、と」

美月の用事とは、一のもとへお守りを返しに行くことだったらしい。京子はお守りをもらって嬉しそうにしていた美月の言葉を思い返す。

『良縁を結ぶためには、それを邪魔する悪い縁を断つ必要があるんだってぇ』

あんなにも喜んでいたのは、つい四日前のことだ。気が変わってしまったんだろうか。

さもなければ、お守りが必要じゃなくなる出来事が起きたか。

　ここ数日の間に起きたことといえば、四回目の朱肉事件と、それによって湯橋主任と木田さんの不倫がバレたことくらいで――。

「これだけじゃないんです。星野さんには、不穏な目撃情報があるんです」

「不穏な目撃情報？」

「昨日、彼女がある男性と食事をしているのを見かけた人がいて、名前を出していませんでしたが誰なのか特定できるような書き方でツイッターに投稿をしてしまいまして」

　京子はロバの耳を持つ王様の話を思い出す。相手に配慮をして名指しを避けたのにもかかわらず、特定できるような表現を使ってしまうのはどういう心境なのだろう。

　人の噂にうとい京子にはわからない感覚だ。

「ある男性って誰ですか」

　一は周りをうかがい、人がいないことを確認する。そして声をひそめて、慎重に言った。

「湯橋主任です」

「え？　どういうことですか」

「どういうことでしょうね。あなたも知っているとは思いますが、星野さんが湯橋主任に好意を持っていたことは事実です」

いくら好意があるとはいえ、今の湯橋主任に近づくのが危険なことくらいちょっと考えればわかるはずだ。いや、でも相手は星野美月だ。そんなことは微塵も考えてはいない。

「本人に話を聞いた方がよさそうですね」

「そう思います」

京子は腕時計を確認する。お昼休みが終わるまであと五分だ。長く話をすることはできないが、事実を確認することぐらいはできるだろう。

一とともに社屋の中へ戻り、営業部のフロアへと向かった。頭の中に一の作った結びつき表が浮かぶ。ここ数日、何度となく見てきた表なので印象深い縁は覚えている。

湯橋透と星野美月の繋がりは黄色だ。注意喚起を促す色だが、美月の場合ほとんどが黄色か赤色なので、気に留めることはなかった。

「ツイッターで流れたその情報は、木田さんにも届いているでしょうか」

朱肉事件の二次的被害者となった木田梓は、湯橋透との関係を終えることとなった。

「確実に届いているでしょうね。女性の情報収集力はあなどれません」

「佐藤さんの情報収集量も女子並みですよ」

「僕のは、あくまで仕事ですから」

営業部に着くまでは、冗談を交わすくらいに余裕があった二人だったが、フロアのガラス戸を開けた途端に言葉を失った。いまだかつてないほどの険悪な空気がフロア全体を包み込んでいる。

その中心にいるのが、木田梓、そして星野美月だ。

「どういうことか説明して欲しいのよ、星野さん」

美月は自分のデスクに背を向けて、顔を俯かせて立っている。その周りを囲むようにして、梓とそのフォロワーたちが囲んでいた。

梓はすぐに一の存在に気付いた。それでも美月を責めるのをやめようとはせず、むしろ一際大きな声で言う。

「別に星野さんを責めるつもりはないんですよ。ただ昨日、星野さんが湯橋主任と同じお店から出てきたところを見たって人がいたものだから、真相を伺いたくて」

梓の隣に並ぶ取り巻きたちも一斉に頷く。絵に描いたような見事な子分っぷりだ。おそらく木田梓劇場が彼女たちの絆をより強くしたのだろう。

目撃情報は本当だったんだ――。

責めよる梓に美月は否定もせずに黙っている。

フロアにいる誰もが美月の言葉を待っていた。事実はどうであれ、ここでの最善の策は否定をすることだ。絶対に認めてはいけない。でもあの美月だ。何を言い出すかはわからない。

一が二人のもとへ歩み寄る。彼は何と言ってこの場を収束させるつもりなのだろうか。下手なことを言えば、梓の抱えるフォロワー一派をまるごと敵に回すことになる。人事部の立場としてそれはまずいだろう。

だからと言って、梓を支持することはできない。梓は美月が不利なのをわかった上で、わざと大っぴらに美月を追いこんでいる。意地悪なやり方だ。

佐藤さん、がんばれ――。

京子は祈るような気持ちで一の言葉を待った。

一の突拍子もない行動には何度も驚かされたけど、今はこういう事態を収拾するための絶好の手段のように思える。一ならこの緊迫した空気を打ち破る何かをしてくれる。そんな期待が京子にはあった。

「あのねぇ、梓ちゃんには前から言おうと思っていたのだけどぉ」

京子の願いとは裏腹に先に口を開いたのは美月だった。しかしそれは否定ではなく、最悪の対応だと思われた肯定の言葉でもない。

それを上回るひどい答えを、美月は梓に叩きつけた。

「わたし、湯橋主任のことが好きだったんだもん。梓ちゃんよりずっと前から」

梓を含めた誰もが唖然(あぜん)としてその言葉を聞いた。梓の背後で足を止めた一だけが頭を抱える。

質問の答えにもなっていなければ、誰が先だとか後だとか幼稚園児の口げんかだ。くだらなすぎる。

昼ドラ並みの修羅場を期待していた人は落胆をしたらしく、各々仕事の準備を始めた。昼休みは間もなく終わろうとしている。

しかし梓は、美月の空気の読めないこの一言で怒り心頭に発した。

「人に縁切りのお守りを押し付けておいて、よくもそんなことが言えるわね」

今にも摑みかかりそうな勢いで美月を怒鳴りつける。再びみんなの注目が二人へと集まる。

「あ、あれ効果があったよねぇ。梓ちゃん、湯橋さんと一切連絡をとってないんでしょう。驚いちゃったぁ」

そう言って無邪気に笑った美月に、梓の手が伸びる、その瞬間――。

『カシャンッ』

冷たい金属が重なり合う音が営業部のフロアに響いた。

一が銀色のハサミを手にして、右手を振り上げている。ぎらりと光るハサミの刃が、緊迫した営業部の空気を切った音だ。

梓の手は止まり、美月はぽかんと口を開いたまま一のハサミを見ている。京子は素早く美月のもとに駆け寄り、その腕を引いてフロアの外へと引きずり出した。

ブラインドを開けた三階の小会議室は、穏やかな午後の光に包まれていた。しかしこの下の二階では、さっきまで背筋が凍るほどの緊迫した空気が流れていた。

そして悪しき空気の元凶である美月は、長テーブルの一番奥の席に座り、

「京子ちゃんと一緒だとサボりみたいだねぇ」

などと、のん気に言っている。

誰のせいでこんなことになっていると思ってるんだ――。

美月の暴走には慣れている京子だったが、今回ばかりは腹が立った。美月の言葉に返事もしないが、美月にそれを気にする様子はない。

上長に話を通しに行った一が戻ってきた。根岸部長はあの場にはいなかったが、話は聞いていたらしく「よろしく頼む」とすぐに許可をくれたそうだ。

「わたし、湯橋主任がずっと好きだったんです」

湯橋の話をあらためて聞くと、美月は悪びれる様子もなく梓の前で言ったのと同じことを繰り返した。京子はこめかみを押さえて静かにため息をつく。

「詳しくお話しいただけますか」

一に優しく促されて、美月は頬を染め、愛しそうに思い出を語り始めた。

「親しくなったのはぁ、一年前です。外回りの途中でたまたま湯橋主任と会いました」

老舗デパートを担当する美月は、年に数回外回りに出ることがある。ここ数日の美月がそうだったように、昔からの付き合いがあるデパートの担当さんのもとに菓子折りを持って挨拶をしてくるだけの仕事だ。

新商品のお知らせがメールやファックスなどで行われるようになって、営業が直接デパート回りをすることも少なくなったため、年に一度くらいは挨拶に行った方がいいという根岸部長の戦略だった。そしてどうせ行くなら若い女性が行ったほうが喜ばれるということで、毎年年末商戦が始まる前のこの時期に、美月が行くのが恒例となっていた。

そこで、女性向けのインテリアショップで挨拶をしていた湯橋と、たまたま顔を合わせたのだと言う。

「不思議ですよね。会社で毎日会っているのにぃ、外で会うと別人のように見えるんです。優しいけどちょっと頼りなさげに見えていた湯橋主任がとっても凛々しく見えてぇ。わたしがひとりでごはんを食べるのが苦手だって言ったら、一緒にランチを食べてくれたんです。湯橋主任、すごく優しくてぇ。あ、デザートの杏仁豆腐をわたしにくれたんですよ」

アイドルの話をする女子高生のように、美月は目を輝かせながら嬉々として湯橋について語る。

しかし楽しそうに話しながらも、京子に目を向けないところを見ると、後ろめたい気持ちは多少なりともあるのかもしれない。いや、あってもらわなければ困る。

「その際にプライベートで連絡をとるような関係になったのですか」

「プライベートで連絡をとるって言ってもぉ、付き合っているわけではないんです。湯橋主任は時々わたしに近況を教えてくれてぇ、わたしはそれを見守るだけの関係です。やましいことは何もありません」

美月は失言が多いが、嘘をつけるタイプではない。こう言うからには、湯橋とは本当に後ろめたい関係ではないのだろう。だいたい万が一深い仲だとすれば、美月ならこの場で嬉しそうに発表するはずだ。

京子は心から安堵する。奥さんがいながら梓と不倫関係にあっただけでも悪者だと思うのに、さらに美月にまで手を出しているとなれば、悪者の中の悪者、大悪党だ。湯橋主任のことは特別好きでも嫌いでもないが、そこまでひどい人だとは思いたくない。

「それで昨日、湯橋主任と会っていたところを目撃されたというわけですね」

「そうみたいです。まいったなぁ」

美月は悪びれた様子もなくそう言った。

まいってはいない。むしろ見られて嬉しいというような照れ笑いに見える。

「湯橋主任が横浜にいるっていうのでぇ、一緒に食事をしました。でもそれだけで、わたし、何も悪いことはしていませんよぉ」

「だとしても木田さんは、いい気はしなかったでしょうね。あんなかたちで関係がバレてしまった後ですから」

子供に諭すように優しくそう言う一に、美月は拒むようにぷいっと顔を背けた。都合が悪くなるとへそを曲げる、まさしく子供だ。

「梓ちゃんってずるいんですよぉ。自分はさんざん、湯橋主任をひとりじめにしてきたのにさぁ」

苦々しい表情でそう言う美月を見て、京子はわからなくなった。

「梓ちゃん梓ちゃん」とまとわりついていた美月はなんだったのか。ストーカーまがいの行為を繰り返すほどの好意は一体どこへいってしまったのか。

「星野さんは、木田さんと湯橋主任が付き合っていることに気付いていたんですね」

美月は、「はい」と答える。

「湯橋主任から直接話を聞いたわけではありませんが、なんとなく気付きましたぁ。わたし、人の好意には敏感なんで、湯橋主任が梓ちゃんを見る目をみたらわかります。それに非常階段で二人がイチャイチャしているのを見たことがあるし、月次会議の朝だってぇ他のスタッフ放ったらかしで、いつも二人で打ち合わせをしてるし」

「星野さんは、木田さんへの好意を持っていると思っていました。だからツイッターをフォローしていたんじゃないんですか」

一は京子と同じ疑問を口にした。美月は口元に手を当てて、「うーん」と悩みながら答える。

「湯橋主任が梓ちゃんを好きだから、好きでしたねぇ。でもあの二人、もう連絡をとっていないみたいなんで、今はどうでもいいです」

美月はアハハと笑う。屈託ない笑顔の美月は、まるで悪魔のようだ。無邪気な人が持つ純粋な思いほど、その方向性を間違えれば他人を傷つけるものとなる。

「梓ちゃんを通して、湯橋主任のことが何かわからないかと必死でした。ツイッターも逐一チェックして……ああ、でも梓ちゃん、オシャレ情報ばっかり流すから正直ちょっと退屈でしたぁ」

去年の今頃、美月は突然ツイッターを始めた。「ツイッターって何をつぶやけばいいのかなぁ」と、根本的な疑問を投げかけられたことを京子は覚えている。そんなことがわからないのに、なぜツイッターを始めるのかと不思議だったが、すべては湯橋と繋がった梓を監視するためだったんだ。

「でも朱肉事件があって二人は別れました。だからぁ、それと同時にわたしの梓ちゃんへの興味も薄れてしまってぇ……。もうツイッターも見てません」

だからツイッターのフォローを外した。一や京子でさえ取り込まれてしまった木田梓劇場にも興味を見せず、湯橋だけを追いかけて連絡をとってこっそり会っていたというのか。

　いやでも、それは梓にあまりに失礼だ。京子は思わず口を開いた。

「星野さんは、木田さんを利用していたんですね」

「えー、利用とかそんなんじゃないよぉ。ただ純粋に、湯橋主任が好きな相手のことが気になっただけだもん」

「それを利用っていうんです。星野さんには木田さんへの気づかいがまるで感じられません」

「んー、でも梓ちゃんもわたしのこと、ずっとうざそうにしてたし、お互い様じゃない？」

「それは……」

　美月にそう返されて、京子は何も言えなかった。湯橋目当てに梓に近づいた美月もひどいが、梓はそんな美月を少しも相手にはしていない。お互い様と言えば、それまでの気もする。

　言葉を失った京子を見て、美月はますます自分の意見に確信を持ったようだ。毅然と前を向き、はっきりとした声で宣言をする。

「わたしは悪いことをしていません。梓ちゃんに責められてもぉ、謝るつもりはありません」

確かに悪いこととは言い切れないのかもしれないけど――。

でも善悪ではないもっと人の根本にある何かが、そうはしちゃいけないだろうと言っている。しかし京子にそれを説明するだけの語彙も会話力もない。

入社以来ずっと一緒にいるのに、どうしてわたしは星野さんを止めることができないんだろう――。

原因は簡単だ。今まで京子は美月との会話を早々に諦めて、聞き流すことに徹底してしまった。友人として付き合う限りは、意見をぶつけ合ってもよかったはずなのに、それをずっと避けてきてしまった。

頭を押さえる京子の横で、一が美月の言葉に優しく頷く。

「僕は星野さんに謝らせようとしているわけではありませんよ。それに昨日のことだって就業時間外のことであれば、社会的に問題になるような行為でないかぎり、会社として口を出すことではないと思っています」

優しく細められた瞳で、一はまっすぐに美月を見つめている。穏やかではあるが、芯の通った強い意志を感じさせる声だ。

「ただしそれが就業時間内に、問題行動として取り上げられることになれば、それは人事部として見逃すことはできません。昨日あなたがしたことは他の社員に目撃され、就業時間内に非難を受けました。だから僕は、星野さんに注意をします」

美月は唇を噛みしめる。その目はじっと一を見つめたままだ。

「湯橋主任は家庭もあり、木田さんとの不倫問題で会社での立場も非常に危うくなっています。それに加えて星野さんと変な噂がたつようなことがあれば、彼は信用を取り戻すことは不可能になるでしょう。またそれと同時に星野さんへの信用もなくなります。木田さんが一部の社員から非難されていることは知っていますよね。二回目ともなればそれ以上の非難が、あなたを襲うことになります。そんなことになれば、今まであなたが築き上げてきたものがすべて無駄になってしまう」

「築き上げてきたものなんてないですよぉ。わたし、何をしてもダメですもん」

美月は笑いながら言った。自虐的になっているわけでも自嘲しているわけでもなく、心から自分を面白いと思って笑っている。

悪意もなければ計算もプライドもなく、誰かを怒らせ自分自身を笑う。それが美月の危うさであり弱さなのだろうけど、それは逆に彼女の頑強さともなっている。

「根岸部長はそうは言っていませんよ。他の社員が嫌がるようなクセのある担当者でも、星野さんは嫌がらずに受け持ってくれる、と。それどころか、その担当者に好かれて帰ってくることもある、と」

京子は根岸部長の思いを噛みしめる。

なんていい上司なのか。美月はこれを機に彼の優しさに気付くべきだ。

「あなたの信頼も、あなたの仕事ぶりもわが社にとっては大切なものです。それを貶めるようなことはしないでください。お願いします」

根岸部長の話がきいたのか、一の言葉に美月は渋々と「わかりましたぁ」と答えた。不満ながらもいちおうは納得したのだろう。時間は一時十五分になろうとしている。

「お話が終わりのようならぁ、戻りますね」

そう言って会議室を出ようとした美月を京子は呼び止めた。さっき出せなかった答えを美月に伝えるために。

「わたし、考えてみたんですけど、お互い様じゃないと思います。木田さんは星野さんを気づかっていました」

京子の言葉に美月はふふっと吹き出して笑った。

「うそだぁ。わたしが梓ちゃんに嫌われてたのは、京子ちゃんだって気付いてたでしょ？」

やっぱり美月は嫌われていることに気付いていた。それでいながら、あれだけしつこく付きまとえるのだから、美月の強い心には感心せざるを得ない。

でもそれを知っているのなら、遠慮せずに言える。

「仮に木田さんが星野さんを嫌っていたとしても、木田さんは人前で星野さんに恥をかかせるような応対はしませんでした。これは気づかいと言えるんじゃありませんか」

表情や話し方には多少なりとも嫌悪の色が見えてはいたものの、梓はあの縁切り神社のお守りのときでさえ、美月を拒絶するような態度はとらなかった。

「んー、そうなのかなぁ。よくわかんないけど」

美月はそう言い残して、小会議室を出て行く。京子は全身から力が抜けて、長テーブルに突っ伏した。

余計なことを言ってしまったのかもしれない。伝えなければいけないと思ったけど、星野さんにはまったく響いてない上に、せっかく佐藤さんが話をおさめてくれたのに台無しにしたんじゃないかな——。

「お疲れ様でしたね」

一は優しく微笑んでそう言ってくれたが、京子の心は晴れなかった。根岸部長に内線をかけて報告を入れる一の手元をじっと見つめながら、自己嫌悪に押しつぶされそうになる。

不意に一の手の中指と薬指が曲げられ、その指先に親指の先がつけられた。いわゆるキツネの手真似(てまね)だ。関節がぼこっと浮いた長い指で作られたキツネは、無骨さを感じさせるシュッとした男顔のキツネになっている。

「何をお考えですか、三ツ橋さん」

キツネは中指と薬指で作られた上あごをパクパクさせながら、おかしな声色でそう言った。突っ伏していた顔を上げると、内線を終えた一が真面目な顔でこちらを見ている。右手をキツネにしたままだ。

　その行動と口調のギャップに思わず吹き出しそうになった京子だったが、ぐっとこらえた。一はこれでも大真面目に京子を心配してくれている。

「星野さんに言い過ぎてしまったかなって思ったんです」

「え、どこがですか？」

「どこがって、帰り際を呼び止めてまであんなことを言ってしまったし」

「あれは星野さんの質問に答えただけですよね」

「それは、そもそもわたしが余計な口出しをしたからであって」

「僕だって星野さんの木田さんに対する発言はどうかと思いました。でもあなたが言ってくれたから、僕は言わなかったんです。僕よりもそばにいたあなたに言われる方が、星野さんだって受け止められると思うんです」

「受け止めてもらってはいなかったように思いますけど」

「そりゃそうですよ。僕らはオトナですからね、そう簡単に人の言葉を受け入れるようにはできていません。でも自分にとって必要なことであれば、時間をかけてでもちゃんと受け入れられるはずです。じわじわ効いてくるんです、オトナにはね」

そして一は言葉を続ける。

「あなたはもっと自分の意見を言っていいです。有田さんの心を開いたように、木田さんの背中を押したように、星野さんにだってあなたの思ったことを伝えればいい。もちろん多少の気づかいは必要だし、ときにはあなたの言葉で傷つけてしまうこともあるかもしれない。でもそのときはそのときです」

「そのときはそのときって」

「謝ればいいんですよ。言葉の失敗は、言葉で償う。あなたはそれができる人でしょう」

そうだ。京子は謝るのが上手い。営業部の先輩にも言われたことだ。

「僕なんて謝ってばかりですよ」

と、一は笑っている。

確かに一は、ときどきこちらがイラッとするようなことを言うが、その度に謝ってもらっているので、いつまでも怒るようなことはなかった。

「さぁ、そろそろ次の方がお見えになりますよ」

「木田さんですか」

「そうです。今やっている仕事が一段落したら、すぐに来てくださるとのことだったので」

美月だけではなく、木田梓にも話を聞くことになっていた。今日の彼女の行動は行き過ぎたものがあったし、スマートな彼女らしからぬ軽率な行動だ。

美月の話を聞くのはもちろん、同時にそこまで梓を突き動かす気持ちの正体を知りたい。一も同じ考えだったようだ。

そしてしばらくして、木田梓が小会議室に現れた。

「なんで、三ツ橋さんがいるんですか」

梓は小会議室に入ると、開口一番そう言って京子を震え上がらせる。

「僕の仕事のお手伝いをしてもらっているんです。人事部は今、人手不足で」

一の説明に梓は「そうですか」と答え、一の前の席へと座る。京子のことは単に疑問に思っただけで、それを咎(とが)める気などはないらしい。京子はホッとする。

「先ほどはお騒がせをしてすみませんでした」

梓は悪びれた様子もなく、ただ形式的に頭を下げる。一秒もしないうちに上げられた顔に反省の色は少しも見えない。

一は苦笑いをして、

「どうしてあんなことになってしまったのか、お話を聞かせてもらえますか」

と、話を進めた。

「昨日の夜、同期の子から連絡があったんです。星野さんが湯橋主任と同じ飲食店から出てきたところを見たって。……わたしだって、あれから連絡はとっていないのに……」

いつもはきはきとしゃべる梓の声が、最後の方は徐々に小さくなっていった。それは当然だ。梓にはとても不愉快な話だろう。

「その後の二人の行動は知らないんですか」

「追いかけたんですが、すぐに見失ってしまったそうです」

「まぁ、あれだけ人の多い町ですからね。無理もないでしょう」

頷く一の横で、京子はその時の状況に思いを巡らせていた。

就業時間後の横浜で、彼らは待ち合わせをして食事をする。おそらく雑誌に載るようなお洒落な店だったんだろう。そして食事を終え、店を出たところを別の社員に目撃される。

その社員は梓を心配して連絡したのか、あるいは面白がって知らせただけか、その真意はわからない。どちらにしても無責任に言ったのだろう。「食事をした後、二人でどこかへ消えて行った」と。二人は本当に食事をしただけだというのに。

「木田さんと湯橋主任がお付き合いをされたのは、いつからのことですか」

京子が尋ねると、梓は「ちょうど一年前くらい」と答えた。

一年前と言えば、美月が湯橋と親しくなったのと同時期だ。美月はここでも間の悪さをいかんなく発揮している。

「湯橋主任のチームは、最初は木田さんと二人だけでしたね」

京子は三年前のことを思い出す。若い女性をターゲットにした新チームを立ち上げることになり、その一員に当時新人であった梓が選ばれた。

「最初はすごくイヤだったんです。湯橋主任の噂はいいことを聞かなかったので」

梓は湯橋と出会った当時のことを話し始めた。

台風が過ぎたばかりの秋晴れの日のことだ。関西支社の伝説のイケメンがやってくると、社内中の女子の間ですでに噂が飛び交っていた。

伝説のイケメンは魔性の力を使って女性社員を虜(とりこ)にしてしまう。気に入った女性はどんな手を使ってでも落とす、肉食獣のように危険で獰猛(どうもう)な男だ、と。

梓はそういう男が嫌いだった。俗にいうオラオラ系などと分類される男だ。十代の頃から積み重ねてきた異性交遊の中で、そんな男どもは腐るほど見てきた。五年前であれば無知ゆえに魅力も感じたかもしれないが、二十代半ばともなればその手のタイプの程度は知れている。だいたいの男が威勢がいいだけで、その内面は浅はかで薄っぺらいのだ。

それに加えて伝説のイケメンは既婚者だと言う。そんな男にわざわざ興味を持つほど自分は暇ではない。

湯浅が現れるそのときまで、梓の気持ちは冷え切っていた。

「湯橋透です」

拍手で迎えられた男は、噂とは正反対の風貌をしていた。色白で細身の身体でたれ目にして微笑む。肉食獣の片鱗も感じさせない、自然を愛する羊飼いのような男だった。

「入社当時は本社にいたのですが、すぐに関西支社の立ち上げにまわされたので、ここでの仕事経験はほとんどありません。皆さんとの関係を一から築いていきたいと思いますので、どうぞよろしくお願いします」

営業部にいたほとんどの女性社員が彼の声にうっとりとした表情で耳を傾けた。湯橋の声は野花を優しく揺らす風のように、相手の耳殻をそっと刺激する。

そしてそんな湯橋のもとに就く梓を、多くの女性社員たちが羨んだ。湯橋は声を荒らげたり無理難題を押し付けたりするような上司ではない。保存料・合成着色料を一切使っていない身体に優しい男、さらに少女小説に出てくるような王子をちょっと疲れさせたような気だるさも魅力だ。そんな男とマンツーマンで仕事ができるなんて、どんなに幸せなことだろう。

しかし梓はそう思ってはいなかった。

湯橋がオラオラ系ではなく、穏やかで優しい男だったことはいいとしても、彼はどう見ても仕事ができるようには見えない。

入社して半年、梓はようやく自分なりに仕事ができるようになってきたところだった。野心も徐々に大きくなり、仕事に対する理想も高くなるばかりだ。

営業部はもともと梓が希望した部署ではない。それなりの結果を残して、希望の部署へ行けるよう上と掛け合う機会を得たい。そのためには新しいチームで好成績を残す必要があった。

なのにどうして、自分の上司はこんなオーガニックな優男なのか。

「正直、湯橋主任があんなに仕事ができるなんて思っていませんでした」

関西支社での活躍を知らない社員は、誰もがそう思ったに違いない。しかし実際はそうではなかった。

若い女性をターゲットとしたセレクトショップ、インテリアショップの新規開拓を担当した湯橋は、出かけるたびに新しい契約をどんどん取り付けて帰ってきた。

「この会社、シリーズで置いてくれるっていうから、今週中に契約書を用意しておいてくれるかな。あと新しく提案もしたいから、あとで相談する時間をもらってもいい？」

すぐに梓一人でアシスタントをするのは難しくなり、湯橋のチームはどんどん大きくなった。アシスタントをする女性社員の数は梓を含め三人になった。でも梓は、湯橋の一番の信頼が自分にあることに気付いていた。

「こんなこと、わたしから言うのはおかしいんですが、最初に好意を見せたのは湯橋主任でした」

　でも湯橋は決して自分から誘ってくるようなことはしない。梓も湯橋のことは良く思っていながらも、既婚者という高い壁を簡単に越えることはできなかった。

　すべては大型の台風が関東地方を直撃したあの日のことだ。大型の契約を取り付けた取引先のパーティーに出席した湯橋と梓は、電車が止まり帰る手段をなくしてしまった。

　タクシー乗り場に行列はあるものの、一向に車はやってこない。雨風も強くなってきたので、ひとまずどこかの店へと入ろうとした。しかし台風の接近に伴い、飲食店の多くは店を閉めていて、仕方なく二人はホテルのバーで飲むことにした。その先はよくある流れで身体の関係に至る。

「それで気づけば一年です。はっきりと約束をしたことは一度もありません。仕事が遅くなると、なんとなくそのまま一緒にいました」

　湯橋との付き合いによって梓は、不倫は普通の恋愛とは違うことをあらためて知った。

　何一つ望んではいけない。今も未来も。結婚をしようとか、一緒に暮らそうとか、少し話したいとか、今すぐに会いたいとか――。

　最初の三ヶ月はそんな自分の欲望を抑え込むのに必死だった。今までの恋愛では普通だったことが、この恋愛では何一つ普通ではない。

　心を落ち着かせ気を紛らわせて、胸の奥からふつふつとわき上がる思いを一つ一つ潰した。女の性から湧き出るその欲望たちはひとつひとつが熟れた果実のようで、握り潰せばその実を汁にしてじわりと流れ、梓の心に染みを作った。それはひどく疲れる作業だったけど、それを耐えてでも湯橋との関係を終わらせたくないと思っていた。

「三ヶ月を超える頃から、それが辛くなくなりました。慣れってやつですね。望まないことに慣れましたし、うっかり望んでしまってもその想いをすぐに消すことに上手くなりました」

泣いたり怒ったり、湯橋をいくらでも責めていいはずなのに、それをせずに耐え忍んだ結果、わずか三ヶ月で適応能力を身に付ける。京子は梓にあらためて感心する。しかしそれと同時に疑問も浮かんだ。

耐え忍ぶ女である梓が、美月に対してはどうしてあんなにも感情的になるのか。

梓の話は続いている。

「でもそのせいで完全に引き際を見失いました。気が付けばずるずると関係が続き、一年です。そういう意味では、ああいうことがあってよかったのかもしれません」

否定も肯定もできない梓の言葉に、一は「そうですか」とだけ答えた。

しかし次の瞬間、梓の目はキッと鋭い光を湛える。

「でもそれは、家族以外の付き合いがわたしだけという前提でのことです」

奥さんの他に相手がいるなら、とても許せる話ではないと梓は息巻く。一年ものあいだ、恋愛的欲求を我慢し続けた人とは思えない、あからさまな怒りの感情だった。

「星野さんから話は聞きました。彼女は湯橋主任とは連絡をとってはいるものの、特別な関係ではないそうです」

「だから何なんですか」

梓は右手でテーブルをばんっと叩いた。その音に京子の背中はびくっと震え、そんな京子を横目で見た一が苦笑する。

「さっきも言いましたが、わたしはあの事件から彼とは一切連絡をとっていないんです。彼の異動があんなかたちで決まってしまって、わたしたちの関係はこのまま中途半端なかたちのまま終わる。これがわたしの最後の我慢になるんだと思っています」

梓にとって湯橋との恋は我慢の連続だった。そんな辛い思いをしてまでも、続けたいと思う恋だったのだろう。

「だからこそ、ここで第三者が出てきて、今までの我慢を無にするようなことをするのが、わたしは許せないんです」

ああ、そうか――。

京子はようやく梓の心を理解する。

ずっと我慢を重ねてきたからこそ、隙をついて出てきた星野さんの行為が許せないんだ。

「木田さんの気持ちは僕にもわかります。そして僕がわかりうるあなたの気持ち以上のものが、あなた自身の中に潜んでいるのでしょう。それもお察しします」

一は「だとしても」と、厳しい声で続けた。

「星野さんがあなたを気づかうことは、難しいと思います」

「でもそれは……」

「あなたが湯橋主任と関係を持ったときに、奥様に気づかえなかったことと同じでしょう」

一の言葉に梓は口をつぐんだ。それを言われてしまえば、梓に反論などできるわけがない。

「責めるつもりはありません。ただ星野さんを糾弾するのは、少し待ってください」

一は優しく言った。

「近日中に湯橋主任と話をします。その時に星野さんとのことも慎んでいただくようにお願いをします。だから今回の星野さんのことは、見逃してください」

「……わかりました」

梓は納得をしたのだろう。「よろしくお願いします」と頭を下げ、話はそこで終わった。

「お騒がせをしてすみませんでした」

そう言って席を立とうとした梓を、一が「最後にもうひとつだけ」と呼び止める。

「月次会議の前に、湯橋主任と木田さんのお二人はよく打ち合わせをされていたと聞いたのですが」

梓は「ああ」とつぶやいて答える。

「湯橋主任ってどんなに良い結果を残しても淡々と報告してしまうクセがあるので、会議前に内容を見せてもらうようにしていたんですよ。せっかくの会議の場で、成果を見せられないのはもったいないですから」

梓ははっきりとした口調でそう言ってから、「アシスタントのわたしがでしゃばることではないんですけどね」と苦笑した。でも確かに梓の言うとおり、湯橋はアピール下手なところがあると京子も思う。

「それがなにか？」

不思議そうに尋ねる梓に、一は「いいえ、なんでもないです」と答え、

「ありがとうございました」

と、続けた。

梓は頭を下げてから会議室を出て行く。梓が開けた会議室のドアから張りつめていた空気が一気に外へと抜けていった。

ドアが閉まると同時に、京子は大きく息を吐いた。そんな京子を見て一が尋ねる。

「すみませんでした。朱肉事件がきっかけとはいえ、事件に直接関係するかわからないことにお時間をとらせてしまって」

「いえ、かまいません。それに無関係ではない気がします」

京子の言葉に一はニヤリと微笑んだ。そして右手で再びキツネを作り、パクパクと動かしながら言う。

「三ツ橋さんもそう思われましたか」

「はい」

今まで不特定多数を狙った犯行だと思っていた朱肉事件だが、犯人の狙いは湯橋と梓の関係をみんなにバラそうとしていたんじゃないだろうか。

湯橋と梓は月次会議の三十分前に二人きりで会うのが恒例となっていて、その際に湯橋は自動販売機で飲み物を買う。有田さんが犠牲になった三度目の朱肉事件と発生時刻と場所が彼の行動範囲にばっちり重なる。

一度目と二度目の朱肉事件はおとり。朱肉事件が起きたことは公表されなかったが、二度も朱肉を使ったおかしなことが起きていれば、犯人の目的は見えづらくなる。

そしてそんな中で湯橋を朱肉事件の被害者にして、梓を巻き込み二人の不倫を公にする。四度目の朱肉事件で、その目的を果たすことができた。

「それならあれから新しい事件が起きていない理由も納得できます」

一も同じことを考えていたらしく、キツネ手でぶんぶんっと縦に振り頷かせる。

「こんな事件を起こすよりも、手っ取り早く二人の噂を流すという手もありますが、目の前でダイナミックな事件が起きた方が衝撃的で余波も大きい。現にこの事件によって湯橋主任は異動が決まり、二人の関係は終わっています。噂だけでは、ここまでにならなかったでしょう」

「ただそれが目的となると……」

京子の声が自然と小さくなる。犯人の目的が湯橋と梓を別れさせることにあったとしたら、それが現実になった今一番恩恵を受けている社員は一人しかいない。

「星野美月さんがあやしいってことになりますね」

美月があやしい、か。京子は「うーん」とその可能性を考える。

ちょっと考えづらい――。

あれだけ間の悪い美月が用意周到になおかつ思い通りに物事を進められるとは思えない。一も同じ意見のようだ。

「僕もその可能性は低いと考えています。それと気になることがあるんですよね」

「なんですか」

「七階の自動販売機に朱肉が付けられた日、湯橋主任は無事にミルクティーを買えています」

「犯人の方が遅かったってことですよね。その次に買った有田さんは被害者になったわけですから」

「そうなんですよ。でもおかしくないですか？　僕がもし犯人なら、湯橋主任の行動を見張って先回りをすると思うんです」

「確かにそうですね……」

会議前でバタバタしていて、そんな暇がなかったのだろうか。それで湯橋主任に先に行かれてしまった。でもそれなら、次の機会を狙えばよかったのだ——。

「このままだと未解決事件になってしまいますね」

弱気な言葉が、京子の口をついて出た。新しい事件も起きないし、犯人はこのまま逃げ切ろうとしているのかもしれない。

「物的証拠も目撃証言もないので、そうなる可能性はありますが、僕は新しい何かが起こると思います」

一は机の上に置いてあったタブレットを手に取り、結びつき表を開く。そして湯橋を取り巻く縁の渦をクローズアップして、ぐるぐるに絡まる縁の固まりを画面いっぱいに広げた。

「もしも本当に二人を狙ったのであれば、犯人は湯橋主任と木田さんに繋がる縁を持つ人物です。もちろん人気者の二人ですから、そんな人は山ほどいるでしょう。でもその縁は、確実に腐っているはずです」

「腐っている？」

「そうです。変色をして悪臭を放ち、ドロドロとその身をただれさせているはずです。そんな悪縁がじっと静かに漂っていられるわけがない。だから僕らは、いずれたどり着きます。悪縁とはそういうものです」

右手をキツネ手にしたまま大真面目な顔で話す一の言葉を、京子は嚙み砕いて理解する。

「つまり、事件を起こす動機があるかぎりは、関係者をたどれば必ず犯人に繋がるということですね」

「その通りです」

たどった先にいる人物が星野美月じゃないといい。京子は嬉々として話す美月の姿を思い出しながら、そう思う。

「星野さんはどうして、湯橋主任を諦めなかったんでしょうね」

結婚をしていて、さらに梓と付き合っている――そんな相手を思い続けて、さらにはストーカー力まで発揮する必要はなかったのに。

京子の言葉に一はキツネ手をおろして、穏やかに答えた。

「恋愛を簡単に諦めることができて、さらに引きずることもない。それはとてつもなく難しいことですよ」

ああ、そうだ――。

理解できなかった美月の気持ちが、突然ストンと京子の心に入り込んできた。諦めていないのは京子も同じだ。流し台の上にはマグカップが二つ置かれたままになっている。

「人を好きになることは楽しいですからね。楽しいことは、なかなかやめられるものではありません。それが恋愛の怖いところです」

確かに一の言うとおりだ。もうダメだとわかっているのに、心のどこかで相手を思い出してはその思いに引きずられてしまう。相手の中では、とっくに終わったはずの話なのに。

「でも人は切らなければいけないときがあるんです。どんなに心地よく幸せをもたらしてくれる縁だとしても。それはとても辛くて力がいる作業だと思います。そのお手伝いができるとしたら、僕はとても幸せですね」

そう言って一は優しく微笑んだ。

それはあまりに優しい笑顔で、ふと力を抜いたらすがりつきたくなってしまいそうだった。

お手伝いか。佐藤さんは、どんなふうに背中を押してくれるのだろう。三年ものあいだ、埃(ほこり)をかぶりながらも、ずっと置かれたままでいるこの想いに――。

京子はぐっと右手を握りしめる。今日は金曜日、明日は燃えないゴミの日だ。あのマグカップを是が非でも必ず捨てよう。

背中を押してもらうためには、踏み出す態勢になっていなければいけない。

「朱肉事件が解決したら、飲みにいきましょうよ、佐藤さん」

「もちろんいいですよ。僕が奢りますよ」

まかせろと言うように胸を張る一に、京子は笑ってお礼を言った。

「そのときにぜひ、恋バナをさせてください」

一は一瞬驚いた表情になったが、すぐに顔をほころばせ「もちろんです」と優しく笑った。

一方的に途切れた過去の縁は、今でも京子の中で宙ぶらりんにぶら下がったままでいる。一に話すことで、それが断ち切れるかもしれない。

しかし京子は恋バナの経験がない。おそらく上手くまとめられないので、ダラダラと長いだけで抑揚もないお経のような恋バナを披露することになるだろう。それでも一なら、きっと聞いてくれる。

「さあ、そろそろ三ツ橋さんを営業部にお返ししなければ怒られてしまいそうですね」

「では、戻ります」

そう言って京子は会議室を出た。

三階の廊下をエレベーターの方へと向かいながら、京子は鼓動が高鳴っていることに気が付いた。

考えてみれば、会社の人を飲みに誘ったのなんて初めてのことだ。いや、会社に限定されることじゃない。京子の人付き合いにおいて、誰かを誘うなんてことはありえなかった。

挨拶にも使われる常套句とはいえ、「飲みに行きましょう」なんて咄嗟に自分が言えるとは驚いた。そして今になって緊張感に襲われている。なんともおかしなことだ。

やっぱり佐藤一は不思議な人だ。京子はあらためて思った。

5

大きく息を吸って気合を入れ、京子は流し台の二つのマグカップをむんずと掴んだ。そして左手に持ったゴミ袋に二つまとめて素早く放り込む。陶器が乱暴に重なる音がして、それがまるで助けを求めるような声に聞こえたが、京子は大きく頭を振りその声を打ち消した。

「捨てちゃうの？　まだ使えるよ？　てか、ぜんぜん使ってないよね？　新品同様だよ？　もったいないよ？　捨てちゃうの？」

「黙れ、陶器っ」

妄想の声を振り払い、京子は燃えないゴミの袋を手に部屋を出る。

ぜったいに捨てる。今日こそはぜったいに――。

土曜日は一日中パジャマで過ごすことも多いが、今日はゴミを捨てるために七時に起きて着替えた。ゴミ回収車に間に合わすためには、朝八時までに出すルールだ。

共同ゴミ捨て場はマンションの施設内なので、部屋着で出られないこともないが、この着替えは京子の決意の表れでもある。

京子は気付いた。朝起きて会社に行って仕事をして帰る。合間に美月のよくわからない話を聞いて、レンタルビデオ店でＤＶＤを借りる。それが京子の日常だった。

これを繰り返すことが人生で、それが平穏な日々だと思っていたが違った。毎日やり過ごすだけの日常、それは低迷だ。

コンクリートの打ちっぱなしの壁に囲まれた共同ゴミ捨て場に、無造作にいくつものゴミ袋が置かれている。その一番奥に京子は手にしていたゴミ袋を置いた。袋の中でブツクサ文句を言うマグカップの声が聞こえた気がしたが、とどめを刺すように隣のゴミ袋を上に重ねてから、共同ゴミ捨て場の引き戸を閉めた。

エレベーターを待ちながら、両手を腰に当てゆっくりと首を回す。ひさしの向こうに、良く晴れた十一月の空が見えた。

すっきりした――。

三年間の思いにこれで終止符が打たれた。とっくに終わったことだったのに、今まで捨てることができなかったのは、心のどこかで淡い期待を抱いてきたからだ。そしてその期待を抱いたまま、京子は停滞していた。

月曜日に湯橋と梓の不倫発覚があり、湯橋の転勤、梓のドラマチックなツイッターポエム、そして美月の逆襲。良くも悪くも充実した一週間だった。

過去を引きずる暇はないのだ。自分の心にそう言い聞かせて、京子は部屋へ戻る。

しかしワンルームの部屋に戻ると、ふと《暇》という言葉が心にひっかかった。

土曜日の午前七時四十分、月曜日の出勤時間まで、京子に予定はない。DVDを見て本を読んで、有田さんから貰ったお饅頭を食べることだけが予定であって、それは京子の裁量で中止にでも延期にでもできることだ。

「これを世間では暇というのかもしれませんが、わたしは言いませんから」

誰に聞かせるわけでもない独り言をつぶやいては、借りてきたDVDの袋に手を伸ばす。暇を暇と思わず、どれだけ楽しめるかがひとりで生きることの極意だと京子は思う。しかしそれには精神的な強さが必要だ。ときおり襲ってくる未練や後悔に心が流されないように。

ゴミ捨てに出ているあいだに、父親から着信が入っていた。定期連絡だとは思いながらも、父親からの連絡にはいつも不安が付きまとう。父子家庭で育った京子にとってはたった一人の親だ。折り返すとすぐに父親が出た。

「京子ぉ、お父さんだよ」

京子の心配とは裏腹に、父親はのん気な声で電話に出た。襟ぐりの伸びたトレーナーにスエットパンツ姿、子供のころと変わらない休日の父親の姿が見える気がした。

「おはよう」

「おはよう。京子と電話で話すのは久しぶりだね。一ヶ月ぶりくらいかな」

中堅のゼネコン会社に勤める京子の父は、現場ごとに転勤を余儀なくされた。長くて三年、短いところでは半年で引越しをする。人見知りで気弱な母親はそんな生活でノイローゼになり、京子が小学校に上がる前に離婚をしている。

三十になれば落ち着くはずだ。四十になれば、今度こそ大丈夫だ。自分に言い聞かせるように繰り返しそう言う父は、明らかに疲れていた。それでも管理職になれば現場にまわされることはないと信じて、仕事を続けていた。

しかし実際はバブル経済の崩壊とともに、年功序列のシステムも崩れてしまう。それまでに出世コースに乗りきれなかった父は、五十代になった今でも地方の現場で仕事を続けていた。

「こっちはもう雪が降ったよ。本格的な冬になる前に、作業を終えないといけないからね。忙しいよ」

「身体に気を付けてね」

「うん、ありがとう」

大学入学と同時に京子は大学の寮に入り、父親とは離れて暮らしていた。ヨコキンに就職が決まったのと同時に、父親は金沢（かなざわ）に転勤になって今に至る。

「京子のほうはどうしてる？　仕事は忙しいのか」

「うん。まあまあ」

「ごはんはちゃんと食べているか」

「うん。普通に」

「彼氏はできないのか」

「切るよ」

「友達とはうまくやっているのか」

「だから、切るよ」

「うん。身体に気を付けてな」

「お父さんも」

いつもの会話を反芻して、電話は切れた。ふうっと息をついて、ラグの上に座る。さっきまでの気合はどこにいったのか、身体から力が抜けたようになった。

父親の声を聞くと寂しくなる。これは子供のころから変わらない。

学校から帰って宿題をすませて、洗濯物を取りこんでお風呂にお湯を溜めて、父親が用意していってくれた夕飯を食べる。毎日がその繰り返しで、親戚のおばさんや学校の先生に心配をされても、京子自身はそれを特別に辛いとは思わなかった。

なのに、お父さんから電話が来るとダメだ――。

今の今まで平気でいたのに、電話を切った途端にここに父親がいないことが寂しくて辛くてたまらなくなる。父親は遅くなるときくらいしか電話をかけてはこなかったが、受話器を置いた途端、ひとりきりで過ごす家が急に広くなった気がして泣きたくなった。

この気持ちは説明がつかない。おそらく家族というのは、説明のつかない感情で繋がれているものなんだ。

にしたって、お父さんめ……。タイミングが悪いにもほどがある——。

せめて明日にしてくれれば、ダメージも少なかったはずなのに。

「あ、着信……」

父親と電話をしている最中に、一から電話が入っていた。折り返すとワンコールで一が出る。

「三ツ橋さん、焼き芋は好きですか?」

唐突だな、いつものことだけど——。

そう思いながらも、素直に返事をする。

「焼き芋は好きです」

一は「よかったです」と言い、京子を縁切り神社へと誘った。これからお焚き上げをするらしい。

くべられた木片がときおりパチッと音をさせ、辺りに木が燃える匂いが漂っている。ゆっくり立ち上る煙は、青い空へ吸い込まれるように消えて行って、空の向こうの天国へ届けられているようだ。

お焚き上げで上がる煙を見つめながらそう言った京子に、

「意外とロマンチックですね、三ツ橋さんは。天国なんてありませんよ」

一は冷めた声でそう言った。

「神社の人がそんなことを言っていいのですか」

「天国はよその宗教の考えです。批判をする気はありませんが、特別に思い入れもないですね。空の向こうにあるのは宇宙、光とダークマターからなる未知なる世界ですよ」

一はそう言って、お焚き上げの火に火かき棒を入れて空気を送り込む。時折こうしないと火は消えてしまうらしい。

一は白い着物に水色の袴姿、着物の袖をたすきで結い、軍手をはめて慣れた手つきで火の強さを調整している。まっすぐに伸びた背筋で火かき棒でかき回すその姿を、京子はそばのベンチに座って見守っていた。

縁切り神社の裏手、駐車場の一角にコンクリートブロックを積み上げ、一畳ほどのお焚き上げスペースが作られている。京子が来たときには、お祓いはすでに終わっていて、くべられた木の板がパチパチと音をたてながら燃えていた。

「お焚き上げとは、お守りやお札を燃やすことです。火にくべることで、神様の力が宿ったものを浄化するんですよ」

電話口でそう説明をされたので、もっとかしこまったものを想像していたが、来てみればちょっと派手な焚き火のようなものだった。縁切り神社の境内は狭く、雑木林に囲まれているため、消防署からの許可が下りず、ようやく許してもらえたのがこの駐車場の一角だったらしい。

「お焚き上げが終わった後の灰は産業廃棄物になります。普通に捨てることはできませんから、お金を払って業者に引き取っていただくんですよ」

「消防署に許可に、灰は引き取りですか。神社も大変なんですね」

「消防法やダイオキシン、神様にもどうにもできない問題が現代には山積みなんです。……あ、そろそろよさそうですよ」

徐々に小さくなるお焚き上げの火。一は足元のブロックをずらして、燃え尽きた灰の中からホイルに包まれたさつま芋を火かき棒でかきだす。

ごろんごろんと出てきたお芋は、ずんぐりむっくりとした見事なかたちをしていた。

「氏子さんからいただいたんです。ご自宅の庭で作られたそうですよ」

軍手の一が、アルミホイルごとお芋を半分に割る。断面は赤味のある黄色で、白い湯気をたてて甘い香りを漂わせた。

「味付けはしていませんから、お塩が欲しければ言ってくださいね」

一はそう言って、「やけどをしないように」とお芋を差し出した。

「いただきます」

京子はふーっと冷ましてから、黄色の断面に口を付けた。さつま芋の甘さが口の中に広がり、塩はなくても十分に甘くておいしい。

それを伝えると、一は嬉しそうに微笑んで「よかったです」と言った。

一はキャンプ用の折り畳みチェアに腰をかけ、京子にくれた残りのお芋を食べ始める。袴姿の男が小さなイスに座って焼き芋を食べている姿は、なんとも不思議な光景だ。

「お焚き上げの火で焼き芋なんてしていいものなんですか」

食べ始めてから聞くのもおかしな話だとは思ったが、京子は念のため一に尋ねる。あとあとバチが当たっても困る。

「お焚き上げの火でお芋やお餅を焼いたりするのは、昔から行われていることですよ。この火で焼いた食べ物を食べると、無病息災だと言われていますね」

そんなにありがたい食べ物だったのか。手の中の焼き芋が、より一層おいしく感じられる。

「いつもは決まった日に氏子の皆さんに声をかけて行うのですが、今日はイレギュラーだったので、三ツ橋さんだけにお声がけしました」

「どうしてわたしなんですか」

「今日お焚き上げをしたのは、ヨコキンの屋上にあった社です」

大風の日に倒れたという、縁切り神社から分霊された社。ずいぶんと大きな板が燃やされているので、てっきり薪用の木材かと思っていた。

「会社の人に見届けてもらいたかったんです。ヨコキンを守ってきた社の焚き上げですから」

お焚き上げの火はほとんど消え、社の板は灰になってしまった。

一の父親が分霊をして、三十年間ずっとヨコキンを見守ってきた社だ。社が建てられたときには反発もあったという。きっと京子の想像が及ばないところで、いろんな思いを一は感じてきたのだろう。そしてその思いをともに感じてきた一の父も亡くなってしまった。

ひとりでも受け止められるけど、誰かがいてくれるなら、それはそれですごくありがたい。ただ一緒にいるだけでその身体にのしかかる重さが軽くなる気がする。

その気持ちが今日の京子にはよくわかる。

京子はお芋を食べ終わるとベンチから立ち上がり、灰になったお焚き上げに手を合わせた。京子の姿を見て、一は立ち上がり、

「参拝ごくろうさまです」

と、京子に頭を下げる。

「電話が通じてよかったです。話し中になったので、縁がなかったのかと諦めたところだったんですよ」

「父親に電話をしていたんです」

「お父さん、お元気ですか?」

まるで知り合いのように一は言ったが、いくら人事部で働いていると言っても、従業員の家族のことまで知るわけがない。

京子が「元気ですよ」と答えると、一は遠い親戚でもあるかのように喜んだ。

「三ツ橋さんの電話の声が沈んでいらっしゃるように聞こえたので、なにかあったのかと思いました。お父さん、お元気ならよかったです」

「そんなに違いました?」

「はい、今とは別人のようでした」

確かに一に電話をかけたときは、心は重かったかもしれない。

でも今はありがたいお焚き上げとおいしい焼き芋と、いつもと変わらない一のおかげで元気だ。そしてもうひとつ、京子は元気になれるものを持っていることを思い出して、持ってきた小さなナイロントートから猫饅頭を取りだす。

「あれ、それ有田さんのお饅頭じゃないですか」

めざとく見つけた一が、すかさず指摘する。京子はふふんと笑って透明のパッケージを開ける。

「そうですよ。会社で食べるのがもったいなくて、家に持って帰っていたんです」

一はふむと眉をひそめる。

「賞味期限、大丈夫ですか？　お饅頭って餡子(あんこ)ですから、足が早いですよ」

京子は手を止めて、今しがた外したばかりの透明ビニールを確認する。賞味期限は印字されていない。おそらくお饅頭の箱にかかれていたのだろう。

京子は二秒ほど考えてから、猫饅頭を真ん中から二つに割って一つを一に差し出した。

「はんぶん食べます？」

「僕に毒見をさせようって魂胆ですね」

「はんぶんこですから、毒見というよりは巻き添えですね」

「いいでしょう、受けて立ちましょう」

小さいお饅頭だが、もともと半分ずつにしようとは思っていた。猫饅頭がもらえるほど有田さんと親しくなれたのは、一のおかげでもあるのだ。

カステラの皮はふっくらしていて、中の餡子は程よく甘い。一に半分あげたことが悔やまれるほどにおいしいお饅頭だった。

その後、もう一つの焼き芋を半分に割って食べ、それからお焚き上げの残り火を二人で片づけた。途中、外に出ていた一の母親が戻ってきて、勧められるまま三人で夕飯を食べた。

『神様は信じていないけれど、世の中の理は信じています。因果応報。誰かを傷つければ、誰かに傷つけられる。嘘をつけばいつか暴かれる。わたしはもう騙すことも騙されることもいやなんです。平静な心でいたいんです。だから彼と終わってよかった。会えなくてよかったと思います。梓』

週末の空気を一気に現実に引き戻したのは、木田梓のツイッターだった。土日を挟んでも、じとっとした重さと湿り気のある梓のつぶやきは変わることはない。
川崎行き南武線、ドアを入ってすぐの空きスペースに立って、大判のマスクをした京子はスマートフォンを見ていた。
ドラマチックに熱弁をふるう梓のツイッターは、劇場開始時ほどの勢いはなくなったものの、定期的に更新をされ続けている。フォロワー数は千人を突破し、その人気は衰える様子を見せない。

梓の言葉は過去を振り返りながらも、常に新しい風を取り入れている。今朝の「因果応報」のつぶやきだって、過去を悔いているように見せながらも、先週の星野美月との一件を巧みに匂わせた内容になっている。

どうしてこういうことを書いちゃうのかな——。

昔から「言わぬが花」というではないか。梓にも美月にも赤のバッテンマークのマスクをつけてもらいたい。そして美月だけは、当分のあいだ付けたままでいてほしい。

美月が湯橋と接触していたことは、先週のうちに社内中に知れ渡っている。梓はこのつぶやきで、フォロワーの気を引き同情を買う。ピンチでさえも好機に変える、ぬかりのない梓の手法に感心せざるを得ない。

しかし同時に、敵位置に立たされてしまった美月が気の毒だ。美月は湯橋とは連絡を取り合うだけの仲、つまりはただのメル友だ。しかしそんな言い訳が通じる状況ではないだろう。

ああ、だからバッテンマークのついたマスクを人事部で手配してもらって……いや、ツイッターだからマスクで口を塞いでも意味はないのか——。

川崎駅の地下ロータリーを抜け、新川通りを歩きながらそんなことを考える。

ヨコキンビルのあるこの通りには、いくつかのオフィスビルが並んでいる。ヨコキンと同じく九時を始業時間にするオフィスは多いらしく、この時間は出勤する会社員たちで歩道が混雑する。

その波に揺られながら歩いていた京子は、後ろから不意に肩を叩かれて足を止めた。

「よう。早いんだな」

スーツにトレンチコート姿の飯田直樹だった。右手に珈琲（コーヒー）タンブラーが握られている。ギラリと光る猫目のオーラに包まれて、飯田の後ろにそびえる川崎の町が一瞬ニューヨークに見えた。

飯田は不思議な魅力を持った人だ。周りにあるものすべてを自分のカラーに染め上げてしまう。オシャレでスタイリッシュに洗練された飯田の世界。

一緒にいるだけで、自分もその世界の一部になった気がして舞い上がってしまいそうになる。

いやいやいやいやいや、そんなわけがないんだ――。

ここは川崎だ。京子は、飯田に引き寄せられた世界を元へ戻す。背景には老舗デパートのさいか屋とその向こうには若者が多く集うアトレが見える。漫画喫茶とファミレスと消費者金融の看板、間違いなくここは京子になじみがある川崎の町だ。

「おはようございます」

「おう。今日も寒いな」

飯田は当然のように、京子の横に並んで歩き出す。まるで三年前から、そこが決められた定位置だったように。

「眠い」だの「寒い」だの言いながらも、飯田はクマのない血色良い表情でハキハキとしゃべった。眠そうにも寒そうにも見えないが、京子は何も言わなかった。

それよりも飯田の猫目から繰り出される不思議な力がもたらす動悸、息切れを抑え込むことで精いっぱいだ。猫目の呪いは月曜の朝から容赦がない。

「すげぇマスクだな。風邪防止？」

「いつもしていますよ。入社当時から変わりません」

「ああ？　そうだったか？　で、いつもこの時間？」

「この時間か一本前か、または一本後のどちらかです。比較的頻度が高いのはこの時間だと思います」

「ふうん」

飯田はどうして自分にばかり話しかけるのだろう――。

三年前の新人研修のとき、京子はそう思っていた。

ヨコキンの新人研修は、会社全体の一ヶ月の研修と配属部署での一週間の研修に分かれる。飯田が担当したのは、営業部での一週間の研修だ。当時のヨコキンにはまだ海外事業部はなく、飯田は営業部の新規事業チームに所属していた。

「オレはヨコキンを世界一の鍋ブランドにしたいんだ」

研修の最中、飯田は少年のように猫目を輝かせて繰り返し言った。このときは今ほど猫目のオーラは出ていなかった。よって、動悸、息切れの症状も出ていなかった。

「そのためにはお前ら一人一人に立派な社員になってもらわなきゃ困る」

当時、梓はそんな飯田を暑苦しいと嫌がった。美月も飯田の大きな声が苦手だと言っていた。でも京子は、飯田の熱意もよく通る声も嫌いではなかった。

集団には熱意を持って引っ張る人がいた方がいいし、多数の人に向かってしゃべるなら声は通るほうがいいに決まっている。会社という組織の中において、飯田の存在は必要だしそのバイタリティは尊敬に値する。

しかしそれはあくまで会社を前提で考えたときのこと。当時の京子は飯田を「ヨコキンにいる飯田」としか考えてはいなかった。

そして一週間はあっという間に過ぎ、京子たちは営業部のそれぞれのチームへと配属されることとなった。

「オレと付き合ってよ」

研修の最終日の飲み会で、飯田は京子をトイレの前で待ち伏せてそう言った。

営業部が打ち上げなどでよく使う川崎駅近くの居酒屋チェーン店だ。トイレはフロアの奥まった場所にあり、たどりつくまで長い廊下があった。その廊下の中ほどで、飯田は壁によりかかるようにして京子を待っていた。

うっすら黄ばんだその壁は、飯田がよりかかることでアーバンな雰囲気を醸し出す。その横にハイボールのポスターが貼られていようとも、飯田の持つ空気はそれをも飲み込んで自分の世界を作り出す。

京子はその日のその瞬間まで、飯田を男として意識したことなどなかった。研修が終われば別のチームに配属になる。そうなれば、ほとんど話すこともなくなるのだろうとぼんやり思っていたくらいだ。それに対して、いいとも悪いとも思っていなかった。

しかし京子は、飯田の告白に「はい」と答えた。断る理由がなかったからだ。

大学時代に付き合っていた同級生に一方的に振られてからというもの、彼氏はいない。誰でもいいと言えば語弊があるが、飯田に生理的な嫌悪は感じない。むしろ尊敬に値する人間だと思っている。

「好きなんだ、三ツ橋のこと」

大きな猫目がまっすぐに京子を捕らえている。京子は全身に電流がかけめぐるような痺(しび)れを感じ、心臓の鼓動が激しくなり顔が紅潮した。つまり舞い上がったのだ。

どんなに恋愛にうとい京子でも、好きだと言われれば嬉しい。

「マジで？　やったぁ」

京子が「はい」と返事をすると、飯田はヨコキンの未来を語るときのように目を輝かせ、少年のようにはしゃいでガッツポーズをとった。そしてその場で携帯番号を交換し、付き合うことになった。

　その方法はいたって普通だった。平日はたまにメールをするくらい、土日はどちらかの家に遊びに行った。連休を使って、二人で温泉旅行にでかけたこともある。

　会社では付き合っていることを内緒にしていた。社内恋愛を禁止する規定はなかったが、さすがに新人研修を終えたばかりの社員に手を出したとなれば聞こえは良くない。飯田に頼まれたわけではなかったが、京子は自発的に黙っていた。

　しかし付き合って三ヶ月が過ぎた頃、海外事業部の設立が決まり、飯田は新しくできたニューヨーク支社に異動することになった。

　そしてそれを理由に、飯田は京子に一方的に別れを告げた。まだ残暑の残る九月の終わりのことだ。仕事帰りの飯田と町田駅で待ち合わせをして、食事をした帰りに、突然そう切り出された。

　京子はなんと言っていいかわからず、「わかりました」とだけ答えて、別れを受け入れた。その日は週の真ん中の水曜日で、実感が持てないままいつも通りの日々を過ごしていた。

　そして飯田と別れて初めて迎えた週末、あらためて振られるということの意味を知る。

　窓を閉め切ったワンルームの自宅で、京子は毛布にくるまりひたすらＤＶＤを見ていた。窓の外では蟬（せみ）が鳴いている。閉めきった部屋の温度は三十度を超えていた。

額に汗がにじんでいる。それでも京子は毛布から出ることができなかった。身体の中心が寒い。どんなに毛布にくるまろうとも、身体が温まらない。もしかしたら風邪をひいたのかもしれない。

月曜日になると普通に会社へ出勤した。必要とあれば飯田とも話をした。金曜日までの五日間、なんてことのない普通の日々を過ごす。しかし週末、京子は再び毛布の中から出られなくなる。

週末限定の風邪らしき症状はなかなか治まらなかった。その間に飯田はニューヨークへ赴任し、社内で顔を合わせることもなくなって数ヶ月、京子はようやく毛布から出ることができた。

飯田は京子に厄介な恋愛を持ち込んだ人だった。赴任先から帰ってきて、社内で何度か顔を合わして挨拶はしていたものの、ちゃんと話をするような機会はなかった。

先週が初めてだ。一がいたおかげで、特別に意識をすることなく飯田と話をすることができた。しかし今は、一がいない。

「なんか営業部、いろいろと大変らしいな」

「飯田さんのところまで話がまわっているんですね」

「うちの女子たちがなんか言ってたけど、細かいことは忘れた。よくわかんねーけど、仲良くやれよ」

飯田は飯田らしく、梓と美月の出来事をざっくりとまとめた。こういう大雑把なところも、飯田の魅力なのかもしれない。

あの頃の京子は、それをよくわかっていた。

「マグカップ買ってやる。お前の部屋に置いておけよ」

「マグカップくらい、うちにもありますよ」

京子がそう答えると、飯田は「わかってねえなぁ」と笑った。

「オレとお前の専用だからいいんだろ？」

深いブルーと淡いピンクのマグカップ、自分ではぜったいに買わない色だった。

「次に行くときに使うから、しまっておけよ」

と、半ば強引に押し付けられたものだ。でも家に帰って並べてみると、ピンクと青の色合いがお店で見るよりもシックに見えて、意外とかわいいと思った。やっぱり飯田はセンスがいい。

このカップで飲むなら、まずはココアだ。飯田さんの好きな飲み物は珈琲、わたしはミルクティー。ならば間をとってココアにするのが平和的解決というもの――。

しかしその後、飯田は京子の部屋に来ることはなかった。

毛布にくるまって、ＤＶＤを見ながら、わたしは待っていたのかもしれない、飯田さんが来るのをずっと――。

京子は頭を大きく振って、過去の思い出を慌てて振り払った。遠い世界と遠い未来を見つめている飯田に、過去ばかりを思い返している京子、待っていても無駄だ。飯田はずっと先を歩いている。

「始業前にやってしまわなきゃいけないことがあるので、先に行きます。飯田さんは珈琲がこぼれるといけないので、ゆっくり来てください」

京子はマスクを外し全速力でヨコキンビルへと向かう。飯田が何かいいかけたようだったが、気づかないふりをしてそのまま走ってきてしまった。

正面玄関に到着すると、走って乱れた前髪を直しながらゲートを通り抜け、エレベーター前で足を止める。そこにはポスターを満足げに眺める一の姿があった。

両手を後ろ手に組んで右へ左へうろうろしながら、いろんな角度からポスターを見つめている。そして京子に気が付いて、「ああ」と右手を上げた。

「おはようございます、三ツ橋さん。やはり、このポスターは秀逸ですね。僕の原案がいい味を出しています」

あの独特なイラストにどうしてそこまで自信が持てるのかは不思議だったが、京子は一の姿を見てホッとした。

飯田と話し始めたそのときから、過去の自分が背後から覆いかぶさってきた。昔の思い出が胸の中で浸食を始め、心が染まりそうになった。

しかし、あれはもう終わったことなのだ。すべては思い出であり、過去なのだ。それを思い返したところで、未来へ進めるわけではない。

「佐藤さん、今日もハサミを持っていますか」

一は得意げに、ポケットから銀色に光るハサミを取り出す。

「もちろん、持っていますよ」

そうだ、今こそそれが必要なときだ――。

京子は一を見つめて、懇願した。

「切ってください。背中に、何かが絡み付いている気がします」

一は一瞬驚いた顔をしたが、すぐに穏やかな笑顔に戻り「いいですよ」と答えた。そして京子の背後にまわり、背中の真ん中あたりでハサミを開いて、「カシャン」と音をたてる。

時間にしてたった一秒、何を切ったわけでもなく、ただハサミの刃が重なる音をさせただけのこと。でもその音は京子の心へと入り込み、京子を押さえつけていた何かから解放する。

「はい、切りました」

「ありがとうございます」

もうすべて終わったことなのだ。繰り返してはいけない。京子は自分に言い聞かせた。

そして五回目の朱肉事件が起きた。

始業時間直後の営業部のフロアでのことだ。

「きゃっ、きゃああっ」

梓の叫び声がフロアに響く。梓と机を並べる同じチームの社員が梓の席へと駆け寄った。虫でも出たのかと集まった社員たちが、見る見るうちに深刻な表情へと変わってゆく。

「す、すみません。大きな声を出してしまって……」

いつになく動揺した様子で梓はデスクから落ちた書類を拾う。京子はその書類のところどころに真っ赤な染みが付いているのに気が付いた。

朱肉だ——。

京子は一のもとへメッセンジャーを飛ばす。

朱肉事件が再び起きた。現場は木田梓の席、朱肉がつけられていたのはパソコンのキーボードだ。

社内のパソコンは、管理のしやすさのために同一メーカーのもので統一されていた。デスクトップ式とノート型、二種類のタイプはあるものの、その本体の色はどちらも黒だ。朱肉がつけられていても見ただけではわからない。

一はすぐにフロアに現れた。階段を走ってきたのか、息が乱れている。

「こちらは人事部で片づけますので、皆さんは仕事に戻ってください」

一は梓の席の周りにいた社員たちにそう言って、心配そうに様子をうかがっていた根岸部長に頭を下げた。根岸部長は「よろしくね」と答え、何事もなかったかのように仕事を始める。根岸部長の姿を見て、手を止めていた社員たちもいつも通りの業務へと戻った。

京子はいつも通りの穏やかな根岸部長の対応にホッとしながら、その手前の席で目を止めた。

美月が静かに顔を俯(うつむ)かせている。何かあるといつも一番大げさに騒ぎ立てる美月が今日に限ってずいぶんと大人しい。業務に追われて余裕がないようにも見えないので、余計に気になった。

「三ツ橋さん、木田さんを給湯室へお願いします」

一に声をかけられて、慌てて梓のもとへ駆け寄った。とりあえず今は、この事態を穏便に収束させることだ。

「衣服にはついていないようですね。朱肉の付着はキーボードだけのようですから、パソコンの電源を落としてキーボードだけ交換をしてもらいます」

一はテキパキと指示を出して、梓のデスクを片づけてゆく。

「木田さん、行きましょう」

「ひとりで行けるから、いいわよ」

「いいえ。一緒に行きましょう」

誰かと一緒にいたほうがいいときがある。京子は梓の背に手を添え、寄り添うようにしてフロアを後にした。


給湯室はトイレへ向かう手前にひっそりと設置されている。

一畳ほどのスペースに流し台とガス湯沸かし器がつけられていて、ガス台がない代わりに電気ケトルが置かれていた。お茶を淹(い)れたい社員たちはここで各自好きなタイミングでお茶を淹れる。

京子は湯沸かし器のスイッチを入れ、ぬるめのお湯を出して梓に手を洗うように勧める。

「手洗い石鹸(せっけん)より食器用の中性洗剤の方が落ちると思います」

「わかっているから大丈夫。わたしは二度目だもの」

梓は落ち着いた様子で手を洗い始める。京子は棚から新しいタオルを出して、流し台の上へと置いた。

　梓の言うとおり、彼女が朱肉事件の犠牲となるのは二度目なのだ。しかも今回の朱肉事件は今までと違って、確実に梓一人をターゲットとして朱肉を付けている。不特定多数をターゲットとした今までの朱肉事件とは違っていた。

「木田さん、お湯、ぬるくないですか。もう少し温度をあげましょう」

　流し台から撥(は)ねた水の温度に気付いて、京子はガス湯沸かし器の設定温度を変えようとする。

「冷たいくらいでいいわ。その方が気持ちいい」

　そう言った梓の表情がひどく寂しげに見えて、京子は黙って設定温度を上げる。冷たいとか寒いとか、そういう感情は人をマイナスの感情へと引き込む。今のようなときには、温かい方がいい。

　京子の行動に気付いた梓は、小さく笑って「ありがとう」と言った。

「この前、朱肉が付けられたノースリーブのセーター、ドルガバの新作よ。ミンクを編みこんである素材で、肌触りがすごくいいの。クリーニング屋にこの染みは落ちないって突っ返されたわ」

「高そうですね」

「三万ちょっと……、だったかな。まぁ、わたしが悪いんだけどね」

木田さんが悪いんだろうか——。

ノースリーブのセーターに三万円。京子はその値段に頭をクラクラさせながらも、梓の言葉について考える。

前回の朱肉事件の後にも、梓は「わたしが悪い」と繰り返していた。不倫は良くないことだが、だからといって朱肉を付けられる理由にはならない。梓の言う「悪い」と朱肉事件は別問題だ。

そして京子が今着ているセーターは、大型衣料品店で五千九百円、雨の日割引を狙ってさらに十パーセントオフで購入したものだ。さらにこのセーターには両腕にちゃんと袖が付いている。

「木田さんは袖のあるセーターを着るべきです。袖があれば、気持ちも楽になりますよ」

袖があるというのは素晴らしいことだ。いくら暖かいコートを上に羽織ろうとも、その下に着ているセーターに袖があるかないかでは、保温性は天と地ほどに違う。

京子は長袖の素晴らしさを熱く語り、ガス湯沸かし器の設定温度をもう一度上げた。

「三ツ橋さん、熱い」

「え？　わっ、すみませんっ」

京子は慌てて設定温度を下げる。梓は「冗談」と笑ってお湯を止め、京子の出した夕オルで手を拭いた。いつもの梓らしい笑顔だった。

「ほとんど落ちたわ。ありがとう」

京子はしばらく休憩室にいることを勧めたが、梓はデスクに戻ると言った。

「パソコンは使えなくてもできる仕事はあるし、わたしのせいで業務が滞るのはイヤなの」

前回の朱肉事件のときもそうだ。あれだけの騒ぎになりながらも、梓は何事もなかったかのように席へと戻り自分の仕事をこなしていた。

梓の仕事ぶりは昔から評判が良かった。思い返してみれば、新人研修の頃からそうだった。梓は何事もそつなくこなし、頼まれた仕事に真摯に取り組む。華やかな容姿のせいで、軽そうな印象があるが、決してそうではない真面目な社員なんだ。


給湯室から戻ると、営業部のフロアはピリピリとした空気に包まれていた。

静まり返ったフロアの中で、社員たちの視線を一身に集めているのは、星野美月だ。

美月はその視線を背中に受けながらも、自分は無関係だというように、顔を俯かせて席に座っている。

梓は京子に「ありがとう」とだけ言って、自分の席へと戻った。汚れた書類はデスクの上にまとめて置かれ、キーボードは撤去されている。緊張感のある空気をものともせず、梓は汚れた書類の整理を始めた。

美月のデスクがある斜め後ろ、営業部フロアのちょうど真ん中にいる一のもとへと京子は駆け寄る。一は声を潜めてこの状況について説明をした。

「今朝一番に出勤したのは星野美月さんだそうですが」

「星野さんが――」

いつもの美月は最後から数えたほうが早いくらいに、出勤時間は遅い。でも思い返してみると、今朝に限っては京子が来る前からフロアにいた。

梓のキーボードに付けられた朱肉は、乾き具合からして今朝付けられた可能性がたかい。だから最初に出勤した人に話を聞こうとなったのだ。

「しかし星野さんは自分よりも先にいた人がいるとおっしゃっています。でもそれが誰か答えようとしないので、ちょっとおかしな空気になってしまって」

「なるほど」

先に出勤したからといって、犯人と決めつけているわけじゃない。ただ話を聞きたいというだけなのだ。それなのに美月は、自分より先に誰かがいたと言ったきり、それが誰なのか何をしていたのか答えようとはしない。

根岸部長がなだめるように美月に声をかける。

「えーっと、星野くん。キミが犯人だと言っているわけではなくて、ただ事実を確認したいだけなんだよ。野村くんが出勤したときに、フロアにいたのはキミだけだったようだけど」

「……そうだけど、そうじゃないんです」

美月は顔を俯かせながら、返事になっていない答えを繰り返す。

一は美月に歩み寄り、優しく尋ねた。

「では星野さんが来たときに、誰かいたのは間違いないんですね」

一は落ち着いた声で尋ねる。

「……いました」

「どなたですか」

「…………」

美月はそのまま黙り込んでしまった。美月がここまで隠そうとする相手は一人しか思いつかない。ならば、違う方法で確認をするまでだ。

「佐藤さん、守衛室に確認しましょう」

「ああ、そうですね」

ヨコキンビルの各フロアは、守衛室からロックがかかるようになっている。最初に出勤をした社員は守衛室でロックを解除してもらい、最後になった社員は守衛室でロックをお願いする。

その際、守衛室で社員証を見せ記帳を行うことになっているので、今日の記録を見れば誰が一番初めに出勤したかはすぐにわかる。

一が内線をかけようとしたとき、美月が観念したように口を開いた。

「……湯橋主任です」

やはり、そうだったか——。

美月は湯橋が来ると知っていて、朝早く出勤したのだ。

「湯橋主任と会う約束をされていたのですか」

一が尋ねる。

「いえ、約束というわけではなくて、早めに来るって聞いていたので、わたしも早く出勤しました」

「湯橋主任は何をされていたんでしょうか」

「………」

美月は再び無言になった。うつむいた表情で目を泳がせる美月の表情を見て、一は尋ねる。

「木田さんのデスクで、湯橋主任は何かをしていたんですね」

美月は無言のまま、頷いた。

湯橋主任が木田さんのキーボードに朱肉を付けた――。

でもどうして湯橋が梓を陥れる必要があったのか。梓は美月の発言や好奇の視線をものともせずに、落ち着き払った表情で自分の作業を続けている。

ちょうどそのとき、システム部から梓の新しいキーボードが届いた。その設置が始まったために、話はそのまま終わりとなった。

京子は一とともに外へ出た。湯橋が出勤していたことを確認しなければならない。そして今、どこにいるのか。


守衛室から戻ってきた京子は、電話をかけている一の姿を見て、黙って隣のデスクへと座った。

今日も人事部は一以外の席が空席だ。背の順に並べられたファイルが数冊、ペン立てと消しゴムや付箋が入れられた小さな缶が置かれている。整頓されたデスクで一は、ため息とともに受話器を置いた。

「湯橋主任、電話に出ませんか」

「出ませんね。自宅にも戻っていないようです。守衛室はどうでした？」

「確かに湯橋主任の名前が記帳されていました。時間は七時五分、守衛さんにも確認しましたが、本人で間違いはないようです」

美月の話は事実だった。営業部のフロアの鍵を開けたのは湯橋で間違いない。

「エントランスゲートの履歴はどうですか」

一階のエントランスゲートは、社員証でタッチした時刻が記録に残り、その履歴は総務部で管理されている。京子が守衛室に向かう前に、一は湯橋の記録を問い合わせていた。

「今メールで返事をいただいたところです」

一はデスクに置かれたノートパソコンを京子の方へと向ける。

「出社時刻しか記録されていませんね」

湯橋主任の社員番号の横、左側にだけ七時七分の表記がある。退社時刻が記載されるはずの右のスペースは空欄になっているので、湯橋主任はエントランスゲートから外には出ていないということだ。

「まだ社内にいらっしゃるってことでしょうか」

「そう思って、各フロアを確認してもらいましたが、湯橋主任の姿は確認できませんでした。ちなみにこれは星野さんの記録です」

新しく開かれたファイルに、美月の出社時刻が表示される。

「星野さんの出社時刻は七時三十分。湯橋主任とは約二十分の時間差がありますね」

いつも九時前に出勤する美月が七時半に出社、確認したところ急ぎの仕事はなかったようだ。そうなると美月の目的は、湯橋と会うことだったんだろう。湯橋は、早朝に出勤することを美月に話したのかもしれない。

でもおかしい。湯橋が梓のキーボードに朱肉を付けに来たのだとしたら、どうして今日来ることを美月に話してしまったんだろう。美月の性格からしても、じっとしていられないタイプであることはわかりそうなものだ。

「三ツ橋さん、考えてみたのですが」

一は今回の朱肉事件における考察を話し始める。

「今までの朱肉事件と今日の朱肉事件では、違いがありすぎます。不特定多数のターゲットに対して、木田さん一人を狙っている点。誰もが出入りできる場所を選んでいたのに対して、限られた部署の人間しかいない場所を選んでいる点。そして何より、犯人を限定しやすいずさんな計画」

一の言うとおりだ。こんなやり方をすれば、ある程度犯人が絞られてしまうことは想像が付く。これまで巧妙に身を隠しながら、犯行を行ってきた犯人の考えとは到底思えない。

「おそらく今回の犯人は、今までの犯人とは違います」

一の言葉に京子も同意した。

そして今回の犯人は、湯橋である可能性が限りなく高い。でも動機は不明だ。

「佐藤さんは、湯橋主任が犯人だと思いますか」

「状況を踏まえれば、おそらくそうでしょうね。ただ、湯橋主任は自分のために動く人ではありません。僕はそれを良く知っている」

京子も一の意見におおむね賛成だ。同じ営業部だからチームは違っても、湯橋の仕事ぶりは耳に入ってくる。

湯橋は見た目の良さだけで、仕事を成り立たせているわけではない。顧客目線に立った真摯な対応で得られる信頼が、彼の営業量の何よりの支えとなっている。

先頭から力いっぱい人を引っ張ってゆくのが飯田なら、湯橋は一番後ろから顧客のペースでゆっくりと歩いてくれる。心優しい人柄の表れた仕事ぶりが、湯橋の営業成績に繋がっているのだ。

しかしそんな優しいいい人が不倫なんてするのだから、信用しきれない部分もある。

考えていることが顔に出ていたのか、一は京子の顔を見て苦笑する。

「木田さんとの不倫について擁護するつもりはありませんが、それでも僕は、湯橋主任の優しさは本物だと思います。だから木田さんのキーボードに朱肉をつけたのが彼だとするならば、おそらく誰かのためにやったことだと思うんですね」

「誰かのためってことは、木田さんでしょうか。もしくは、今連絡を取り合っているという星野さん——」

　京子がそう言ったとき、一がシッと唇に人さし指を当てた。足音に振り返ると、そこには星野美月の姿があった。

「あの……、失礼……します」

「やはり、星野さんにお話を聞くのが早いかと思いまして、来ていただきました」

　一はそう言って、自分の正面の席へ座るように美月に勧めた。美月はおどおどしながら席に着く。

「湯橋主任のことはもう隠す必要はない。なのにどうして、こんなにも動揺しているのか。

「湯橋主任と連絡を取ることができないんです。星野さんから連絡をしていただくことはできませんか」

「えっと……それは……」

　美月は叱られた子供のように、顔を俯かせて小さな声でもごもごとしゃべる。

「ちょっと……難しい、かと……」

「人目を忍んで出勤したり、逃げるように姿を消したり。湯橋主任は追い詰められているんじゃないかと思うんです。だから急いで連絡をとったほうがいい」

　一の言うことはもっともだ。犯人かどうかは別としても、湯橋の行動には疑問が多すぎる。普通の精神状態じゃない可能性は高い。

それでも美月は黙っていた。

やっぱり、おかしい――。

美月だって湯橋主任のことは心配なはずだ。だからわざわざ早起きをして会いに来たんじゃないのか。それなのに、頑なに連絡を取ろうとしない理由と言ったら……。

それまで黙っていた京子が口を開いた。

「星野さんは、今日はどうして早朝に出勤をしたのですか」

「それはさぁ……その」

「湯橋主任が朝早く来るとわかったからですよね」

「……うん。まぁ、そうかなぁ」

質問者が京子になって安心をしたのか。美月は少しずつ落ち着いて話し始める。

「湯橋主任が今朝早く、会社に行くって言ってたからぁ。別に誘われたわけでもなかったんだけど、少しでも会いたくて……」

今朝の朱肉事件の犯人が湯橋であるなら、どうしてわざわざ会社へ行くことを美月に告げたのか。

いや、待って。星野さんの今のセリフは、すごく覚えがある――。

京子は、梓にストーカーをしていた頃の美月を思い出した。梓のツイッターを見ては、誘われてもいないのに後を追いかけまわしていたあの頃のこと。

「星野さん、確認させてください。あなたは本当に湯橋主任と連絡を取り合っていたのですか」

京子の言葉に、美月の目が再び泳ぎだす。一が真相を探るような目で、じっと美月の表情を見つめている。

「湯橋主任の情報を一方的に知る立場にあったんじゃないんですか」

そう言った瞬間、美月は「ごめんなさいっ」と頭を下げた。

「嘘をついたわけじゃないの。でもごめんなさい」

黒目がちの瞳を涙で潤ませて、美月は「ごめんなさい」と繰り返す。京子が困って一の方を見ると、一が代わるというように片手を上げた。

「詳しく話していただけますか？」

一が優しく尋ねると、美月はスマートフォンを出して操作する。そしてインスタグラムを立ち上げた。京子は使ってはいないが、写真を共有するアプリだということは知っている。

「インスタグラムってぇフェイスブックやツイッターに繋げて使う人が多いんですが、湯橋主任はインスタグラム単独で使用されています。おそらく知り合いとは繋がりたくなかったんだと思います」

美月が開いた画面には、空や木々や道端の小さな花、そして幼い娘さんらしき後ろ姿の写真が並んでいた。どれもスマホで撮った写真のようだが、加工がしてあってちょっとしたアート写真のように見える。湯橋にこんな趣味があるとは知らなかった。

「一年前に一緒にランチを食べたとき、たまたま写真の話になったんです。きれいな空の写真が撮れたって見せてもらってぇ、そのとき見せてもらったのがインスタグラムの画像だったんです」

そして美月は驚くべき記憶力で瞬時に湯橋のアカウント名を記憶し、インスタグラムで検索をかけて他人のふりをしてフォロワーになった。

つまり美月はいつものごとくストーカー力を発揮して、湯橋を監視していただけなのだ。

『プライベートで連絡をとるって言ってもぉ、付き合っているわけではないんです。湯橋主任は時々わたしに近況を教えてくれてぇ、わたしはそれを見守るだけの関係です』

京子は嬉々として話していた美月の言葉を思い出す。確かに「近況を教えてくれて、それを見守るだけ」の関係ではある。

「今朝は六時に湯橋主任がマンホールの写真を上げていたんです。湯橋主任、川崎市のマンホールのふたを見ると写真に収めていてぇ、子供みたいでかわいいなって。あ、それでその写真の端に湯橋主任の革靴が映っていたので、仕事に向かうんだと思ったんです。だって来月から異動になるんですから、近いうちに荷物を取りにくるはずでしょう。湯橋主任、最近は取引先に挨拶をしてまわっていたんですけど、それにしては時間が早すぎるので、きっと会社に寄るんだと思って慌てて家を出ました」

泣きながらも自分の興味ある事柄だけは上ずった声をあげてしまうのは、美月の性分なのだろうか。

ああ、うっかりしていた。なんてことだ。美月のすさまじいストーカー力は何度も目にしてきたはずなのに――。

もっと早く気付くべきだった。美月は一度も湯橋と連絡を取り合っているとは言っていない。こちらが勝手にメル友だと解釈しただけだ。

「だから連絡をすることはできないんです。コメントを残すこともできますけどぉ、いつ見てもらえるかはわかりません」

湯橋のことを話し終えると、美月は途端に声のトーンを下げ、子供のように涙をポロポロとこぼす。

悪気はなかったのだろう。ただ湯橋との関係において梓より優位に立った気がして、嬉しくなって自分を抑え込むことができなくなった。だから周りが勘違いをしていることにうっすら気づきながらも、否定をしなかった。

京子はそんな美月の無邪気な幼さをよく知っている。この人はこういう人なのだ。そういう彼女を受け入れ見守ってきた。

いつも通りにそう理解をした京子だったが、口をついて出た言葉はまったく別のものだった。

「星野さんはもっと周りを見るべきです。自分の感情だけに浸ってはいけません」

風船がぱんっと割れるように、京子は一息にそう口にした。

今までじっと黙っていた京子の突然の言葉に、泣いていた美月は驚いて顔を上げた。

両目と鼻の頭を真っ赤にしている美月に対して、押し寄せる同情をぐっと押し殺す。

口元に手をあて、一は視線を伏せながら黙っている。ひとまずこの場を京子に任せてみようとしているのだ。京子はそう理解して、お腹の真ん中にぎゅっと力を入れる。

いつもみたいに、ただ流してしまってはダメだ。星野さんに伝えなければ――。

そして空気をいっぱい吸って、胸に湧き出す熱い思いをそのまま言葉にした。

「星野さんは、みんなの知らない湯橋主任の一面を知ることができてうれしかったでしょう。星野さんだけが特別に繋がっているように思えて、周りがどう思っているのか、勘違いをしていてもかまわないと思ったのでしょう」

美月に付きまとわれるようになって三年半、京子が知る美月とはそういう人だった。

感情に踊らされ、安易な考えに飛びつき、失敗を繰り返す。その結果どんなに責められようとも怒られようとも、次の日にはケロリとして同じことを繰り返す。

「今までどれだけの人があなたに手を差し伸べて来たか、わかりますか。根岸部長も佐藤さんも、湯橋主任があなたに優しくしたのだって、星野さんが孤立していることに気付いていてそうしてくれたのかもしれない。それなのにあなたはいつも、自分の感情を優先させて、手を差し伸べてくれたひとたちの優しさを踏みにじる」

京子は口調に熱がこもってくるのを感じていた。ずっと出番を待っていたかのように、次から次へと言葉が溢れ出してくる。そして溢れ出す言葉のその先で、最後に取り出されるのを待っている感情に、京子は少しずつ気付いていた。

「自分の感情だけに閉じこもってはいけないんです。だから孤独なんです。寂しくなっておかしなことをしてしまうんです。あなたはもっと周りを見るべきなんです」

「周りは見てるもん。みんなが勘違いしてるってこともわかってた。だから申し訳ないなって思ってるよ」

美月は開き直ったようにそう言う。

「でもわたし、この一年ずっとここから湯橋主任のプライベートを観察するのを楽しみにしていたの。みんなに話したら、もうこんなことできなくなっちゃうでしょう」

「それがあなたの感情を優先させていると言うんです。それに星野さんが本当のことを言わなかったせいで、一番傷ついたのは湯橋主任なんですよ」

「湯橋主任は関係ないよ」

「関係あります。湯橋主任は木田さんとのことで、評判が落ちているんです。これで星野さんとまで連絡をとっているとなれば、どれだけ最低の人だと思われるか。現にわたしは湯橋主任が大嫌いになりました」

長くしゃべることに慣れていないので、ところどころで舌が絡まる。言葉がつまり、言い淀（よど）んでしまう。それでも京子は言葉を続ける。

「あなたは自分の一番大切にしたいと思っているものでさえ、自分の感情を優先させるために台無しにしてしまうんです」

同期の子と上手くいかなくなり、孤立してゆく美月に気付いていた。梓に付きまとい、嫌がられていることに気付いていた。自分のことに一生懸命になりすぎて、他のいろんなことが見えなくなっているせいだってこともわかっていた。

「わたしはそれに気付いていながら、今まで何も言わずに見て見ないふりをしてしまいました」

それどころか、付きまとう美月をうっとうしく感じて、一に縁切りをお願いした。

京子は立ち上がり、美月に頭を下げる。

「すみませんでした」

もっと早く、言えばよかった。今まで何度となく、美月がおかしいと思ってきたんだ。尋常じゃないほどに梓を追いかけまわしていたあのときに、それだけ追いかけまわしていたのにもかかわらず突然梓から興味を失ったあのときに、ちゃんと話をするべきだった。

「京子ちゃん、あの……わたしこそ、ごめんね……。あの、だから座って」

美月の言葉に京子はゆっくりとイスに座る。今になって、怒濤のごとくしゃべり倒した自分が恥ずかしくなってきた。

今はこんなことをしている場合じゃなかったはずだ。なのになぜ——。

この場で空気が読めていないのは、自分なのではないだろうか。京子がそう自分を責めかけたとき、美月はいつも通りの間の悪さで持論を述べ始めた。

「でもね、京子ちゃん。わたしこんなに好きな人は、この先現れないかもしれないの」

やはりこの場の空気が読めていないのは美月だった。

そうだ、この人はこうして何度も京子の期待を裏切ってきたのだ。でもだからこそ、美月は美月であって、それに呆れながらも心のどこかで楽しい人だと思ってきた。

「星野さんに好きな人は現れますよ」

京子は、美月をじっと見つめて言った。

「目当ての電車に乗り遅れても、次の電車が来るんです。わたしたちはまだ二十代で、これからの人生は長い。これが最後なんてこと、決してありません」

そして美月が乗ろうとしていた電車は、乗ってはいけない電車だった。落ち着いて行先表示を見て、アナウンスに耳を傾ける。そうすれば、次の電車がやってきて美月を新しい未来へ乗せて行ってくれるはずだ。

「うん……わかった。ごめんね、京子ちゃん」

美月は京子をじっとみつめて、そう言った。

ちょうどそのとき、テーブルの上に置かれていた美月のスマートフォンが揺れる。それを見て、しょんぼりしていたはずの美月が素早く携帯に飛びつく。

「湯橋主任が、新しい写真を上げました」

ディスプレイの通知を見た美月がそう言った。

「見せてください」

それまでじっと黙っていた一が、美月のスマートフォンを確認する。

「三ツ橋さん、これを見てください」

一が差し出した画面には見たことのある川崎の景色が映し出されていた。数日前、京子が目にした光景と全く同じだ。

眼下に広がるビル群とその先に見える広大な海。そしてその間には宇宙基地のようなコンビナートが見える。

「星野さんは仕事に戻っていただいて結構です。三ツ橋さん、行きましょう」

「はい」

京子は一とともに非常階段に向かった。

金網越しに広がる川崎の景色を、湯橋透はぼんやりと眺めていた。

いくつも並んだオフィスビルは仕事に勤しむ人の活気にあふれ、その先に見えるコンビナートからはいくつも白煙が上がっている。川崎の町では今日も変わらず社会生活が営まれていた。

「僕がいなくても、社会はまわっているんだな……」

透はひとり呟いて自嘲する。当たり前のことじゃないか。

目の前の光景をスマートフォンのカメラに収めた。着信を告げる表示を極力見ないようにして、撮った写真を日記代わりに使っているインスタグラムに上げた。

サイトに上がった写真を見ると、ますます見知らぬ街のように見えた。時間軸まで違う、何年も前の光景をカメラに収めてしまったようだ。つい最近までその中に自分がいたなんてとても信じられなかった。

来月からは別の町で働く。離れていったのはこの町ではなく、透の心ではないのか。

そしてそれを逃避と言うのではないだろうか。

梓はどうしているのだろう――。

彼女に申し訳ないことをしたと思っている。意図的ではなかったといえ、彼女だけが矢面に立たされるかたちになってしまった。一番責められるべきは、自分なのに。

目の前には透の背丈ほどのフェンスをさらに二重に囲んだ金網がある。それはまるで、動物園の檻(おり)の中のようだ。社会に適応できなくなった透を隔離している頑丈な檻。ずるく逃げ回った自分がついに収容された場所。

「疲れたな……」

透はスーツのまま、冷たいコンクリートの上に座り込んだ。見上げると雲一つない青空が頭上に広がっている。じっとしていたら、このまま透を吸い込んでしまいそうな壮麗さで、こちらを見下ろしている。

透は福岡県北九州市、夫婦で洋食屋を営む家の長男として生まれた。姉が二人、妹が一人の四人きょうだい。四人そろって色白で鼻筋が通り栗色(くりいろ)の髪をしていて、幼い頃は今よりずっと日本人離れをした容姿をしていた。すでに亡くなった父の祖母がイタリア人だったらしく、その影響が三代を超えた今でも残っているらしい。

姉妹に囲まれて育った透は、女の酸いも甘いも学んで大人になった。一輪の花のようにしとやかにかわいらしくある面も、ときに嵐のように激しく荒れ狂う面もあることを知っていた。しかしそれを踏まえても、透は二人の姉と妹が愛おしく、世の女性たちをかわいいと思った。

そんな透だからこそ、どこまでいっても女性問題が付きまとう。自ら進んで女性を口説くようなことはしなかったが、透が黙っていようとも女はいつもそばに寄ってきた。だからと言って、二股や浮気を楽しめるような度胸もいい加減さもなかった。しかし目の前で泣かれてしまうことにどうにも弱く、「キミのしたいようにすればいいよ」と、その場限りの優しさで接してしまう悪い癖がある。

結果的に何人もの女が透に付きまとい、ひどいときには傷害事件になったこともある。刃物を持ち出して透を切りつけ全治三週間の怪我を負わせたのは、二番目の姉に似た気が強い美人の女性だった。そんなことがあっても透は、懲りることなく女性を愛し続けた。

三十を前に結婚を決めたのは、自分への戒めのためでもあった。女性の怖さを何よりも知っている透だ。そしてその恐ろしさに心底立ち向かえるだけの強さを自分は持っていない。そろそろ潮時なのだと思い立った。

もともと声をかけるだけの度胸も持っていない。結婚をすれば、寄ってくる女性はいなくなり、大多数の既婚男性のように家族一筋のよき父親になれるだろう。透はそのとき付き合っていた女性にプロポーズをして、急ぐように籍を入れた。式は親族だけですませ、会社には報告を入れた。

子供はすぐにできた。女系家族の湯橋の血は強く、透の子供も女の子だった。妻に似て丸っこい顔つきに透の切れ長なたれ目を受け継ぎ、六歳にしてすでに男泣かせな魅力を備えているように見える。名前は雛と付けた。

自分は家族のために生きるんだ。妻は優しく、娘はお父さんっ子に育っている。妻の料理はおいしく、娘は毎晩パパとお風呂に入りたがる。家庭に何の不満もない。そんな中で、本社への転勤が決まった。

そして出会ったのが、彼女だった。

「木田梓です。今年入ったばかりの新人で至らぬところもあるとは思いますが、よろしくお願いします」

ヨコキン本社の営業部で初めて梓に会ったとき、透はまずいと思った。梓の持っている雰囲気が、二番目の姉に近い。透はそういう女性が一番好きだったが、一番警戒してもいた。透を痛い目に遭わせるのは、だいたい彼女のような存在だ。

梓はノースリーブのタートルネックセーターに膝丈のレースのスカートを穿いていた。茶色の髪をゆるくまとめて、パールがあしらわれたバレッタで留めている。後れ毛が彼女の耳元で揺れていた。

都会的な洗練された女性だと思った。

「湯橋さんのプランを聞かせていただけますか？　それを最大限に生かせるサポートをどうやったらできるのか、明日までに考えてきたいと思います」

梓は頭の回転が速く、最善策を選ぶ力に長けている。そして一度教えたことは、決して忘れない。それを褒めると、梓は苦笑いをして淡々と答えた。

「言われたことをその通りにやる。決められた日時を守る。それだけで仕事ができると言われるのは、抵抗があります」

それはその通りだ。しかし社会には、それができない人が溢れている。

透が今まで接してきた女性社員たちは、褒められると手放しで喜んだ。しかし梓は違う。彼女は自分の目標にしっかり照準を合わせている。その前段階で褒めたところで、彼女は喜んだりしない。

「湯橋さん、お茶を淹れましょうか」

席に座ったままデスクワークを続けていると、梓はタイミングを見てそう声をかけてくれる。透はあまり緑茶が好きではなかったが、飲めないわけでもない。

「うん。ありがとう」

断るのも忍びなくそう答えていたら、あるとき緑茶は紅茶に変わった。

「お嫌いですか？」

「ううん、好きだよ。ありがとう」

透は砂糖もミルクも入れないストレートの紅茶が好きだった。でもそれを梓に伝えたことはなかったはずだ。

しかし思い返してみると、何度か梓とランチをしたときに紅茶を頼んだ気がする。そしていつも淹れてもらっていた緑茶は、半分ほど残していた。

梓はその二つの情報から、透が緑茶よりも紅茶を好むのだと結論づけた。そして紅茶の専門店で湯橋が好みそうな茶葉を選んで買ってきてくれた。

「湯橋のアシスタントをしています、木田です。よろしくお願いします」

透は梓をしばしば商談の場へと連れて行った。

担当している取引先は若い女性向けのインテリア雑貨などを取り扱う店舗が多い。洗練された今っぽさを持つ梓がいると、スムーズに話が進む。

担当者が男性の場合は、また別の効果が現れた。艶やかなリップグロスが塗られた唇で微笑まれると、相手の男は釣られて微笑まずにはいられない。

梓もそれをわかっていたのだろう。相手が男性だった場合にはリップサービス多めに応対をする。

梓の観察眼は大したものだ。相手のツボを見極め、それに応じた対応をする。その結果、相手は梓に心を摑まれてしまう。

朝露に光る水晶のような糸の巣で、獲物を待ち構える蜘蛛のようだ。そしてその蜘蛛の糸は、いつの間にか透の四肢に絡みつく。

気が付くと梓のことを見ていた。梓のことを考えていた。そんなことが許されるわけがない。自分には家庭があるんだ。

　透は慌てて、娘の写真をデスクに置いた。なるべく残業を避けて、家に早く帰るようにした。娘はかわいい、妻も大切に思っている。透に家庭を壊す気などなく、梓を幸せにできないことだってわかっている。

　透は自分の度胸のなさをあらためて神に感謝した。これほどまでに臆病であれば、どんなに梓に恋い焦がれようとも手を出すことなんてできない。

　そして梓は賢明な女性だ。既婚者の自分になんて、興味を持つことはない。自分はこの想いを諦めるしかないのだ――。

　しかしいつの頃からか、一方通行だったはずの透の視線が、梓のそれと交わるようになった。梓の漆黒の瞳が透を捕らえる。全身にしびれたような衝撃が走り、透は目をそらすことができない。喉が渇き心臓が早鐘を打つ。

　このまま梓の視線から逃げられないいんじゃないか、梓の網膜に焼き付けられてしまうんじゃないか。だとしたら、自分はどうなってしまうのだろう――。

　梓は透の視線から何かを吸い取るように数秒見つめ、そしてゆっくりと目をそらす。その視線から解放されたとき、透はどうにもできないもどかしい気持ちでいっぱいになった。解放されてほっとしているのと同時に、放されてしまった寂しさで苦しい。自分自身に呆れてしまう。いい年をして、自分は一体何をしているのか。

透にとって梓との毎日は、緊張と高揚、不安と苦しみ、期待と絶望の繰り返しだった。まるで初めての恋をした中学生のようだ。自宅までの帰り道を一人歩きながら、透はいつも情けない自分を嫌悪した。

そしてあの台風の日を迎える——。

去年の十月のこと、記録的な大雨をもたらした台風二十七号が県内の交通機関を麻痺させた。透と梓は取引先のパーティーでみなとみらいのホテルにいて、そのまま足止めをされてしまった。

天候が悪くなることはわかっていたので、透は朝のうちに梓にパーティーには来なくてもいいとメールを送った。パーティーは会場を押さえている関係上、強行的に開催されるようだが、透一人が顔を出せば十分に義理を立てたことになるだろう。

しかし会場前に梓は来ていた。朱色のノースリーブのワンピースに黒のエナメルのピンヒールを履いていた。

「メール、見なかったの？　台風が来ているから、来なくてもいいよって連絡を入れたんだけど」

「え……。あ、すみません、わたし見落としてしまったようで……」

めずらしいこともあるものだ。梓が透のメールを見落としたのは後にも先にもあのときだけだった。

案の定、電車は動かなくなりタクシーは大行列。飲食店は台風のために早く閉まっていた。仕方なくホテルのバーで飲むことにした。

その日の梓は、酔いが早かったと思う。取引先と飲むときだって、あんなふうに酔うことはなかった。

「もっと仕事がしたいんです。自分が関わった何かを社会に送り出したいし、投資をして社会に貢献もしたいし、会社設立にだって興味があります」

梓は目をとろんとさせて、自分の夢を語る。梓らしい野心と自信にあふれた夢だ。

「キミならきっとできるよ」

透は本心からそう言った。そのとき、グラスから離してテーブルに置いた手に梓の肘が触れた。

むき出しの肘に触れる感覚。手入れの行き届いた梓のそれは、角質の固さなど感じさせない素晴らしい肘だった。透は手を動かすことができなかった。

「部屋に行きましょうか」

とろんとした目で透を見つめて、梓がそう言った。

透は断ることなんてできない。ここは梓の糸の上、一度囚われてしまえば逃げることなどできない。いや、梓に責任があるような言い方になってはいけない。そもそも透は、逃げる気はないのだから。

その夜から、二人の関係は始まった。

今までもアイコンタクトの上では、何度となく通じ合ってきた。透は梓と連絡を取り合わなくても、視線を交わすことでお互いの意思を確認することができた。

梓は交際の上でも聡明だった。透の立場を気遣い、余計な連絡は一切しない。妻に気付かれることもなく、二人の関係はじっと静かにそこにあり続ける。未来もなければ、突然ぷつりと終わってもおかしくない、そんな不安定な関係が梓の努力で成り立っていた。透にはそれが申し訳なく、だからと言って関係を断ち切ることもできず、その後ろめたさが幾重にも重なり梓への愛へと変わってゆく。

二人の交際が水面下で静かに停滞を続ける中、透のチームの成績はどんどん上がっていった。営業部でトップの成績を上げ、営業部の記録も塗り替えた。

異動の話が出たのは、今年の夏頃のことだ。透は最初から新しい営業部門の立ち上げのために関西支社から呼ばれた。多くの顧客を得て予想以上の利益を上げている今、その役目はすでに終えていた。

「今の仕事は野村くんに任せて、次は海外事業部で大いに活躍してもらいたい」

今すぐとは言わない。今期が終わる来年三月あたりに、異動するのはどうだろうか。

上からのメールにはそんなことが書いてあった。

海外事業部か――。

湯橋が本社へ来た頃と同時期にできた事業部だ。ニューヨークに支社を持ち、異動になれば海外勤務の可能性もある。そして海外シェアを着々と広げつつあるヨコキンにとって、重要な意味を持つ事業部だ。

そんな場所への異動を持ちかけられるのは、それだけの評価がもらえているということだ。しかし透は素直に喜ぶことはできなかった。光栄に感じながらも、後ろめたい気持ちがついて回る。

湯橋のチームの成績がいいのは、梓の活躍が大きい。しかし評価は自分のものになってしまい、そして自分の跡を受け継ぐのは野村くんだ。梓はまだ若い。自分の跡を継ぐのは難しいとしても、彼女はもっと評価されるべきだ。

透は何度となく上に掛け合った。彼女は企画制作の仕事をしたがっている。しかし営業アシスタントである彼女の異動は会社としても異例のことで、上層部の理解を得ることはできなかった。

そして十一月の大風の日――。

その日は朝から天気は大荒れになると言われていた。薄暗い雲に覆われた空を見て、透は梓との関係が始まったあの日のことを思い出さずにはいられなかった。

取引先の一社が急に見積もりを欲しがって、祝日ではあったが急きょ出勤をすることになった。こんな日に部下を呼びつける気にもならず、資料は自らすべて揃(そろ)えて取引先へとメールを送った。

窓の外は昼間だというのに怪しいほどに真っ暗だった。吹き付ける風がビルのガラスをガタガタと揺らす。

これはすんなり帰るのは難しいかもしれないな——。

そう思ったとき、携帯が鳴った。実家の母親からの電話だった。

「最近どうしてるんかと思って。元気ならええが」

透は家族そろって変わりがないことと、今は休日出勤で会社に来ていることを告げた。

「相変わらず忙しいんね。関西の会社なんかに就職するから、苦労するんよ。お母ちゃん、福岡の会社にしとけって言うたでしょう」

透の母親は、透が福岡の会社の内定を蹴って、ヨコキンに就職することに決めたことを今でも根に持っていた。さらにヨコキンを関西にある会社だと思っていて、今いる川崎も東京だと思いこんでいる。

ここは神奈川県の川崎市で、さらにヨコハマ金属株式会社は横浜にあるわけでもないんだと言ったところで、通じそうにもない。

「実はまた異動の話が出とる」

母親相手に透はつい地元なまりが口をつく。

「は？　どこによ」

　妻にもまだ話していなかった海外事業部の話を、最初に母にした。母親は海外事業部と聞いても想像がついていなかったようだが、海外への転勤の可能性があることを告げるやいなや、猛烈に反対し始めた。

「そんなのやめときんさい。雛ちゃんは来年から小学生でしょうよ。転校なんてことになると苦労するよ」

　透はそう言われて、初めて娘のことを考えた。

　そうだ。雛は来年小学校に上がるんだ。昨日だってランドセルを買う話をしたばかりじゃないか。海外勤務となれば、家族そろって転勤というわけにはいかないかもしれない。言葉の通じない国で生活するとなれば大人以上のストレスがかかるはずだ。

　それに雛はぜんそく持ちだ。勤務先の環境によっては悪化する可能性だってあるじゃないか。

　考えるべきことは山ほどあった。なのに透は今まで一度たりとも家族のことを考えてはいなかった。

　デスクに置かれた写真の中で娘がじっとこちらを見ている。一体自分は、何をしているのか。

　大きな自己嫌悪に襲われた。自分はなんてダメな父親なんだ。いい年をして、若い娘に心を奪われ、彼女自身にだってたくさんの我慢をさせている。

自分のしていることで誰が喜んでいるのか。梓は苦しんでいるし、家族も苦しませることになる。透自身だって、楽しんではいないのじゃないか。

一段と大きな風が吹き、ビルが地震のように揺れた。不意に窓の向こうを何かが落下していくのが見えた。朱色の長細い何か。

人……⁉　いや、そんなまさか——。

「アンタは昔から周りに流されてばかりなんやから」

「お母ちゃんごめん。またかけるわ」

透は電話を切って、窓の外を見る。依然として大風は吹いており、街路樹を大きく揺らしている。通りには落ち葉や枯れ木に交じって家庭ゴミの類も飛ばされて落ちているが、人が落ちたような形跡はなかった。

しかし湧き上がるモヤモヤとした思いはすぐには消えない。透はフロアを出て屋上へ向かった。

透が梓との密会の場所とした非常階段の先に屋上があることは知っていた。立ち入り禁止という話だったが、施錠されているかは知らない。

鉄製の非常階段を、透は必死になって上がって行く。ビルの間を吹き抜ける風が階段を揺さぶり透の視界を遮った。スーツのジャケットが風にはためくのを左手で押さえつけ、右手で階段の手すりを持って必死に一段一段を上がる。

窓の外を落ちてゆく朱色の影を見たとき、透の脳裏に浮かんだのは梓の姿だった。一年前の台風の日、梓があの朱色とよく似たワンピースを着ていた。普段着では目にしない鮮やかな朱色が、健康的な肌色の梓をますます血色良く、美しく見せていた。

まさか梓が――。

そんなわけがない。梓は今日バーベキューに出掛けると言っていたじゃないか。天気が悪いから中止になるかもしれないけど、そのときは代わりに飲み会になるんだ、と。

違うとわかっていても、透の頭の中では朱色のワンピースを着た梓が窓の下を落ちてゆく光景が繰り返される。透は必死になって階段を上がった。息は切れ、ワイシャツの裾がウエストからはみ出しても、一心不乱に屋上を目指した。

必死の思いで屋上に着くと、腰の高さよりちょっと低いくらいの鉄製の扉があり、その鍵は開けられていて中途半端に開いていた。誰かがいるようだ。

扉を開いて中に入ると、目の前に朱色の板が転がっている。透は板を拾って顔を上げる。見ればコンクリートの床の上に、いくつもの同じような板が散らばっていた。

さっき窓の外を落ちて行った朱色の影は、この板だったんだ――。

散らばる板の先にスーツ姿の男が立っている。激しく吹く風の中で、男がゆっくりと振り返った。

「湯橋主任――」

男は透の名前を呼んだ。首から社員証をかけているので、ヨコキンの社員だろう。ジャケットの前ボタンをはずして、ネクタイを緩め両手に軍手をはめている。足元に散らばっていた板をまとめているところを見ると、ここで片づけをしていたようだ。

「初めてお会いします。僕は人事部の佐藤一です」

そう言えば、誰かが話していた。休職をしていた人事部の社員が復帰するという話だったが、それが彼だったのか。

透は自分の乱れた服装に気付いて、慌てて身なりを整えた。

「すみません。窓の外を何かが落ちていくのが見えて、慌ててここに来たものですから」

「え、外にも落ちたんですか。怪我をした人がいなければいいんですが」

「大丈夫そうでしたよ」

透は一に窓から見た様子を話した。一はよかったと胸を撫で下ろす。

「一体何があったんですか」

透はそのとき一から屋上にある社の話を初めて聞いた。三十年もの間、ヨコキンビルの屋上で静かに会社を見守ってきた社が、風で倒壊してしまったのだという。透が手にしていた板も社の一部だった。

それから透は、一がひとりでやっていた社の片づけを一緒に手伝った。一には恐縮されたが、今日の仕事はほとんど終わっているのだ。それにこの惨状を前にして、一を残して帰ることなどできなかった。

一は話好きのようで、片づけを手伝っている間、いろんな話を透に教えてくれた。実家が神社であること、この社ができた理由、人事の仕事の面白さ、休職中にあった出来事。

中でも印象に残っているのは、ヨコキンに勤める社員の父親に会った話だ。

「ヨコキンビルの前をうろうろしている年配の男性がいて、不審者かと思い声をかけたんです。そしたらそのとき入社したばかりの社員のお父様でした」

一が入社試験を担当したというその社員は、若いのに落ち着いていて真面目な女性だった。父子家庭で、転勤が多く苦労をかけてしまったことを、父親は今でも気にしていた。

「仕事でたまたま近くまで来たので社屋の前まで来てみたものの、娘に連絡をすることははばかられてうろうろとしてしまったそうで」

「そこをあなたに見つかったんですね」

「そういうことです」

転勤が続くということは、それだけ娘に苦労をかけてしまうということだ。娘の勤務先まで覗きに来てしまうほどの不安が付きまとう。

透は一人娘の雛のことを思った。そして今日この日まで、雛のことを少しも考えてやれなかった自分を恥じた。このままではいけない。流されてばかりいては、いけないのだ。

そして透は一に伝えた。

「またあらためてご相談に伺いますが、僕には異動の話があります」

「聞いています。海外事業部ですよね」

一は「栄転ですね。おめでとうございます」と付け加えた。

透は苦笑いで首を横に振る。

「その話はお断りしようと思います」

「え、でも……」

「もちろん、会社の決定に従わない社員がどういう処分を受けるのか、僕にも想像がつきます。それも踏まえた上で、相談をさせてもらいたいんです」

一は透をじっと見つめて、ゆっくりと頷いた。

「わかりました」

あの日から、二週間が過ぎようとしている。いつ辞令が出ても良いように引き継ぎだけは早めにすませておいたが、不倫の代償としての異動を万全の態勢で受け入れることとなってしまった。

時折冷たい北風が透の身体に吹き付ける。もうすぐ本格的な冬になる。屋上の北東に位置する角に真新しい社が建てられていた。巻かれた紙垂(かみしで)もしめ縄もすべてが新しく、日の光を浴びて輝いているようだ。

透はポケットに入れてあったお財布から小銭を出して、社の前に置かれた小さな賽銭箱(さいせんばこ)にお金を入れた。

二礼二拍一礼。作法にのっとり、手を合わせた。

ここでやるべきことは、今日ですべて終わった。あとは神様の言うとおりに、罪と罰を背負って新しい人生を生きていきます、と――。


一と京子は必死になって非常階段を上がっていた。湯橋に逃げられてしまったら、話が聞けなくなってしまう。

「学生時代は陸上部だったんです」

そう言いながらも一はそんなに速くはなかった。京子が後ろから急(せ)かすように背中を押すと、「三ツ橋さんと僕には年齢差があります」と不機嫌そうに言い訳をした。

京子にはそんなことはどうでもよかった。湯橋がこの先にいる。何を考えているかはわからないが、今を逃すわけにはいかない。

「佐藤さん、急ぎましょう」

京子は再び一の背中を押した。

6

人事部の隣にある小会議室。

穏やかな日差しがブラインドの隙間から差し込む中、京子は一と並んで座って、長テーブルを挟み湯橋と対面していた。湯橋は紳士服の店頭に飾られていそうな模範的な紺色のスーツ姿で、緩んだネクタイがここ一週間の彼の疲れを表しているようだ。

席に着くなり、湯橋は頭を下げる。

「朱肉は自分が付けました。ご迷惑をおかけして申し訳ありません」

穏やかな声で淡々とそう言う湯橋の姿に、京子は面食らった。

携帯の呼び出しに応じず屋上に逃げていた湯橋が、あっさりと罪を認め謝罪するなんておかしい。

「それは今朝のことを言っているのですか」

一は冷静に透に尋ねた。

「いいえ。自動販売機に付けたのも、この小会議室のドアノブにつけたのも、それより以前の二件についても、僕がやりました。すみませんでした」

湯橋はすべての朱肉事件について罪を認め、謝罪をしている。

今朝のことはともかく、他の四件については湯橋の仕業とは到底思えない。特に小会議室のドアノブに付けられていた一件については、湯橋は被害者でもあるのだ。

「あの時はうっかり自分の手に付いていたことに気付かず、木田さんの服につけてしまったんです。それがあれだけの騒ぎになってしまって、彼女には本当に申し訳ないことをしたと思っています」

湯橋は京子の疑問に淡々と答える。

「会社に不満がありました。ヨコキンは出世レースが激しくなく、社内がギスギスしていないのが良いところだといわれます。しかし逆を言えば、野心を持った人間にとっては物足りない環境だといえます」

京子は月次会議で発表をするときの湯橋の姿を思い出した。穏やかな声で話す姿は会議のときと変わらない。用意されてきた言葉に、感情は少しも見えなかった。

「湯橋主任はご自身の立場に不満があったのですか」

一の疑問に、京子も内心同じように思っていた。良い結果を残してきたからこそ、湯橋は主任なのであって、それなりの評価は受けているように見える。

「いえ、僕のことではありません。木田くんのことです」

それはそうだ。湯橋にそんな野心は見えないし、湯橋の活躍の裏にはいつも梓がいた。湯橋が梓の評価を求めるのは当然のことだった。

「僕はこんな性格なので、強くアピールすることが苦手です。こんな僕の部下でなければ、彼女ももっと評価してもらえたと思うんです」

梓の評価は営業部でも決して低くはなかった。今はまだ横一線である同期の中で、いずれ一番の出世頭となったはずだ。

しかしその「いずれ」がいつになるのか。人事異動の緩やかなヨコキンでは、おそらく遠い先のことだろう。

「佐藤さんと初めて会った日、朱肉事件の話を聞かせてもらいましたよね」

京子の隣で一が「そう言えば」とつぶやく。

すかさず京子が「そう言えばではない」というツッコミの視線を送ると、一は苦笑いで顔を背けた。

「子供じみていて恥ずかしいのですが、その頃の僕は会社への不満で今にも爆発しそうでした。だから最初はエレベーターのボタンに、次は階段の手すりに、朱肉を付けて騒ぎになると心がスッとしました」

三十年前の朱肉事件の犯人と同じだ。会社への不満をどこへ持って行っていいかわからず、事件を起こすかたちで憂さを晴らす。一の話を聞きながら、湯橋は三十年前に事件を起こした社員と自分を重ねていたのだろうか。

しかし腑に落ちない点がいくつもある。中でも一番気になるのは、今朝の一件だ。

「木田さんのキーボードに朱肉を付けたのはなぜですか？　湯橋主任は木田さんに同情をしていたんですよね」

京子が尋ねると、湯橋はその質問を待っていたかのように、丁寧に事情を話し出した。

「僕のせいで木田くんは責められる立場になってしまったので、どうにかして彼女を救いたいと思っていました。でも僕が何を言っても逆効果だし、それなら彼女をかわいそうな被害者にしたらどうかと思ったんです」

「それは木田さん自身も傷つけることになるとは思わなかったんですか」

「思いました。それでもあんな事件が起これば、一番に疑われるのは彼女を良く思っていなかった人たちです。結果的に彼女を救うことになればいいと思ったんです。……でも星野くんがあんなに早く出勤してくるとは思わなくて」

湯橋は営業部のフロアの鍵を開け、梓のキーボードに朱肉を付けた。そして自分の荷物をまとめたところで、フロアの施錠をせずに会社を出るつもりだった。そうすれば営業部のフロアの鍵は湯橋が帰ってしばらくのあいだ、開いたままになり、他のフロアの誰かが梓を狙って事件を起こすことができる状況になる。

営業部で一番早く出勤するのは野村主任で、時間は早くても八時過ぎだ。時間も十分にあったはずだった。

　しかしその計画は、美月によって無残にも破られる。彼女の姿に驚いた湯橋は、慌ててフロアを出てしまい会社を出ることもできずに、非常階段を使って屋上まで逃げた。美月の間の悪さがここに来て、良い方へと転んだようだ。

「星野くんの姿を見たときにもうダメだと思いました。だから屋上で心を落ち着かせて、それからきちんと話をして謝ろうと思ったんです」

　湯橋は再び頭を下げた。

「ご迷惑をかけた皆さんにはお詫びします。あと今回の朱肉事件で出た被害は、弁償をしますので」

「わかりました」

　そう言った一に、京子は真意を覗うような視線を向ける。一は一瞬だけ京子の方を見て、小さく頷いた。

　ひとまずここは、湯橋の言い分を受け止めよう。そう考えているようだ。

「湯橋さんにお話しいただいたことを上に報告して、その後、あらためて今後についてお話をさせてください」

「わかりました」

「湯橋主任」

京子が声をかける。

「月次会議のあった日、七階の自動販売機の商品取りだし口に朱肉をつけましたよね」

「はい。すみませんでした」

「すみません。湯橋主任を責めているわけではありません」

話をするのは難しい――。

京子はそう思いながらも、質問を続ける。ちょっと上手くいかなかったからって諦めてはいけない。これは今、確認しなければいけないことだ。

「そのとき湯橋主任は、木田さんのためにミルクティーを買われたと思うのですが、その後に朱肉を？」

湯橋は一瞬息をのむようなそぶりを見せた後、いつものように微笑んで答えた。

「はい。購入した後に付けました。有田さんを泣かせてしまったようですね。申し訳ありませんでした」

そして最後にもう一度頭を下げて、湯橋は部屋から出て行った。

営業部のフロアには寄らずに、このまま自宅へ戻るという。混乱を避けるために、一もそう勧めた。

湯橋がいなくなった小会議室で、京子は一に尋ねた。

「うーん、どうしますか、佐藤さん」

「うーん、どうしましょうねぇ、三ツ橋さん」

京子は一とともに腕を組んで考え込む。

湯橋は自分を犯人だと言っているが、それはどうにも腑に落ちない。

いくら自分の部下で特別な関係にある相手だからといって、彼女の出世がうまくいかないために朱肉で憂さを晴らそうとなんてするだろうか。孤独に追い込まれた当人が起こした三十年前の事件とは大きく違う。

「湯橋主任は犯人をかばっているのではないでしょうか」

「僕もそう思います。しかし、だとしたら該当する人物はひとりだけです」

木田梓――。

湯橋が朱肉事件の罪を被ってまで守ろうとする相手は彼女しかいない。

京子は今日の梓の様子を思い返す。先週末に美月とやりあったときに比べて、今日はひどく冷静だった。あの余裕は、湯橋がこれから何をするかわかった上で生まれたものではないのか。

「僕、ずっと気になっていたことがあるんですが」

一は記憶を辿るように目線を泳がせたあと、「うん、やっぱりそうだ」とひとりつぶやく。

「なんですか」

「四回目の朱肉事件のとき、木田さんはセーターの染みを確認したあと、すぐに湯橋主任に声をかけましたよね」

「思い当たることがあったからでしょう」

梓は非常階段で湯橋と密会して、腰に手を回された。だから染みを見て、それが湯橋の手から付いたものだと気付いた。

「でもあのとき、木田さんは『朱肉』と言ったんですよ」

「え……」

京子はあらためてあの日のことを思い返す。セーターの染みに気付いた梓は、書類棚の書類を手にする湯橋に声をかけた。

『湯橋さん、触っちゃダメっ。朱肉が――』

ああ、そうだ。確かに、朱肉と言っていた――。

京子は一と顔を見合わせる。一の言いたいことは大体わかった。

朱肉事件が噂として広がったのは、四回目の湯橋が被害者となったそのときだ。それまでは内々で対処されていた。

だから梓が、朱色の染みをすぐに朱肉だと決めつけたのはおかしい。

「それ、もっと早く言ってくださいよ」

「いや、だってそう考えると、納得がいかない点もあらたに生まれるわけですよ」

一が眉をひそめて指摘をする。

「有田さんのタマが被害者になった第三回目の朱肉事件において、湯橋主任は七階の自動販売機で朱肉事件の被害を受けることなくミルクティーを購入しています。その後、木田さんは湯橋主任と打ち合わせをしていたのですから、七階に戻って朱肉を付けるのなんて難しいですね」

確かにそうだ。あの日、梓が非常階段にいたところを有田さんが目撃している。

「湯橋主任が犯人だとすれば、自分でミルクティーを買った後に朱肉を付ければいいわけだから可能です。しかしそのとき非常階段で湯橋主任を待っていた木田さんが朱肉を付けることは不可能なんですよ」

「そうですね」

小会議室に沈黙が流れた。それならば、やっぱり犯人は湯橋なのだろうか。

ちょうどそのとき、控えめにドアをノックする音がした。一が「どうぞ」と答えると、小会議室のドアがゆっくりと開く。

「あのう……」

ドアの向こうから恐る恐る顔を出したのは、星野美月だった。

「京子ちゃん、お昼は食べないの？」

美月にそう言われて時間を確認すると、ちょうど一時を過ぎたところだった。

ついさっきお互い気まずい空気になったはずだが、そんなことを気にしないのが美月だ。

「食べてきてください。おなかがすいていたら、頭も働きませんから」

そう言ってくれた一に礼を言って、京子は長机の上に広げていた筆記用具を片づけ始める。確かにおなかがすいている。

美月は長机を挟んだ向こう側で、ぶらぶらと身体を揺らしながら小会議室を見回していた。

「朱肉事件のことぉ、まだわからないんですか」

「ええ、まぁ、そうですね」

美月の質問に、一は当たり障りなく答える。美月はあんな現場を目撃したにも関わらず、犯人は湯橋ではないと信じているようだ。

「朱肉事件に巻き込まれると大変だもんねぇ。洗ってもなかなか落ちないから、わたしもびっくりしちゃった」

京子は顔を上げて美月の顔を見た。美月は目を見開いた京子と目が合うと、「え、どうしたの？」と首をかしげる。

一が美月に尋ねる。

「星野さん、朱肉事件の被害に遭ったことがあるのですか」

美月は何をそんなに驚かれるのかわからないといった表情で、「はい」と頷いた。

「手に付いたときは、すごぉくびっくりしましたぁ」

京子はあらためて確信した。美月はすばらしく優秀なストーカーだったんだ。


夕方の縁切り神社は、おい茂る雑木林のためにすでに薄暗い。砂利の参道で京子は一とともに、その人が来るのを待っていた。

さっきまでスーツ姿だった一は袴姿に着替え、神主の姿になっている。ぴんっと襟の伸びた着物にまっすぐな折り目のついた水色の袴が、一のすうっと伸びた背筋をより美しく際立たせていた。

ここで待ち合わせをすることに決めたのは一だ。内容が内容なだけに社外で話すことを選んだのだが、一が指定したのはなぜか自分の家でもある川崎縁切り神社だった。

「大事な話をするのに、レンタルビデオ店に連れて行かれては困りますからね」

「あれはあれでよかったと思っています」

「三ツ橋さんは自己評価が高いですね」

「ポジティブと言ってください」

くだらないことを言っているうちに、砂利を踏みしめる足音が聞こえて、薄暗い参道に人影が見えた。ゆらゆらと揺れる灯籠の光が、細身のコート姿とすらりと伸びた細い脚を照らしている。

「来ないかと心配しましたが、いらっしゃいましたね」

「こういうことから逃げる人じゃありませんよ」

だからと言って、すんなりと事実を話してくれそうなタイプでもない。京子は気を引き締めて、彼女が近づいてくるのを待つ。

「お疲れ様です」

薄暗い参道をウェッジソールで優雅に歩いてきたのは、木田梓だった。

「お疲れ様です」

そう答えた京子の隣で一は、「参拝ご苦労様です」と挨拶した。神社ではそう挨拶をする習わしなのかもしれない。

「佐藤さんのお宅の縁切り神社ですよね。まだ明るいはずなのに、鳥居をくぐった途端に暗くなって驚きました」

梓はそう言って微笑んだ。きれいにグロスが塗られた唇がくしゃりと歪む。

「佐藤さん、袴姿が似合いますね。イケメン神主って、雑誌に載ったりするかもしれませんよ」

梓のお世辞に、一はまんざらでもない様子で「いやあ」と頭をかく。何を額面通りに受け取っているのか、と京子は呆れる。

　梓は一と京子に呼び出された理由は想像がついているはずなのに、しっかりと化粧直しをしている。網目の細かい色気のあるタイツも仕事を終えてから穿き替えたものだろう。どんなときでも隙がない人だ。

「朱肉事件の話ですよね。わたしに何か関係があったんですか」

　上質そうなコートのポケットに両手を入れたまま、十センチはあろうかと思われるウェッジソールで砂利を踏みしめ、梓は堂々とした態度で一と京子を見つめている。その胸の内に後ろめたいことなど微塵もないというように。

「社内で無作為に朱肉を付ける事件が四回起きています。今朝の木田さんの事件をあわせると五回です。ご存じですよね」

　一が単刀直入に尋ねる。梓は眉一つ動かさない。

「湯橋主任がやったことだと聞きました。事情はわかりませんが、とても残念です」

「湯橋主任がなんと言ったか、お話ししますね」

　一は湯橋が淡々と語った内容を梓に伝える。梓は時折「まぁ」、「そうですか」などと言いながら話を聞いていた。

　そして最後まで聞き終わると、

「わたしのために……そんなこと……」

と、ひとすじの涙を流した。

大人の涙というものは卑怯だ。あまり目にしないものなだけに不意に見せられると、心に決めていたはずのことが崩れてしまいそうになる。

梓の涙に動揺をする京子の隣で、一は顔色ひとつ変えない。ハンカチで涙をぬぐう梓に向かって、落ち着いた声で言い放った。

「木田さん、僕は湯橋主任を犯人だとは思っていません」

梓は肘にぶら下げていたブランド物のバッグにハンカチをしまいながら尋ねる。

「じゃあ、一体だれが？」

梓の問いに一は、優しく微笑んで答えた。

「あなたですよ、木田梓さん」

そう言われると梓は表情をみるみるうちに変化させた。口元から笑みが消え、鋭く突き刺すような視線で一を見つめる。営業部のフロアで、美月を追い込んでいた表情と同じだ。

「何か証拠が？」

「いえ、なにも。僕らは警察ではありませんからねぇ。指紋もＤＮＡも採れません。ですからご本人の心に訴えかけて、確認することしかできないんです」

一の言葉に、梓が話にならないと言うように首をすくめた。

「わたしはそんなことしていません」

予想通りの結果だった。証拠があるわけではないので、梓が犯人だとは言い切れない。本人にそう言われてしまっては、どうにもならない。

それはここに来る前から、わかっていたことだ。しかし一は、梓を説得できる妙な自信を持っているようだった。

出発前のエントランスで、同じ疑問を口にした京子に一は言った。

「そんなときこそ、感応力です。僕らは犯人にちゃんと名乗り出てほしいと思っている。その気持ちを伝えれば、木田さんだって心を開いてくれるはずです」

理屈はわからなくもないが、具体的には何をするつもりなのか。京子にはまったく想像もつかなかった。しかし一には、なにか考えがあるのだろう。

京子は黙って一の言葉を待った。しかし次の瞬間、一が言った言葉はとんでもないものだった。

「木田さん、三ツ橋さんの話を聞いてください」

「は？」

梓より前に京子から変な声が出た。京子は梓に「ちょっと待ってくださいね」と断ってから、一を引っ張って梓に聞こえないように話をする。

「わたしの話ってどういうことですか」

「さっき話したじゃないですか。感応力ですよ。有田さんと話したときと同じようにお願いします」

「何を言っているんですか。感応力を見せるのは佐藤さんですよね」

「どうして僕が？　こういうことは同性だからこそ、わかりあえるんですよ。木田さんがお待ちですから、ちゃっちゃとお願いします」

京子が振り返ると、梓は退屈そうに足元の砂利を爪先で蹴っている。

こんなところに呼び出した上に、まるで犯人であることが決定しているような言い方をしてしまったんだ。何も話さないで帰すわけにはいかない。

上手くいくかは別の話として、今の思いを言葉にしてみよう――。

京子は意を決して振り返る。視界の端で一が嬉しそうに微笑んだのが見えたが、あとでデコピンをさせてもらおうと思った。とにかく今は、梓だ。

「木田さん、あの……わたしには、好きな人がいました」

つまらなそうな顔をされるかと思ったが、意外にも梓は「へぇ」と興味深そうに返事をした。その一言に京子は勇気づけられる。やっぱり女子の心を開くには恋バナがいい。梓がツイッターポエムで立証していたことだ。

「好きだって言われたのは向こうからで、『イヤじゃない』って理由だけで付き合うことにしました。でもその彼に三ヶ月で振られてしまって」

「あら」

「しばらくは連絡が来る気がして待っていました。でも結局来ないまま、気付いたら三年経っていました」

「三ツ橋さん、自分から行動するタイプじゃないものね。でもまぁ、男から去った場合はすがりついてもいいことないから、よかったんじゃない？」

やっぱり梓は恋愛をよくわかっている。的確な返事に京子は感心をしながら、話を続けた。

「付き合っていたときに買ってもらったお揃いのマグカップがあったんです。捨てそびれてしまって、そのままにしてありました」

梓が頷く。クロワッサンカールの髪がふわりと揺れた。

「ただ置いてるつもりが、心のどこかでマグカップの存在を肯定している自分がいたんです。カップがあることを忘れているだけで、持っていることに大した意味なんてないんだって……。でもいざとなると、なかなか捨てることができませんでした」

「わかる気がする。わたしも別れた彼氏のメールを消せなかったことあるよ」

恋愛メールと同等に扱ってもらえるとは――。

京子はますます気持ちを高めた。有田さんのときの数十倍は話しやすい。説得が成功するかは別としても、これなら最後まで心が折れることなく話せそうだ。これだから恋バナの持つ力は計り知れない。

「おかげでつい最近まで、引きずってしまいました。顔を見れば緊張するし、声をかけられても目を見て話せない。さらにマグカップを捨てようとすると、マグカップは話し出すのです。『オレを捨てるな。燃えないゴミに捨てるな』と」

梓はふふっと笑う。京子はそんな梓の笑みを吹き飛ばすかのように、「だから」と語気を強めた。

「共通の秘密をもってはダメです。その秘密はいつまでも木田さんの心に残ります」

秘密はマグカップと一緒だ。気にしていないつもりでも、いつまでも心の片隅に居座り続けて、簡単に消すことができない。

「湯橋主任は最後まで、自分がやったと言い続けました。このままでは湯橋主任の言い分を朱肉事件の顚末(てんまつ)として報告することになるでしょう。そうなっては、秘密が出来上がってしまいます。木田さんと湯橋主任を繋ぐ二人だけの秘密です。それはマグカップのように捨てられるものではありません。お互いの心にずっと残る楔(くさび)のような過去になるでしょう」

「楔、いいわね。ロマンチックじゃない」

「いけませんっ、ぜったいにダメです」

冷たい冬の風が参道を囲む雑木林をザワザワと揺らした。静かな参道に京子の声が響いている。

「木田さんはキレイでみんなの憧れで、とても素敵な女性です。これから先、たくさんの未来が待ち受けています。……たとえ、朱肉事件の犯人だったとしても」

梓が京子をじっと見ている。こちらの心を見透かそうとしているかのような無感情な目、京子はこの手の視線が苦手だ。

しかしここでひるむわけにはいかない。

「木田さんは湯橋主任のことがとても好きだったんですよね。わかります。わたしも前の彼のことがとても好きでした。だから木田さんの気持ち、すごくわかります」

朱肉事件の動機は、ここにある。相手のことを好きだという気持ちの中に。

「別れた相手の幸せなんて、簡単には願えません。だってこちらはしばらくずっと引きずらなければならないんですから」

湯橋主任は家族のことを思って、海外事業部への異動を断った。そしてそれと同時に梓との関係も終わらせることを決意した。

別れというカードはずるい。何の前置きもなしに切り出せるのに、出した側に絶対的な優位を与える。

湯橋との関係が始まってから、梓はずっといろんなことを我慢し続けてきた。それなのに最後の最後で、湯橋が自分勝手なカードを出した。それが許せなかった。

それまでじっと黙っていた一が口を開いた。

「社長に話しました」

あれ、いつの間に――。

一の言葉に京子は少々面食らう。上への報告は犯人が確定してからすると聞いていたが、今の段階で一の上司を飛び越え社長に話をするなんて意外だ。しかし社長と一の父親が知り合いだったことを考えれば、会社内の関係の枠を超えた繋がりを一が持っていたとしても不思議じゃない。

「若いあなたがそれだけ傷ついていることに気付かず、追い詰めるようなことになってしまったのなら、申し訳ないと言われていましたよ」

社長の言葉は、三十年前の朱肉事件を思って生まれた優しさだ。その優しさが梓に届くといい。京子は心から願った。

梓はふうっと長いため息をつく。

「責められると思ったから、気合を入れてここに来たのよ。優しくされるなんて思わなかった。そんなの卑怯だわ」

梓の声は鼻声になり、再び頰を涙がつたった。さっきまでの美しい泣き方とは違って、ときおり鼻をずるっとすすりながらの大泣きだ。造りもののように美しい泣き方より、今の方がずっと心に訴えかけるものがあると京子は思った。

「わたしです。……わたしが、朱肉事件を起こしました」

梓が涙をこぼしながらそう言った。

「最後まで、彼の幸せを願うことができなかったんです」

ざわざわと木々が揺れる音の中で、力なく発せられる梓の声が静かに響く。

「不幸になってもらいたかったんです」

愛情が憎しみに変わるのは、京子が想像しているよりもずっと早く、あっという間の出来事のようだ。


営業帰りに立ち寄った中華飯店で、梓の頭は真っ白になった。十一月四日、祝日明けの火曜日のことだ。

「言ってる意味がわからないんですが」

横浜駅西口を出てしばらく歩いた先にあるその店は、目立たないというだけで選んだ店で、値段も普通で味も悪くテーブルもべたべたしていた。デートで連れて来られたなら、即時サヨナラな店だ。

しかしここなら、知り合いと顔を合わせるようなことはない。梓と湯橋の関係において、なによりも優先されることはそれだった。

「ああ、心配しないで。キミの処遇は上にも頼んであるから、管理職候補にも入っているし、海外事業部がキミを欲しいと言っているらしい」

べたべたする赤テーブルに無造作に肘をついて、湯橋は穏やかな声でそう言った。相変わらずこの人は何もわかっていない。梓は苛立った。

「わたしのことはどうでもいいんです。湯橋主任はこれだけの結果を残してきたじゃないですか。どうして左遷決定なんですか」

「それは仕方ないんだよ。僕が願ってしまったことだからね」

「だからその意味がわからないんです。どうしてそんなことをしたんですか」

湯橋は困ったように微笑み、「簡単なことだよ」と言った。

「僕はそんな器じゃない」

関西支社にいる頃からそれなりの成績を残してきたが、本社に来てからの実績はそれをはるかに上回る結果になった。それは梓の存在があったからこそだと湯橋は語る。だからこそ評価されるべきは自分ではなく、梓なのだ、と。

しかし言葉の通りに受け止められるほど、梓は子供ではなかったし、二人の関係も平穏なものではなかった。その裏には家族の顔が見えるし、二人の間で流れていた閉塞した空気がある。

ああ、イライラする。心がイラついているのに、頭の中はゴチャゴチャとして重い

――。

梓は自分の中に二つの心が存在していることに気付いていた。彼を理解してすべてをありのままに受け入れようとする自分――今さらどんなに抵抗しても無駄なのだから――と、彼の言葉の裏に潜む本音をあぶりだしてやろうという自分――きれいごとを並べて終わらせられるほどクリーンな関係ではなかったはずだ――が、梓の中で舵を奪い合っている。

苛立っている梓に気付いた湯橋が、焦って別の話題を無理やりに持ち出した。

「そう言えばね、ほら昨日、人事の佐藤くんと話をしたって言ったよね。そのときにこんな話を聞いたんだよ」

そこまで話すと、梓は再び涙をこぼした。彼女は賢い人だ。自分がしたことの愚かさも気付いていている。

「最初の目的は、自分たちの関係を周りに知らせることにありました。無関係なところで朱肉事件を二度起こしてから、湯橋主任を狙って、彼が行きそうな場所に朱肉をつける」

四度目に朱肉事件を起こしたとき、湯橋がまんまと手につけて現れた。梓の胸は高鳴ったという。しかしここで彼にバレてしまったらすべてが無意味になってしまう。期待に湧く胸を抑えつけて、巧妙に誘導して湯橋に自分を抱かせ、背中に朱肉を付けさせた。

「木田さんは最初から、湯橋主任に罪を被ってもらうつもりだったんですか」

一の問いに梓は首を横に振る。

「わたしは自分たちの関係がおおっぴらになって、それなりの罰を彼が受ければそれで満足でした。その余波がわたしに向かうことも覚悟していましたし、まぁ、あそこまでひどくなるとは思ってもいませんでしたけど」

「じゃあ、どうして湯橋主任が罪を被るようなことに」

一はそう尋ねたが、京子は梓の気持ちがわかる気がした。この手の心情は女同士の方が伝わるものらしい。

「星野さんが湯橋主任と連絡をとっていたからですよね」

梓は顔をうつむかせたまま、苦笑いをする。

「前にもお話ししたとおり、朱肉事件のあったあの日から湯橋主任と連絡はとっていませんでした。そのまま連絡をとらずに関係が終わって、それでいいと思っていたのに」

終わりかけた二人の関係に、美月がミラクル級の間の悪さで入り込み梓の心を乱した。美月のことを知った梓は、たまらず湯橋に連絡をとったのだという。

不倫という関係上、どんなことでも我慢してきた梓は、本人も言っていた通り、三人目の女の存在を許すことはできなかった。そして梓は、湯橋に訴える。

朱肉事件を起こしたのは自分だ。二人の関係に耐え切れず、起こしてしまった、と。

湯橋は自ら昔の事件のことを梓に話したのにもかかわらず、まさか梓の仕業などとは露ほどにも思っていなかったようで、ひどく動揺していたらしい。

「わたしは湯橋主任にすべてを打ち明けただけで、決して罪を被ってくれなんて言ってません。でも彼がそうすることをわかっていたので、同じことですよね」

結果、湯橋主任は今朝早く営業部フロアに行き、梓のキーボードに朱肉を付ける。美月に見つかったことは想定外だったかもしれないが、それでも屋上に上がってしばらく経ったところで犯人だと名乗り出ることは予定通りだったんだろう。

きっと梓のキーボードにしたのは、梓へのメッセージだ。自分がなんとかするから、大丈夫だよ、と。

「最後に、湯橋主任の愛を試してしまったんですね」

京子の言葉に、梓は再び涙をこぼした。未来が見えない恋愛関係の中で、ただ毎日を期待をせずに過ごす、梓にとって辛い恋愛だった。だからこそ、最後に愛されていた証(あかし)が欲しくなってしまったんだろう。

一年前に結ばれた梓と湯橋の縁は、時間をかけて絡まり合って、そして今、切れようとしている。

「会社は辞めます。被害についても、一括では無理かもしれませんが時間をかけて弁償します。本当にすみませんでした」

　梓は再び頭を下げた。

「それは社長と話し合って決めるとして」

　一は振り返り、参道の先へと目を向ける。つられるようにして京子と梓もそちらへと顔を向けた。雑木林の作る影の向こうに、ぼんやりと朱色の拝殿が見える。

「お参りをして行ってください」

　梓は何か言おうとしたが、それを遮って一が付け加える。

「ここは縁切り神社です。区切りをつけるときに参拝をするには、ぴったりな神社ですよ」

　ああ、なるほど――。

　京子はようやく一が梓との話し合いの場として、縁切り神社を選んだ理由に気が付いた。確かに今日という日に、ふさわしい神社だ。

「行きましょう、木田さん」

　どう返事をしようか思いあぐねている梓に、京子は声をかけた。梓は小さく嘆息してから、無言のまま歩き出す。

「杓子(しゃくし)は右手で取って、最初に左手を洗うんです。そうです。ああ、次は右手で口をゆすいで……、三ツ橋さんは杓子の扱いが乱暴です。所作に美しさがありません」

手水舎で手と口をゆすぐ京子と梓に、一は小姑のようにグチグチと注意をして回った。

だから参拝客が少ないんだ——。

京子は心の内で悪態をつく。

二人は拝殿へ向かい、その後ろから一がついてきた。朱色の拝殿を前にした途端、厳かな空気に包まれ、京子は身が引き締まるような気がした。さっきまでひっきりなしにしゃべっていた一もこの空気の中では口をつぐむ。

パンパン、と。

梓の打った柏手が拝殿に跳ね返り、暗くなった空へと抜けてゆく。京子も追って二拍し、手を合わせる。

「ここに来れば、わたしと湯橋主任の関係ももっと早くに区切りを付けられていたかしら」

お参りを終えた梓は、拝殿をじっと見つめてそう言った。

「そうすれば、最後の最後であの人にひどいことをしないですんだのに」

薄暗くなった空を見上げてそう言った梓の声は掠れていた。

人を好きになることは大変だ。愛情がちょっとしたきっかけで、嫉妬や憎しみ、怒りや恨みに変わってしまう。京子が飯田と別れてから、しばらく部屋に閉じこもっていたのは、感情の変化を懸命に抑え込もうとしていたのかもしれない。

　一度は愛した人を憎むのは辛い。でも憎まずにいることも辛い。

　恋愛はどっちに転んでも辛いんだ。

「湯橋主任は最後まであなたをかばっていましたよ。そしてあなたの仕事ぶりを、心から褒めていました」

「……はい」

「きっとあなたと仕事ができて恋ができて、苦しいことも辛いこともあったけど、それでも幸せだったんでしょう」

「…………」

　梓の返事は涙で声にならなかった。

　京子はようやく、給湯室で見た梓の悲しそうな表情の理由を知った。愛情を疑った自分を責めていたのだ。最後の最後で、愛する人にこんなことをしてしまった自分を許せなかったのだろう。

　縁切り神社を出て、しばらく歩いた先にある大通りで梓はタクシーを捕まえた。一緒に乗るかと聞かれたが、京子は歩いて帰ると断った。車内で梓と何を話したらいいか、わからない。それならひとりで歩いて帰る方がいい。

タクシーに乗りこんだ梓に、京子は言った。

「木田さん、また恋をしましょうね」

「三ツ橋さん……」

「わたしもします。怖がってばかりいないで、恋をします。だから木田さんもしましょう」

「……うん、ありがとう」

タクシーのドアは閉まり、車は走り出す。

恋をしましょう、か。なんだかとても恥ずかしいことを言ってしまった気がする。でもそれは本当のことだ。

またいつか、必ず誰かを好きになる。おひとりさまだって恋をする。好きで好きで、愛情があふれておかしなことをしてしまったり、マグカップを捨てられなくなってしまったりするんだ。

梓は頭のいい人だ。そんな彼女がここまで追い詰められ、あんな事件を起こしてしまったのだと考えると、梓の罪だけを糾弾して終わりにしてはいけない。

「湯橋主任と木田さんの縁は表面上は黄色のまま、見えない部分で腐っていたのかもしれませんね」

梓の乗っていった車をじっと目で追いかけていた一は、遠い先を見つめたまままつぶやいた。その声はとても悲しく聞こえ、人事部としての力不足を嘆いているように聞こえた。

「もっと早く気が付いてあげられたらよかったです」

一の言葉に、京子も続いた。

「はい、がんばりましょう」

そして二人で顔を見合わせる。

「お疲れ様でした」

「お疲れ様です」

それから数日が経ち、十二月になった。

朝の川崎駅はウールコートを着た会社員たちで溢れ、その中に京子の姿もあった。地下アーケードを抜け、新川通りをヨコキンビルに向かって歩く京子は、おろしたての新しい黒のコートを着ていた。

川崎駅ビル・アトレに入っている量販店で、十パーセントオフで買ったコートだ。ノーカラーなのでマフラーが巻きやすい点が京子は気に入っている。そして愛用の大判マスクも健在だ。

ヨコキンビルに入り、警備員さんに挨拶をしてゲートを抜ける。数人の社員たちと一緒にエレベーターに乗り、いつものクセで二階で降りそうになったがすぐに違うと気づいた。京子の席は三階、昨日のうちに荷物の移動も終わっているのだ。

ガラス張りになったフロアのドアを開け、総務を横切る。通りかかった社員たちに朝の挨拶をしながら、京子は新しい席へと向かう。

それにしてもウールコートは素晴らしい。こんなにも温かいのなら、もっと早く買えばよかった。おかげで今より少し人に優しくできるような気がする。たとえば、こんな——。

「三ツ橋さん、おはようございます。今日から同じ部署で仲間として働くことになりましたね。僕はあなたの先輩にあたるわけですから、僕を兄のように慕ってくれてかまいません。ただ一つお願いがあるのですが、僕は整理整頓がきちんとされていないと息苦しく感じてしまうので。なんといってもあなたの机は僕の隣にあるわけですから——」

面倒な先輩にも優しくなれるかも、と一瞬思った京子だったが、すぐにその考えをあらためる。面倒な人は優しさだけでは対処できない。

京子はデスクの上に危ういバランスで積んであったファイルに手を触れた。ざざっと流れたファイルが一のデスクへと倒れこむ。

「ああっ。だから三ツ橋さん、僕は整理整頓がっ」

「すみませんでした。すぐに片づけます」

「今の、わざとじゃありませんでしたか。僕にはそう見えたのですが」

「違うと思います、たぶん」

「たぶんってなんですか、たぶんって」

先月の終わりの辞令によって、京子は人事部へ異動となった。湯橋と京子の異動、梓は退職してしまった。そして三人の戦力を失うことになった営業部については、新たな組織改革を行うと根岸部長は息巻いている。

公には発表にならなかったものの、梓の一件は根岸部長の耳には届いているはずだ。穏やかな社風に夢を潰された部下が犯した罪に、責任を感じて胸を痛めたに違いない。根岸部長はそういう人だ。きっと営業部は、もっといい部署になる。

そして京子の異動を知った美月は、人目もはばからずにおいおいと泣いた。しかし泣いた翌日にはケロッとして、

「これ、縁切り神社でもらってきたの」

と、新しい縁切り神社のお守りを餞別(せんべつ)代わりにくれた。

別れの際に縁切り神社のお守りをくれるとはどういうことなのか、と考えてはみたが、美月のことだからおそらく深い意味などないのだろう。

「佐藤さん、変わっているけど面白い人だよね。新しい部署でもがんばってね」

「はい、ありがとうございます」

美月は笑顔で京子を送り出してくれた。頼りなく危うげだった美月は、少しだけしっかりしたようにも見えた。でもおそらく勘違いだと思われる。

きっと数日すれば、また新たな問題を起こすのが星野美月という人だ。そして京子はそんな美月を見捨てることができない。

友達とはそんなものなのかもしれない――。

京子はファイルを片づけながら、ぼんやりとそんなことを思っていた。

それに今回の事件、美月のおかげで梓が犯人である可能性を見いだせたのだ。美月がいなかったら、事件は違うかたちで収束していたに違いない。

「こういうことを話すとまた怒られちゃうかもしれないんですけどぉ」

美月は湯橋が席を立ったときに、ときどき追いかけるようにしていた。行き先がトイレであろうと飲み物を買いに行くときであろうと、廊下や自販機の前で偶然顔を合わせれば言葉を交わすことができる。

月次会議があったあの日、湯橋が席を立つのを見て美月は追いかけた。会議前に梓と二人きりで話をするのはわかっている。それならその前に、少しでも湯橋と話ができればと思ったらしい。

七階の自動販売機の前で、偶然を装って湯橋に話しかけた。湯橋が買った飲み物がちょうど出てきたところで、美月はかがんでそれを取りだして湯橋に渡す。そのとき取りだし口のカバーに振れた手になにか違和感があったが、特には気にしなかった。

「大した話はしてませんよぉ。寒くなったねって言われて、天気の話をしただけです」

湯橋とたわいもない会話をして満足した美月は、ひとり階段を下りながら初めて右手の赤い汚れに気付いた。

「わたしって失敗ばかりするじゃないですかぁ。だからてっきり自分で何か触っちゃったんだって思ったんですよねぇ」

湯橋がミルクティーを買う前から、自動販売機の取りだし口には朱肉が付けられていたんだ。つまり犯行が不可能かと思われていた梓でも、朱肉を付けることができたということ。

これは美月のお手柄にも見えるが、最初からそういう報告をしてくれていればいい話なので、そうでもないのだと思う。

そしてランチを食べているあいだ、美月はこんなことも言っていた。

「京子ちゃんはわたしに何も言わなかったわけじゃないよ」

そう言って美月が見せたのはツイッターの画面だった。梓がいなくなってからというものログインもせずに放置していた「みつ」の数日前の発言が表示されている。

『終電じゃない限り、電車はすぐに来ますよ』

「ちゃんと言ってくれたじゃない。次の電車が来るって」

「次の電車は来たんですか」

「まだ来てないけど、これから来ると思うの」

美月は「みつ」を京子だと気付いていた。しかし京子はもうパスワードすら思い出せない。たぶん二度とつぶやくことはないだろう。

「そう言えば三ツ橋さん、最初にお願いされた縁切りの件ですが――」

「ああ、あれはもういいです」

朱肉事件への協力を依頼されたあの日、京子は美月との縁切りを一に頼んでいたのだ。一は優しく微笑み、「そうですか」と答える。

ここ数日の騒々しさは、京子にとって嫌なものではなかった。必ずしもひとりで過ごさなくてもいい。ひとりの時間も誰かと過ごす時間も同じように楽しめるのなら、それはそれでいいように思う。

これを京子は《結果的おひとりさま》と名付けた。

「おはようございまーす」

パーテーションの向こうから、飯田が小さな人事部のスペースへと入ってきた。身長の高い飯田が来ると、小さな部屋が余計に小さく見える。

「飯田さん、朝から何の用ですか」

一があからさまに面倒そうな表情で飯田を迎える。京子は「おはようございます」と落ち着いたトーンで挨拶をした。

「三ツ橋が人事部に異動になったっていうから、挨拶に来てやったんだろ。大体さ、うちに新しく入れるって言った人員の件、どうなったんだよ。早くしないとじきに業務が回らなくなるぜ。優秀な社員たちがバンバン契約をとってきてるからな」

飯田は空いている一のデスクの前の席に座って、身を乗り出して一を煽る。一は眉間にしわを寄せて、キッと飯田をにらんだ。

「飯田さんが優秀なのはわかっています。今手配をしていますから、大人しく待っていてください」

「はーやーくーはーやーくー」

「……大人しく、待っていてください、自分の部署の、自分の席で」

「はーい、了解」

飯田はそう言って席を立ち、京子の席の前で足を止めた。

「三ツ橋、新しい部署でがんばれよ」

京子は飯田を見つめて「はい」と返した。

「佐藤にいじめられたら、いつでもオレに言えよ」

「僕よりも飯田さんの方がずっといじめっ子っぽいです」

「いじめっ子っぽいヤツより、あいつがまさかってヤツの方が危ないんだよ」

飯田は、「言いがかりだ」と憤慨する一をそのままに部屋を出て行った。静かになった人事部の小部屋に、一のため息がこぼれる。

「まったくあの人は、いつも僕をからかうんですから、困ったものです」

そう言いながらも、一は少しも嫌そうにも見えなかった。京子はそんな二人のやり取りを見て笑う。

よかった、普通に話せる――。

飯田とは朝の通勤時に一緒になった日以来、顔を合わせることがなかった。特に何があったわけではないが、このまま時間が経てばますますきまずくなってしまっただろう。

きっと飯田もそれを察して、こうしてわざわざ京子に会いに来てくれたのだと思う。

そしてこの場に一がいたおかげで、自然に話すことができた。

それにしても始業時間が近づいてきているというのに、一以外の誰も出勤してこないのはなぜだろう。京子は一に尋ねる。

「佐藤さん、他の皆さんは今日はお休みですか」

「え？　他の皆さんって？」

「人事部の他の方です。主婦の早川（はやかわ）さんとかメガネの鈴木（すずき）さんとか、総務と兼任の田代さんとか、いらっしゃいますよね」

一は京子の言葉に「そうでしたね」と笑った。

京子は何が何に対して「そうでした」のかわからないが、どうにも嫌な予感しかしない。

「早川さんは二人目が産まれるので産休に入りました。鈴木さんはまだ発表されていませんが、今月末で退職するんですよ。でも有給が余っていたので、今日から消化をしてもらっています。総務の田代さんはもともと僕との引き継ぎが終われば、総務に戻る予定でしたので」

「え、ということは……」

「人事部は、僕とキミの二人きりです」

京子の嫌な予感が的中した。一は「言い忘れていました」と笑ったが、京子にとっては笑い事ではない。

脱力する京子の隣で、一が「さあ」と嬉しそうに立ち上がった。

「他の部署に挨拶に行きましょう。月次会議でも紹介されるでしょうが、会議は来週ですからね」

「……そうですね」

京子は渋々立ち上がって、一の後をのろのろとついて行く。今さら何を思おうとも、人事部に入ってしまったのだからどうしようもないのだ。腹をくくるしかない。

「佐藤さん、今日も持っているんですか」

「何をですか」

「ハサミです」

一は「ああ」と言って、ジャケットの右ポケットから銀色のハサミを取り出した。

「持っていますよ。悪縁を断つ、それが僕の仕事です」

人事部の仕事として、神社の神主として、一は社内の悪縁を切り続けるつもりなのだろう。京子はその手伝いがしたいと思って、人事部に入ることを決めた。

京子の縁切り人事部での仕事が今日から始まる――。

エピローグ

　新川通りに隣り合った商店街の片隅に、二階建ての古民家を改築した和風居酒屋がある。佐藤一は朱肉事件の解決祝いと歓迎会を兼ねて、後輩の三ツ橋京子と二人で酒を飲んでいた。

　京子は最初の二杯までは、見事な飲みっぷりだった。

　ビールをジョッキで水のごとくぐびぐびと飲みほし、顔色一つ変えずにおかわりを頼んだ。おごるつもりでお金を持ってきた一だったが、足りるだろうかと心配になったほどだ。

　しかし三杯目に入ったところで、京子は京子でなくなった。

　顔の筋肉の可動領域いっぱいまでゆるませて、一の肩に手を置き長々と過去の恋について語り始める。

「そもそも付き合ってほしいと言ったのは、向こうからなんですよ。いきなりトイレの前で待ち伏せをされてね、こうやって頭を下げるわけですよ。付き合ってくださいって。

最初は何の冗談かと思いましたよ。度々冗談も言う人でしたから。この人はこういうタイミングで冗談も言うんだ。なるほどなぁって思っていたら、びっくり驚き、本気だって言うんですよ。じゃあ付き合い付き合いますって返事しちゃいましたよ。だって断る理由がなかったんですから。付き合い始めは戸惑いもあって、手を握られただけで驚いたりしていたんですけど、でもだんだんそれが普通になってきて。ああいうのって、徐々に慣れてゆくんですよねって、ちょっと佐藤さん、聞いていますか」

できれば聞きたくはない――。

名前は出されなくても、話の状況からして思い当たる人物は一人しかいない。しかし一とも親交がある人物なだけに、できればこの話は聞かなかったことにしてしまいたかった。

女性と違って男性社会というのはお互いの恋愛に踏み込まない暗黙の了解がある。知れば気になってしまうのだから、知らないにこしたことはないのだ。知ったところで何ができるわけでもなし。

しかし一度摑んだ一の首根っこを京子は離そうとはしなかった。酒の力を借りて遠慮もなくぐいぐいと自分の恋愛事情にめり込ませてくる。それと同時に一の中の好奇心もうずいていた。

すみません。聞いてしまいます――。

一は脳裏に浮かぶ友に詫びた後、京子に「聞いていますよ」と返事をした。それを聞いた京子は、安心したように再びマシンガンのごとく話し出す。

「それが突然、お別れです。その話をされたときは、あまり実感がなくて『わかりました』とだけ言って、別れたんですが、そのまま家に帰ったら、なぜか異常に寒くて。真夏だったのに毛布をひっぱりだして、くるまっていました。つまりわたしは、『わかりました』と答えながらも何一つわかってはいなかったんです。なんという矛盾、恋愛という名の混沌(こんとん)、おそるべし」

京子の恋バナは三ヶ月の悲恋というかたちで幕を閉じた。一通り話し終わると、京子は満足したのか、薄ら笑いを浮かべたままウトウトし始める。一は慌てて京子に声をかけ、先に店を出るように促した。

一は会計をすませながら、三年前のことを思い出していた。一が休職する前、まだ父が生きていた頃のことだ。

夕方四時頃だった。一がデスクで事務処理をしていると、受付から内線が入った。ヨコキンビルの前をうろうろしている年配の男性がいる。いきなり警備員を呼ぶのも荒っぽい対応だと思ったのだろう、一から声をかけて確認をしてもらえないか、と。あの頃から人事部は便利な何でも屋だった。

一が正面玄関から外に出ると、話に聞いた男は歩道の真ん中で茫然(ぼうぜん)とヨコキンビルを見上げていた。グレーのスーツに緩んだネクタイ、痩せた小柄な体型、年は五十代かもしかすると六十代かもしれない。見た目は普通の会社員のようだ。

「ああ、すみません。この近くまで来たので立ち寄ってみたのですが、何か用があるわけでもないし、どうしようかと悩んでいるうちにウロウロとしてしまいました」

一が声をかけると、男は人のよさそうな笑顔で頭をかきながらそう言った。不審者には見えない。

「担当者をお呼びしましょうか」

そう尋ねると、男は慌てて首を横に振った。

「違うんです。そういうのではなくて」

男は申し訳なさそうに顔を伏せながら言った。

「娘がここに勤めているんです。久しぶりに仕事で横浜に来たので、ついでに寄ってみたんですが、娘には何も言っていないし、言えば怒られるのが目に見えているので」

「僕は人事部の佐藤と申します。失礼ですが、お名前を伺えますか」

「三ツ橋豊といいます。ご存じでしょうか。ここに勤めている三ツ橋京子の父親です」

三ツ橋京子か——。

言われてみれば、小ぶりな目鼻立ちのさっぱりとした顔立ちは、京子と似ているように見える。しかし娘の職場に押し掛けるなんて、ちょっと過保護すぎやしないだろうか。

一の思いを読んだかのように、男は言った。

「職場まで押し掛けるなんて非常識な親だと思われるでしょう。でもうちはちょっとばかり普通の家庭ではなかったので」

一は男の話に興味を持った。幸い今日の仕事は大方片付いている。

「よかったら僕とお話をしませんか。三ツ橋さんのことなら、僕は人事担当ですから仕事の様子をお話しすることもできますし」

普通の家庭ではないというのは、どういうことだろうか。縁切り神社で育った一も普通の家庭で育ったとは言い切れない。

一は入社面接のときの京子を思い出した。何を聞いても顔色一つ変えず、淡々と答える姿はロボットのようだった。受け答えは無難で平均点的なことしか言わないが、いまどき珍しい落ち着いた態度が上層部に評価されて内定を出すことになった。

確か父子家庭で育ったと言っていたな――。

人事の仕事というよりも個人的な興味の方が先行していた。プライベートに立ち入ることになってしまうが、身内の人が自発的に話した内容であれば、問題にはならないだろう。それにまずい内容であれば、一個人の胸にしまっておけばいい話だ。

そして一は知ることとなる。父親から見た京子がどれだけ孤独に見えたか。そして父親にとって京子がどれだけ大切な存在であるか。

「三ツ橋さんは真面目で仕事のミスも少なく優秀な方だと聞いています。同期の女の子とも仲良くしているようですよ」

一の言葉に嘘はなかったが、京子の同期の人間関係に問題がないわけではなかった。少しばかりコミュニケーション能力に問題がある女性社員が一名いるため、彼女と親しくしている京子は共に孤立傾向にある、と。

それでもここは学校ではなく会社だ。同期入社の社員たちも最初は群れを成すものだが、一年経ち二年経つうちにそれぞれの道を歩み出す。京子ともう一人の女性社員の孤立状況も今だから目につくだけであって、しばらくすれば会社という組織の中で馴染(なじ)んで目立たなくなってしまうはずだ。

「こんなに娘思いのお父さんがいて、三ツ橋さんは幸せですね」

一は京子の父の思いに素直に感心した。

「父親というのはそういうものですよ」

そうだろうか——。

一は父のことを考える。

一には年が離れた妹がいたので、父親の愛情は主に妹に注がれるものだった。一にとっても妹はとてもかわいく、溺愛する父の気持ちもわかったので、それを疎ましく思ったこともない。しかしそのせいで、母親との間にはない距離のようなものが父親との間に生まれてしまっていた。

　その夜、一は久しぶりに父親と話をした。京子の父の話をきっかけに、一から父親に話しかけたのがきっかけだった。それをめずらしがった母親がお酒を出したせいで、初めての親子の語らいは深夜にまで及んだ。

　一の子供の頃の話から、母親との出会い、幼い頃の幽霊体験に至るまで、酒に酔った父親はぺらぺらとよくしゃべった。一は今でもあの陽気な父の姿をはっきりと思い出すことができる。

　それからしばらくして、赤ら顔で若かりし頃の母親がどんなに可愛らしかったか語っていた父親は、脳梗塞で倒れ帰らぬ人となる。

　会計を済ませ店を出ると、先に出ていた京子が一の方へ背を向けて、ぼんやりと空を見上げていた。

「三ツ橋さん、今日のところは解散にしましょう」

「…………」

　反応がない。この人はどれだけ酒癖が悪いんだ。

　仕方なく回り込んで声をかけようとしたところ、不意に京子の身体がぐらりと揺れた。慌てて手を伸ばすと、その手をぎゅっと握られる。

「あははは、すみません」

京子は体勢をなおしたので、一は差し出した手を引っ込めようとしたが、思いのほかしっかりと握られていて動かすことができなかった。

一は女性の手が苦手だ。摑まれて力いっぱい握られて、そのまま真っ暗な闇に引きずり込まれるような、そんな得体のしれない恐怖に襲われる。幼い頃から、日常的に女性の狂気を目の当たりにしてきた弊害だろう。特にあの無数の藁人形。

ハサミを持ち歩くようになったのは、女性への畏怖に気づいたからだ。ハサミの重なり合うあの音を聞くと、ざわついた心を鎮めることができる。一にとって何よりも大事なお守りだ。

「佐藤さんと縁があってよかったです」

京子の声に我に返る。自分は落ち着いている。大丈夫だ。ハサミは今、必要ではない。

「ねぇ、佐藤さん、聞いていますか。縁の話ですよ。えーん」

「はいはい、聞いていますよ。ほら、ちゃんと歩いてください」

この縁が自らの父親が作り出したものだと知ったら、京子はどんな顔をするだろう

――いや、言うつもりはまったくないのだが。

「わたし、変わったんですよ。レンタルビデオ店に行く回数が減ったんです。週に一回が、二週に一回になりました。これは驚くべき変化です」

それでも十分に多いほうだ――。

でもそれでいい。人は急に大きく変われるものではない。大切なのは停滞しないことだ。いや、ＤＶＤを借りることが停滞だったのかどうかは、一にはわからないが。

「明日からもがんばりましょうね」

商店街のネオン輝く川崎の町に京子の声が響く。京子はようやく一の手を放してくれた。今日はもう帰ろう。一は京子の言葉に「そうですね」と頷きながら、タクシー乗り場へと向かった。

この作品は、集英社文庫のために書き下ろされました。

集英社文庫　目録（日本文学）

- 乙一　荒木飛呂彦・原作　The Book jojo's bizarre adventure 4th another day
- 乙一　箱庭図書館
- 乙川優三郎　武家用心集
- 小和田哲男　歴史に学ぶ「乱世」の守りと攻め
- 恩田陸　光の帝国 常野物語
- 恩田陸　ネバーランド
- 恩田陸　ねじの回転(上)(下) FEBRUARY MOMENT
- 恩田陸　蒲公英（たんぽぽ）草紙 常野物語
- 恩田陸　エンド・ゲーム 常野物語
- 恩田陸　蛇行する川のほとり
- 開高健　オーパ！
- 開高健　風に訊け
- 開高健　オーパ、オーパ!! アラスカ・カナダ カリフォルニア篇
- 開高健　オーパ、オーパ!! アラスカ至上篇 コスタリカ篇
- 開高健　オーパ、オーパ!! モンゴル・中国篇 スリランカ篇
- 開高健　知的な痴的な教養講座
- 開高健　風に訊け ザ・ラスト
- 海道龍一朗　華、散りゆけど 真田幸村 連戦記
- 垣根涼介　月は怒らない
- 柿木奈子　さいはてにて やさしい香りと待ちながら
- 岳真也　修羅を生き、非命に死す 小説 小栗上野介忠順
- 角田光代　みどりの月
- 角田光代　佐内正史　だれかのことを強く思ってみたかった
- 角田光代　マザコン
- 角田光代　三月の招待状
- 角田光代　松尾たいこ　なくしたものたちの国
- 角田光代他　チーズと塩と豆と
- 角幡唯介　空白の五マイル チベット、世界最大のツアンポー峡谷に挑む
- 角幡唯介　雪男は向こうからやって来た
- 角幡唯介　アグルーカの行方 129人全員死亡、フランクリン隊が見た北極
- 梶よう子　柿のへた 御薬園同心 水上草介
- 梶井基次郎　檸檬
- 梶山季之　赤いダイヤ(上)(下)
- 片野ゆか　ポチのひみつ
- 片野ゆか　ゼロ！ 熊本市動物愛護センター10年の闘い
- かたやま和華　猫の手、貸します 猫の手屋繁盛記
- 勝目梓　決着
- 勝目梓　悪党どもの晩餐会
- 加藤千恵　ハニー ビター ハニー
- 加藤千恵　さよならの余熱
- 加藤千恵　ハッピー☆アイスクリーム
- 加藤千恵　あとは泣くだけ
- 加藤千穂美　エンキリ おひとりさま京子の事件帖
- 加藤友朗　移植病棟24時
- 加藤友朗　移植病棟24時 赤ちゃんを救え！
- 加藤実秋　インディゴの夜
- 加藤実秋　チョコレートビースト インディゴの夜
- 加藤実秋　ホワイトクロウ インディゴの夜

集英社文庫　目録（日本文学）

加藤実秋　Dカラーバケーション　インディゴの夜
加藤実秋　ブラックスローン　インディゴの夜
金井美恵子　恋愛太平記1・2
金沢泰裕　イレズミ牧師とツッパリ少年たち
金子光晴　金子光晴詩集　女たちへのいたみうた
金城一紀　映画篇
金原ひとみ　蛇にピアス
金原ひとみ　アッシュベイビー
金原ひとみ　AMEBICアミービック
金原ひとみ　オートフィクション
金原ひとみ　星へ落ちる
兼若逸之　兼若教授の韓国ディープ紀行　釜山港に帰れません
加野厚志　龍馬暗殺者伝
加納朋子　月曜日の水玉模様
加納朋子　沙羅(さら)は和子(わこ)の名を呼ぶ
加納朋子　レインレイン・ボウ

加納朋子　七人の敵がいる
下野康史　「運転」　アシモからジャンボジェットまで
鎌田實　がんばらない
鎌田實・高橋卓志　生き方のコツ　死に方の選択
鎌田實　あきらめない
鎌田實　それでもやっぱりがんばらない
鎌田實　ちょい太でだいじょうぶ
鎌田實　本当の自分に出会う旅
鎌田實　なげださない
鎌田實　たった1つ変わればうまくいく　生き方のヒント幸せのコツ
鎌田實　いいかげんがいい
鎌田實　がんばらないけどあきらめない
鎌田實　空気なんか、読まない
上坂冬子　あえて押します横車
上坂冬子　上坂冬子の上機嫌　不機嫌
上坂冬子　私の人生　私の昭和史

神永学　イノセントブルー　記憶の旅人
加門七海　蠱(こ)
加門七海　うわさの神仏　日本闇世界めぐり
加門七海　うわさの神仏　其ノ二　あやし紀行
加門七海　うわさの神仏　其ノ三　江戸TOKYO陰陽百景
加門七海　うわさの人物　神霊と生きる人々
加門七海　怪のはなし
加門七海　猫怪々
香山リカ　NANA恋愛勝利学
香山リカ　言葉のチカラ
川上健一　宇宙のウインブルドン
川上健一　雨鱒の川
川上健一　らららのいた夏
川上健一　跳べ、ジョー！　B・Bの魂が見てるぞ
川上健一　ふたつの太陽と満月と
川上健一　翼はいつまでも

集英社文庫　目録（日本文学）

川上健一　虹の彼方に
川上健一　BETWEEN　ノーマネーand能天気
川上健一　四月になれば彼女は
川上健一　渾身
川上弘美　風花
川島隆太・藤原智美　脳の力こぶ　科学と文学による新「学問のすゝめ」
川西政明　渡辺淳一の世界
川端康成　伊豆の踊子
川端裕人　銀河のワールドカップ
川端裕人　今ここにいるぼくらは
川端裕人　風のダンデライオン　銀河のワールドカップ　ガールズ
川本三郎　小説を、映画を、鉄道が走る
姜尚中　在日
姜尚中・森達也　戦争の世紀を超えて　その場所で語られるべき戦争の記憶がある
姜尚中　母―オモニ―
木内昇　新選組　幕末の青嵐
木内昇　新選組裏表録　地虫鳴く
木内昇　漂砂のうたう
岸田秀・町沢静夫　自分のこころをどう探るか　自己分析と他者分析
喜多喜久　真夏の異邦人　超常現象研究会のフィールドワーク
北杜夫　船乗りクプクプの冒険
北方謙三　逃れの街
北方謙三　弔鐘はるかなり
北方謙三　第二誕生日
北方謙三　眠りなき夜
北方謙三　逢うには、遠すぎる
北方謙三　檻
北方謙三　あれは幻の旗だったのか
北方謙三　渇きの街
北方謙三　牙
北方謙三　危険な夏―挑戦Ⅰ
北方謙三　冬の狼―挑戦Ⅱ
北方謙三　風の聖衣―挑戦Ⅲ
北方謙三　風群の荒野―挑戦Ⅳ
北方謙三　いつか友よ―挑戦Ⅴ
北方謙三　愛しき女たちへ
北方謙三　傷痕　老犬シリーズⅠ
北方謙三　風葬　老犬シリーズⅡ
北方謙三　望郷　老犬シリーズⅢ
北方謙三　破軍の星
北方謙三　群青　神尾シリーズⅠ
北方謙三　灼光　神尾シリーズⅡ
北方謙三　炎天　神尾シリーズⅢ
北方謙三　流塵　神尾シリーズⅣ
北方謙三　林蔵の貌（上）（下）
北方謙三　そして彼が死んだ
北方謙三　波王の秋
北方謙三　明るい街へ

集英社文庫　目録（日本文学）

北方謙三　彼が狼だった日
北方謙三　罅(ひび)・街の詩(うた)
北方謙三　皹(ひび)・別れの稼業
北方謙三　草莽(そうもう)枯れ行く
北方謙三　風裂　神尾シリーズV
北方謙三　風待ちの港で
北方謙三　海嶺　神尾シリーズVI
北方謙三　雨は心だけ濡らす
北方謙三　風の中の女
北方謙三　コースアゲイン
北方謙三　水滸伝　一～十九
北方謙三・編著　替天行道　―北方水滸伝読本
北方謙三　魂の岸辺
北方謙三　棒の哀しみ
北方謙三　君に訣別の時を
北方謙三　楊令伝　一　玄旗の章

北方謙三　楊令伝　二　辺烽の章
北方謙三　楊令伝　三　盤紆の章
北方謙三　楊令伝　四　雷霆の章
北方謙三　楊令伝　五　猩紅の章
北方謙三　楊令伝　六　徂征の章
北方謙三　楊令伝　七　驍騰の章
北方謙三　楊令伝　八　箭激の章
北方謙三　楊令伝　九　遥光の章
北方謙三　楊令伝　十　坡陀の章
北方謙三　楊令伝　十一　傾暉の章
北方謙三　楊令伝　十二　九天の章
北方謙三　楊令伝　十三　青冥の章
北方謙三　楊令伝　十四　星歳の章
北方謙三　楊令伝　十五　天穹の章
北方謙三・編著　吹毛剣　楊令伝読本
北川歩実　金のゆりかご

北川歩実　もう一人の私
北川歩実　硝子のドレス
北村　薫　元気でいてよ、R2-D2。
北森　鴻　メイン・ディッシュ
北森　鴻　孔雀狂想曲
城戸真亜子　ほんわか介護
木村元彦　誇り　ドラガン・ストイコビッチの軌跡
木村元彦　悪者見参
木村元彦　オシムの言葉
木村元彦　蹴る群れ
京極夏彦　どすこい。
京極夏彦　南極。
京極夏彦　文庫版　虚言少年
桐野夏生　リアルワールド
桐野夏生　I'm sorry, mama.
桐野夏生　IN

集英社文庫　目録（日本文学）